BASTEI LÜBBE

# Carlton Stowers
# Die Sünden meines Sohnes

Ins Deutsche übertragen
von Cécile G. Lecaux

**TRUE CRIME**
**Der wahre Kriminalfall**

BASTEI LÜBBE

BASTEI-LÜBBE-TASCHENBUCH
Band 13 719

Erste Auflage
Januar 1996


Deutsche Lizenzausgabe 1996
Bastei-Verlag Gustav H. Lübbe
GmbH & Co., Bergisch Gladbach
Originaltitel: Sins of the Son
Titelbild: Pictor International
Umschlaggestaltung:
Quadro Grafik, Bensberg
Satz: KCS GmbH,
Buchholz/Hamburg
Druck und Verarbeitung:
Brodard & Taupin,
La Flèche, Frankreich
Printed in France

ISBN 3-404-13719-1

*Für alle Väter und Söhne*

# Vorwort

Soweit ich weiß, ist es üblich, diese einführenden Seiten zu nutzen, sacht das Interesse des Lesers zu wecken, indem man geschickt plazierte Andeutungen in ihnen unterbringt, die einen Eindruck dessen vermitteln, wovon das betreffende Buch handelt. Im vorliegenden Fall halte ich es jedoch für wichtiger, darauf hinzuweisen, was dieses Buch *nicht* ist. Es ist weder eine Entschuldigung noch ein manipulativer Versuch literarischen Mitleidheischens. Es ist schlicht und ergreifend die Lebensgeschichte zweier Menschen – der meines Sohnes und meiner selbst –, die über dreißig Jahre einen holprigen, manchmal in die Irre führenden Weg hinter sich gebracht haben, der von Gewöhnlichem und Außergewöhnlichem begleitet war. Daß dieses Buch Antworten sucht, ist eindeutig, aber ich kann nicht versprechen, daß alle Fragen ausreichend beantwortet werden. Auch habe ich nicht versucht, soziale und psychologische Beobachtungen zu erklären, wozu ich gänzlich unqualifiziert wäre. Diese Geschichte zu Papier zu bringen hat mir höchstens ein gewisses Verständnis, eine gewisse logische Einordnung ermöglicht, die mir persönlich geholfen hat und hoffentlich auch anderen eine Hilfe sein wird.

Dies bedeutet, daß dieses Buch aus egoistischen Beweggründen heraus entstanden ist. Ich weiß, daß einige Kritiker das als ›Ausschlachten‹ bezeichnen werden. Selbstverständlich haben sie das Recht auf ihre eigene Meinung. Meine einzige Antwort hierauf ist, daß ich mich Jahre mit dem Gedanken an dieses Projekt getragen habe; ein ganz persönliches Nachdenken, das mit der Zeit förmlich danach schrie, sich öffentlich Luft zu machen. Auch nach langen Diskussionen mit meinem Sohn über Form und Sinn und meinem Entschluß, die Geschichte niederzuschreiben, gab es Zeiten des Zweifels. Mehr als einmal während der Arbeit an diesem Buch habe ich daran gedacht, mich lieber einem angenehmeren Thema zuzuwenden. Aber dann machte ich doch weiter, grübelte und schrieb. Das Buch ließ mir einfach keine Ruhe.

Warum? Weil ich das Bedürfnis hatte, herauszufinden, wohin die Geschichte führte, welche zu lange verborgenen Wahrheiten ans Licht kommen würden.

Als mein Sohn mich vor einiger Zeit in der warmen Nachmittagssonne auf einem Gefängnishof fragte, was mich dazu bewogen hätte, ein solches Buch zu schreiben, konnte ich ihm hierauf nicht gleich antworten, wenngleich es sich um eine Frage handelte, die eine ehrliche Antwort verdiente. Ich erhob mich von der Bank, auf der wir saßen, holte mir eine Tasse bitteren Kaffee aus dem Automaten und kehrte dann zu ihm zurück.

Schließlich erklärte ich ihm, daß ich nicht sterben wolle, ohne ergründet zu haben, was mit uns geschehen sei, ohne versucht zu haben, zu begreifen, warum unsere Beziehung sich so entwickelt habe. Ich mußte einfach wissen, wie Liebe und Zorn so lange Zeit zwischen zwei Menschen nebeneinander existieren konnten. Ich mußte die Gründe für sein Verhalten und das Ausmaß der Schuld erfahren, die ich auf mich zu nehmen hatte. Es war Zeit für offene Antworten, so schmerzlich sie auch sein mochten.

In den vergangenen Jahren habe ich einen großen Teil meiner professionellen Aufmerksamkeit Büchern und Artikeln gewidmet, die sich mit Verbrechen befaßten und mit den tiefen, schmerzhaften Wunden, die sie hinterließen. Ich habe qualvolle Stunden in Gesellschaft trauernder Mütter und Väter, Ehemänner und Ehefrauen, Freunde und Verwandter verbracht, die mich in rückhaltlosem Vertrauen in ihre intimsten Gedanken eingeweiht haben. Ich habe Einblick in das Leben der Familien dreier intelligenter und talentierter Teenager bekommen, die auf einem harmlosen Ausflug an einen See in der Nähe von Waco in Texas, wo sie einfach nur auf einer Parkbank saßen und dem Sonnenuntergang zusahen, der ihr letzter sein sollte, auf brutale Weise ermordet wurden. Die Eltern eines einundzwanzigjährigen V-Mannes des Drogendezernats, der vom jugendlichen Sohn eines Polizeibeamten aus Dallas erschossen wurde, hießen mich in ihrem Heim willkommen und beschrieben mir unter Tränen den Alptraum, der ihr Leben geworden war. Ich hatte großes Mitleid mit ihnen, aber ebenso groß sollte mein Mitgefühl für die liebenden, verzweifelten Eltern des irregeleiteten Jugendlichen sein, der abgedrückt hatte und zu einer langjährigen Gefängnisstrafe verurteilt worden war.

Ich habe die herzzerreißende Geschichte einer Mutter gehört, deren Tochter eines Abends das Haus verließ, um ein Konzert zu besuchen, und spurlos verschwand. Ich habe lange Stunden bis in die Nacht hinein mit einem verzweifelten Ehemann verbracht, der fälschlich beschuldigt wurde, seine Frau gefoltert und umgebracht zu haben, nachdem sich das Ehepaar getrennt hatte. Ich habe mir die grauenhaften Erinnerungen jener angehört, die mitangesehen hatten, wie ein Mensch, den sie liebten, blindwütig erschossen wurde, als ein geistesgestörter junger Mann namens George Hennard in Killeen, Texas, Luby's Cafeteria betrat und bei einem Amoklauf wahllos um sich schoß. Ich lernte Mitglieder einer eigenartigen religiösen Kommune kennen, die sich selbst als Branch Davidians bezeichneten, und empfand grenzenlose Erschütterung und Wut, die mich bis an mein Lebensende nicht mehr loslassen werden, als sie und ihre unschuldigen Kinder vor den Augen von Fernsehzuschauern auf der ganzen Welt in einem Flammeninferno umkamen.

All diese Interviews hatten eins gemeinsam: große Offenheit und Aufrichtigkeit seitens jener, mit denen ich gesprochen habe, ungeachtet ihres Schmerzes und ihrer Trauer.

Ihnen war ich es schuldig, dieses Buch zu schreiben.

Carlton Stowers
Juni 1994

*Die Tür schließt sich,*
*Der Vorhang der Dunkelheit senkt sich herab.*
*Letzte Bilder prägen sich ein,*
*Wir müssen vorgeben, voller Hoffnung zu sein.*
*Und das Leben, das wir auswählten, gelangt an sein Ende.*

*Jeder Tag eine neue Prüfung,*
*Während das Leben langsam verstreicht,*
*Nicht endenwollende Qual.*
*Ein großes, betäubendes geistiges Fasten.*
*Eine rollende Welle ohne Schaumkrone.*
*Die herabsinkende Dunkelheit wird ewig währen.*

*Das stumme Ticken der Uhr*
*Gedenkt der verlorenen Zeit.*
*Ein einziger Blick zeigt das Schloß,*
*Die eisige, frostüberzogene Mauer,*
*Den nackten Boden aus massivem Fels.*
*Hierfür wurde der schmale Grat überschritten.*

*Verloren, von Anson Stowers, 1993*

# Kapitel 1

Ich hörte immer noch die hellen Kinderstimmen eine sanfte, hübsche Melodie singen, als ich an jenem sonnigen, ungewöhnlich milden Novembernachmittag 1988 heimwärts fuhr. Die sogenannte Nationale Buchwoche war gerade zu Ende gegangen, und ich war gemeinsam mit den meisten anderen Autoren der Gemeinde eingeladen worden, eine der Grundschulen von Dallas zu besuchen, um den Schülern vorzulesen und ihnen Rede und Antwort zu stehen. Da die Weihnachtsferien mit Riesenschritten näherrückten, hatte ich mich entschieden, aus dem lyrischen Kinderbuch *The Polar Express* von Chris van Allsburg vorzulesen, und die Kinder waren ganz begeistert gewesen. In gebanntem Schweigen hatten sie der Geschichte eines Zuges voller Kinder und ihrer märchenhaften Reise an den Nordpol gelauscht und dann die phantastischen Illustrationen des Autoren, die ich anschließend hatte herumgehen lassen, mit bewundernden Oooos und Aaaaahs quittiert. Hinterher hatte es Plätzchen und Punsch gegeben sowie eine lange, lebhafte Diskussion über die Geschichte, die sie gerade gehört hatten.

Es war also eine angenehme Erfahrung gewesen. Sie hatte mich nicht nur für kurze Zeit von den Terminsorgen abgelenkt, die mir ein Buch bereitete, das zu beenden ich einige Mühe hatte, sondern mir außerdem das Gefühl vermittelt, etwas Sinnvolles getan zu haben. Ich fuhr vom Parkplatz der Winnetka Elementary School, und mir war noch ganz warm ums Herz von den lächelnden Gesichtern und dem Applaus meiner jungen Zuhörer.

Ich hatte es nicht eilig, nach Hause zu kommen, und so machte ich einen Umweg zu einem Fastfood-Restaurant, um mit einer Tasse Kaffee den widerlich süßen Geschmack des Kinderpunsches herunterzuspülen und in Ruhe eine Zeitung zu lesen, die einer der Mittagsgäste dort hatte liegen lassen. Ein Kurzschluß nach dem heftigen Gewittersturm am Vorabend hatte zu einem mehrstündigen Stromausfall in der Innenstadt geführt, so daß Tausende von Arbeitnehmern im Dunkeln gesessen hatten. Die Ankündigung des Polizeichefs, drei Schwarze, einen Hispano und eine Frau einzustellen, war unterschiedlich aufgenommen worden. Präsident Bush war damit beschäftigt, ein Team von Wirtschaftsexperten zusammenzustellen, von denen er hoffte, daß sie einen Weg finden würden, das nationale Defizit zu verringern; gegen eine Mutter im Teenageralter, die versucht haben sollte, ihr neugeborenes Baby für fünfhundertfünfzig Dollar zu verkaufen, war Anklage erhoben worden, und die Pistons hatten die Dallas Mavericks um fünfzehn Punkte geschlagen.

Die Schlagzeilen machten keinen großen Eindruck auf mich, wurden überlagert von den noch frischen Gedanken an die Kinder, die ich gerade besucht hatte, und den Erinnerungen, die hierdurch plötzlich wiederaufgelebt waren.

Wie viele Jahre war es her, daß ich meinen eigenen Kindern Gutenachtgeschichten vorgelesen und verstohlen von den Seiten aufgeblickt hatte, um zu beobachten, wie ihre Lider zuckten in ihrem vergeblichen Bestreben, bis zum Ende der Geschichte wachzubleiben? Wie lange lagen jene Tage kindlicher Unschuld zurück, da die Grenzen zwischen Phantasie und Wirklichkeit noch beruhigend verwischt und der Weihnachtsmann und sein Spielzeuglager am Nordpol für meine Kinder noch real gewesen waren?

Und woher sollte ich wissen, daß die strahlende Wärme dieses Tages sich in eisiges Stockdunkel verwandeln sollte?

Es gibt im Leben keine lastendere Pflicht als die, einem anderen eine Hiobsbotschaft überbringen zu müssen. Diese Last, die meiner Frau durch den Anruf eines Polizeibeamten eine Stunde zuvor aufgebürdet worden war, stand ihr ins Gesicht geschrieben, als sie mir die Tür öffnete. Das gewohnte Blitzen in ihren Augen war erloschen und von verlorener, dumpfer Trauer abgelöst worden. Ich sah gleich, daß sie geweint hatte.

Furcht stieg in mir auf, als sie auf mich zutrat, mir die Arme um den Hals legte und das Gesicht in meiner Halsbeuge vergrub.

»Was ist passiert?«

»Anson«, sagte sie schließlich, mit einer Stimme, die so gepreßt klang vor Sorge, wie ich sie nie zuvor gehört hatte. »Er ist im County-Gefängnis. Ich hatte solche Angst, daß du es im Radio hören könntest. Es tut mir leid … so schrecklich leid.«

Im Bruchteil einer Sekunde ging ich in Gedanken durch, was sich zugetragen haben könnte. Das war ja nichts Neues für mich. In den vergangenen Jahren war das Leben meines Sohnes eine Litanei krimineller Handlungen gewesen: Drogenmißbrauch, Diebstähle, Verhaftungen, Gefängnisstrafen. Und während man sich nie an mitternächtliche Anrufe aus dem Gefängnis, den Umgang mit Anwälten und die Gerichtsverhandlungen gewöhnt, kommt die Zeit, da die betäubende Regelmäßigkeit solcher Ereignisse sich bemerkbar macht. Die Enttäuschung ist jedesmal gleich real, gleich schmerzhaft. Aber das Element der Überraschung weicht nach und nach der Resignation.

»Was hat er angestellt?« Ich verkniff mir ein zorniges, sarkastisches ›diesmal wieder‹.

Pat schüttelte den Kopf und hob die Hände vor das Gesicht, bemüht, die Tränen zu verbergen, die ihr über die Wangen strömten. »Er hat Annette umgebracht«, sagte sie in einem gequälten Flüstern, so leise, daß ich sie kaum hören konnte.

Während ich noch in der Tür stand, glaubte ich einen Augenblick lang, daß meine Beine unter mir nachgeben würden. Ein kalter, betäubender Schmerz durchlief meinen Körper und stahl mir jeden Funken Energie. Ich registrierte am Rande, daß meine Hände unkontrolliert zitterten, und verbarg sie tief in den Jackentaschen.

Wie verzweifelt ich mir wünschte, daß meine Frau sich irrte, daß ich gleich aufwachen und sich herausstellen würde, daß diese Szene sich nur in einem entsetzlichen Alptraum abspielte. Ich war zu keinem logischen Denken fähig, das es mir gestattet hätte, diese Nachricht zu akzeptieren, wenngleich sie mir von einem Menschen mitgeteilt worden war, dem ich vertraute wie keinen anderen auf der Welt. Ich wollte mich verstecken, vor diesem Ungeheuer davonlaufen, das so abrupt in meine Welt eingedrungen war.

Tatsächlich hatte ich mich schon lange mit der bedrückenden Tatsache abgefunden, daß mein damals fünfundzwanzigjähriger Sohn einen Weg der Selbstzerstörung eingeschlagen hatte. Weder Flehen noch Gebete, weder Gespräche in Krankenhäusern noch bei Psychologen hatten ihn von seinem Kurs abbringen können. Bei jeder Haftentlassung auf Bewährung hatte ich verzweifelt auf ein Wunder gehofft, während ich gleichzeitig insgeheim die Tage gezählt hatte, bis man ihn eines weiteren, sinnlosen

Verbrechens überführte und wieder in eine Zelle steckte, irgendwo weit weg von zu Hause.

Aber Mord, die ultimative Unmenschlichkeit, die ein Mensch einem anderen antun konnte, begangen von meinem eigenen Fleisch und Blut? Das war unmöglich.

Pat waren keine Einzelheiten genannt worden. Man hatte ihr lediglich mitgeteilt, daß Anson früher am Tag in der Wohnung seiner Ex-Frau in Dallas festgenommen und ins County-Gefängnis gebracht worden war.

»Was wirst du tun?« fragte sie.

»Ich muß ein paar Leute anrufen.«

Ich saß einige Zeit allein in meinem Arbeitszimmer und starrte auf das Telefon auf dem Schreibtisch. Ich fürchtete mich vor dem Gespräch, das mich erwartete. Der angenehme Nachmittag und die Bilder lächelnder Kindergesichter waren von dem Wissen ausgelöscht worden, daß sich, während ich an einem Ende der Stadt ein fröhliches Märchen vorgelesen hatte, am anderen Ende ein schrecklicher Alptraum abgespielt hatte.

Die Stimme von Detective T. J. Barnes entsprach nicht dem, was die Fernsehautoren uns geeicht haben, von jemandem zu erwarten, der für die Mordkommission arbeitet. Sie klang nicht brummig und resigniert, sondern freundlich und professionell. Und er klang auch jünger, als ich es – ich weiß nicht, warum – erwartet hatte.

Am anderen Ende der Leitung entstand eine kurze, aber merkliche Pause, nachdem ich meinen Namen genannt und erklärt hatte, daß ich gerade von der Verhaftung meines Sohnes erfahren hätte.

»Ich wäre Ihnen sehr dankbar für jede Einzelheit, die Sie mir zum Geschehen geben können«, sagte ich.

Die Stimme nahm sogleich einen nüchternen, geschäftsmäßigen Tonfall an. »Sir, Anson Eugene Stowers wurde heute in den Timberline Apartments verhaftet. Er steht unter dringendem Tatverdacht, seine Ehefrau ... Entschuldigung, seine Ex-Ehefrau ... Annette Robinson Stowers, Alter fünfundzwanzig Jahre, ermordet zu haben. Er befindet sich augenblicklich im Lew-Sterrett-Gefängnis.« Ich ahnte, daß er in einer Akte blätterte, während er sprach.

»Nach allem, was er uns erzählt hat, hat er sie gestern getötet ... gegen ein Uhr mittags. Wir erhielten heute vormittag einen anonymen Anruf von einem Bewohner des Apartmentkomplexes, dem Anson einige Schmuckstücke der Toten verkaufen wollte. Unser Informant meinte, er hätte Grund zu der Annahme, daß ein Mord begangen worden wäre.«

Als die Polizei an die Tür des Apartments 218 geklopft hatte, erklärte der Detective, habe Anson geöffnet und in keinster Weise versucht, die Beamten am Betreten der Wohnung zu hindern. Die Beamten fanden die Leiche in einem Nebenzimmer, am Fuß des Bettes, in Laken und einen Teppich gewickelt.

»Er hat uns erzählt, daß sie gewollt habe, daß er sie tötet«, fuhr Detective Barnes fort.

Ich wollte nichts mehr hören, und doch mußte ich alles wissen, wenn ich die unfaßbare Tragödie irgendwie begreifen wollte. Erst auf meine direkte Frage hin teilte der Beamte mir mit, daß Annette zusammengeschlagen und stranguliert worden war und der Täter außerdem auf sie eingestochen hatte.

Anson habe bereits ein umfassendes Geständnis abgelegt, sagte er.

»Hat er sonst noch etwas gesagt?«

»Als wir die Wohnung betraten«, entgegnete der Detective, »sagte er, wenn er nur zwölf Stunden Zeit gehabt hätte, hätten wir weder ihn noch die Leiche je gefunden.«

Ich fragte mich, wie oft der Beamte schon solche oder ähnliche Gespräche geführt haben mochte. Wie viele Wohnungen hatte er in seiner Dienstzeit betreten, um sich Schauplätze blutiger Verbrechen anzusehen, die am nächsten Tag Schlagzeilen machten? Ob man sich je daran gewöhnte? Und wie schaffte er es, das Grauen zu vergessen, wenn seine Schicht endete?

Ich weiß nicht genau, wie lange ich, nachdem ich aufgelegt hatte, noch dagesessen und über die surrealistisch anmutenden Ereignisse nachgegrübelt habe. Es war die Jahreszeit, zu der die Abende früher anbrechen, und erst als Pat leise hereinkam und eine Lampe anknipste, wurde mir bewußt, daß es inzwischen dunkel geworden war.

»Bist du okay?« fragte sie und legte mir einen Arm um die Schultern.

»Es wird schon wieder.«

Gott sei Dank fragte sie nicht, wie ich das zu bewältigen gedachte. Nach einiger Zeit begann das Telefon zu läuten. Pat nahm die Anrufe entgegen; die meisten Anrufer waren Reporter, die um Bestätigung, daß Anson tatsächlich mein Sohn war, sowie um eine Stellungnahme von mir baten. Was sollte ich ihnen schon sagen?

Ich hatte Jahre als Reporter gearbeitet und gelegentlich dieselbe schwierige, aufdringliche Arbeit tun müssen. Das war einfach Teil des Jobs, und ich kannte keinen Journalisten, dem diese Aufgabe behagte.

Einige Jahre zuvor, als ich noch für die *Dallas Morning News* geschrieben hatte, war ich in einen kleinen Ort in Osttexas geschickt worden, um eine Story über einen talentierten sechzehnjährigen Boxer zu schreiben, der auf dem Heimweg von einem internationalen Wettkampf in

Europa bei einem Flugzeugabsturz ums Leben gekommen war. Mein Auftrag war, mit den Bewohnern des Ortes zu sprechen und ihre Reaktion auf die Tragödie festzuhalten.

Ich hatte den ganzen Tag über mit Schulkameraden des Jungen gesprochen, mit seinen Lehrern und seinem Trainer. Das schwierigste Interview hatte ich bis zuletzt aufgeschoben. Schließlich klopfte ich bei seinen Eltern an die Tür und erklärte seiner Mutter, wer ich war. Eine großgewachsene Frau mit traurigem Gesicht in einem Frotteebademantel bat mich freundlich in ihr bescheidenes Haus. Auf einem Sims in dem kleinen, ordentlichen Wohnzimmer waren einige polierte Trophäen ihres Sohnes aufgereiht.

Ich war überrascht, sie allein anzutreffen, ohne Freunde oder Verwandte, die ihr in dieser schweren Zeit zur Seite standen. Ohne sich groß bitten zu lassen, erzählte sie stolz und liebevoll von ihrem Sohn. Ein guter Junge. Ein guter Schüler. Er hatte nie in irgendwelchen Schwierigkeiten gesteckt. Sein Vater war bei einem Arbeitsunfall ums Leben gekommen, als der Junge noch ein Baby gewesen war. Ihr Junge, meinte sie, wäre im Grunde viel zu gutherzig gewesen, um in einer so brutalen Sportart so erfolgreich zu sein. »Aber«, sagte sie, »er hat immer gesagt, daß er eines Tages Profi werden und genug Geld verdienen würde, um mir ein neues Haus zu kaufen.«

Während meines Besuches, der etwa eine halbe Stunde dauerte, vergoß sie keine Träne. Nur der gequälte, melancholische Klang ihrer Stimme ließ ahnen, wie sehr sie unter dem tragischen Verlust litt. Als ich mich erhob, um zu gehen, trat sie vor mich und zwang sich zu einem herzzerreißenden Lächeln. »Danke, daß Sie gekommen sind und mir Gelegenheit gegeben haben, von meinem Jungen zu sprechen.«

Impulsiv legte ich die Arme um sie und drückte sie. Und in diesem spontanen Augenblick der Nähe zwischen zwei Menschen, die sich völlig fremd waren, brach ihr Schmerz hervor. Sie klammerte sich an mich und zitterte am ganzen Leib, während sie abwechselnd schluchzte und ihr Schicksal verfluchte.

Der Job eines Journalisten ist wirklich nicht immer leicht.

Ich versuchte, mir dies zu vergegenwärtigen, als die Geschichte des Verbrechens, das mein Sohn begangen hatte, in den Zehn-Uhr-Nachrichten gesendet wurde. Der Nachrichtensprecher schien sich weniger für den Mord und das Opfer zu interessieren als dafür, daß »der Sohn eines bekannten Autoren aus der Gegend, der sich ironischerweise schwerpunktmäßig mit Kriminalität befaßt hat«, in das Verbrechen verwickelt war.

Während er sprach, wurden die Titelseiten mehrerer meiner Bücher eingeblendet.

Ich ging nicht zu Annettes Beerdigung. Mehrere Tage lang quälte ich mich mit der Frage, ob ich ihre Eltern anrufen sollte oder nicht, bis mir schließlich bewußt wurde, daß ich nicht einmal ihren Namen kannte. Schon bevor sie und Anson geheiratet hatten, hatte Annette nicht bei ihren Eltern sondern bei ihrer Großmutter gelebt. Mir war nie der Gedanke gekommen, sie nach ihrer Beziehung zu ihrer Mutter und ihrem Vater zu fragen.

Was hätte ich sagen sollen, wenn ich sie angerufen hätte? Sie sahen in mir zweifellos ebenso sehr den verhaßten Feind wie in meinem Sohn. Sie hatten einen unerträglichen, unfaßbaren Verlust erlitten, und ihr Zorn hatte sich ganz sicher auch gegen mich gerichtet. Ich hatte den Menschen gezeugt, der ihre Tochter getötet hatte, und während man mich für dieses Verbrechen nicht zur Verantwortung ziehen konnte, war dies für sie doch zweifelsohne genug, in mir einen Mitverantwortlichen zu sehen.

Ich hatte die unüberwindliche Grenze zwischen der Familie des Opfers und den Angehörigen des Angeklagten bei jedem Prozeß wahrgenommen, dem ich je beigewohnt hatte.

Nach Annettes Tod lief ich tagelang wie durch einen dichten, betäubenden Nebel. Pat und einige wohlmeinende Freunde versicherten mir immer wieder, daß ich mich nicht für die unfaßbare Tragödie verantwortlich fühlen dürfe. Tatsächlich tat ich das auch gar nicht. Ich hatte mit übermächtiger Trauer zu kämpfen, die der Resignation entsprang, daß alle vergangenen Bemühungen, wie ungenügend und falsch sie auch gewesen sein mochten, meinem Sohn zu einem positiven, produktiven Dasein zu verhelfen, vergebens gewesen waren.

Er hatte sich weit jenseits der Reichweite aller rettenden Lebensweisheiten begeben, die ich ihm hätte ans Herz legen können.

Wie konnte das geschehen, fragte ich mich. Welcher unselige Kompaß hatte in Richtung einer solchen Tragödie gezeigt?

## Kapitel 2

In den frühen sechziger Jahren war Abilene, Texas, Lichtjahre von der Love-and-Peace-Bewegung entfernt, die in Großteilen des Landes um sich griff. Abilene, eine Stadt mit neunzigtausend Einwohnern, war die glitzernde Schnalle des westtexanischen Bibelgürtels. Sie rühmte sich dreier konfessioneller Colleges und zählte mehr Kirchen pro Kopf als jede andere Gemeinde vergleichbarer Größe im ganzen Land. Die Baumwoll- und Ölindustrie bildete das Fundament ihrer Wirtschaft, aber eiserne christliche Werte und guter nachbarschaftlicher Patriotismus waren ihre eigentliche Grundfesten. Das und die High-School-Sportmannschaften, die mit vielbeneideter Regelmäßigkeit Landesmeisterschaften gewannen.

Anfang des Sommers 1962, als ich zu Hause Urlaub von meinem letzten Jahr an der University of Texas machte, begann ich, mit einer hübschen, braunäugigen, künftigen High-School-Absolventin namens Betty Darby auszugehen. Wir sahen uns im Paramount Kino in der Innenstadt Filme an, aßen spätabends Pizza im ersten Restaurant Abilenes, das solche exotischen Speisen anbot, und trafen uns mit Freunden auf Cola und Pommes im örtlichen Drive-in. Es war wie ›American Graffiti‹ in der tiefsten Provinz; alles in allem eine glückliche, sorglose Zeit, und alles schien darauf hinzudeuten, daß es ewig so bleiben würde.

Dann, ein paar Wochen vor meiner Rückkehr zum College, gestand Betty mir unter Tränen, daß sie schwanger wäre.

In den folgenden Tagen ging ich meinem Sommerjob beim Texas State Highway Department nach, ohne nachts auch nur ein Auge zugetan zu haben, auf Schritt und Tritt von einer erdrückenden Panik begleitet, die mich verfolgte wie eine drohende Gewitterwolke. Ich würde Vater werden, und der Gedanke war das Furchteinflößendste, das mir je widerfahren war.

In der damaligen Zeit war eine Schwangerschaft bei einem Teenager weder etwas Alltägliches noch wurde sie gesellschaftlich akzeptiert, erst recht nicht in einer westteanischen Kleinstadt, in der die Hälfte der Bevölkerung beim Anblick einer Bierdose Bibelverse rezitierte. Eine außereheliche Schwangerschaft war mit einem gewaltigen Stigma behaftet, vor allem, wenn es sich bei der werdenden Mutter um einen Teenager handelte. Zweifellos würde sie grausames Getuschel und quälende Schuldgefühle auslösen. So etwas passiere ›braven Kindern‹ aus ›anständigen‹ Familien nun einmal nicht.

Eines Abends, als wir im dunklen Stadtpark allein an einem Picknicktisch saßen und über das Problem sprachen, das plötzlich zum Mittelpunkt unserer beider Leben geworden war, schlug ich eine Lösung vor.

»Laß uns heiraten«, sagte ich. Ich erklärte ihr, daß ich während des Sommers ein wenig Geld gespart hätte und mein Sportstipendium der University of Texas für die Kosten einer Wohnung außerhalb des Campus aufkommen würde. Außerdem hatte der Sportredakteur von *Austin American-Statesman* mir zu Semesterbeginn einen Teilzeitjob versprochen. Wenn sie bereit wäre, einen Versuch zu wagen, sagte ich ihr, glaubte ich, daß wir es schaffen könnten. Ich versprach, mein Bestes zu geben, für sie zu sorgen.

Als ich ihr diesen Antrag machte, war mir bewußt, daß

ich mich hiermit zahlreichen Problemen gegenüber blind stellte. Wie sollten junge Leute von neunzehn und siebzehn Jahren sich ihrer Gefühle füreinander sicher sein? Genügte die Aussicht auf ein gemeinsames Kind, um eine Beziehung zu besiegeln, ihr Wachstum zu etwas Dauerhaftem zu sichern? Und was war mit den Jugenderfahrungen, die ihr entgehen würden, mit den wohlverdienten Freuden ihres letzten High-School-Jahres, der Trennung von Familie und Freunden?

Der Ernst der Lage gestattete uns jedoch nicht den Luxus, über solche Einzelheiten nachzudenken.

»Ich glaube, es würde mir gefallen, deine Frau zu sein und in Austin zu leben«, entgegnete sie.

Und so kehrte ich als verheirateter Mann und werdender Vater zurück aufs College, ebenso furchtsam wie aufgeregt ob der Dinge, die die Zukunft für uns bereithielt.

Obwohl ich ihr zuredete, meldete Betty sich an keiner der High Schools in Austin an. Statt dessen verbrachte sie ihre Tage damit, unsere kleine Etagenwohnung zu verschönern, die nur einige Blocks vom Campus entfernt lag. An den Abenden lernte sie mit mir und bereitete hin und wieder Mahlzeiten für Kameraden aus meiner Läufermannschaft zu, die mit vollen Einkaufstüten vorbeischauten. Wir gingen ins Campuskino, wo der Eintritt nur zehn Cent kostete, sahen uns an den Wochenenden Footballspiele an und unternahmen lange Ausflüge mit dem Wagen ins pittoreske hügelige Umland. Wir zogen ein verwaistes Eichhörnchen groß, das ich häufig auf dem Weg zum oder vom Campus in der Jackentasche mit mir herumtrug.

Ich gewöhnte mich rasch an den Gedanken, verheiratet zu sein und bald Vater zu werden. Wenngleich unbehagliche Augenblicke der Sorge mich auch weiterhin heimsuchten, wichen sie stets der Entdeckung einer neuen Bedeutung und Verantwortung in meinem Leben zurück, so daß ich der Ankunft des Babys voller Ungeduld entgegenfieberte.

Unser größtes Problem war das, mit dem die meisten frischverheiraten Paare zu kämpfen haben: Geldmangel. Entschlossen, unsere Eltern nicht um finanzielle Unterstützung zu bitten, lebten wir von einem so mageren Budget, daß es beinahe durchsichtig war. Meine Arbeit beim *The Daily Texan*, der Campus-Zeitung, brachte eine bescheidene monatliche Vergütung ein. Zwei Nächte in der Woche nahm ich für den *Austin American-Statesman* Telefonate entgegen und schrieb Berichte über High-School-Footballspiele. Samstags verkaufte ich vor Spielbeginn Programme als Souvenirs an die Zuschauer.

Ich ergriff jede sich bietende Gelegenheit, einen Dollar zu verdienen. Am Abend, wenn ich meine Arbeit beim *Daily Texan* beendet war, nahm ich eine zusammengefaltete Einkaufstüte von meinem Schreibtisch und zog über den Campus. Wenn ich zu Hause eintraf, war die Tüte voll mit weggeworfenen Limonadenflaschen, auf die je zwei Cent Pfand bezahlt wurden. Ich lagerte sie unten im Schrank, für den Fall, daß wir einmal dringend Bargeld brauchten.

Und wenngleich die finanzielle Seite eine stets präsente Sorge war, wurde der Schlaf zu meinem schlimmsten Feind. Die Tage waren einfach nicht lang genug für alle Pflichten, denen ich mich nachzukommen bemühte.

Erst nachdem ich zu Beginn des zweiten Semesters ins Büro des Dekans gerufen wurde, war ich gezwungen, entmutigt Bilanz zu ziehen. Besorgt, weil meine ohnehin dürftigen Noten noch weiter abgesackt waren, betrachtete er meine Akte durch eine Lesebrille hindurch, die schief auf seinem Nasenrücken thronte.

»Wenn ich das richtig sehe, Mr. Stowers, sind Sie in diesem Semester für achtzehn Vorlesungen eingetragen«, sagte er.

»Ja, Sir.«

»Und Sie gehören der Läufermannschaft an und sind angehalten, täglich zu trainieren und im Frühjahr jedes Wochenende an Wettkämpfen teilzunehmen.«

»Ja, Sir.«

»Und Sie schreiben regelmäßig für den *Daily Texan.*«

»Das ist richtig.«

»Außerdem haben Sie eine Teilzeitstelle bei einer Austiner Tageszeitung.«

Ich war verblüfft davon, wie gut er über meine Aktivitäten informiert war. »Ja, Sir.«

»Habe ich etwas ausgelassen?«

»Meine Frau und ich erwarten ein Kind.«

Er schüttelte langsam den Kopf, lehnte sich in seinem überdimensionalen Ledersessel zurück, nahm die Brille ab und legte sie auf den Hefter, der meine wenig beeindruckende Akte enthielt. Einige Sekunden lang schwieg er, als wäre er in Gedanken vertieft.

»Junger Mann«, sagte er schließlich, »ich schlage vor, daß Sie Ihre Aktivitäten einer sehr genauen Prüfung unterziehen und baldmöglichst entscheiden, in welchem Bereich Sie diese einschränken können.«

Ich verkniff mir die Frage, an welcher Stelle ich seiner Ansicht nach den Rotstift ansetzen sollte. Ich hatte es nur meinem Sportstipendium zu verdanken, daß ich überhaupt an diesem College sein durfte. Aber ohne die Einkünfte aus meinen Teilzeitjobs würden Arztrechnungen unbezahlt bleiben und Lebensmittel schwer zu beschaffen sein. Andererseits würde ich erst irgendwann im nächsten Jahrhundert meinen Abschluß machen, wenn ich die Anzahl der Vorlesungen kürzte, die ich belegt hatte.

Und doch hatte er nicht unrecht mit seiner Empfehlung, und ich grübelte den ganzen restlichen Tag darüber nach.

Offen gestanden war nicht die Aussicht auf ein Hochschuldiplom der Beweggrund gewesen, weshalb ich nach Austin gekommen war. Ich wollte meine sportliche Laufbahn fortsetzen; zufriedenstellende akademische Leistungen waren nur ein notwendiges Übel, mir mein Stipendium zu erhalten. Ich war durch und durch Sportler und sonst nichts.

Und doch war nun die Zeit gekommen, daß ich der Tatsache ins Auge sehen mußte, daß meine Zukunft als Sprinter wohl kaum eine Chance auf olympischen Ruhm beinhaltete.

Trotz meiner mangelnden Begeisterung für das akademische Leben hatte die Universität mir Einblicke in einen Beruf ermöglicht, den ich fest entschlossen war zu erlernen. Journalist zu werden, Schriftsteller, hatte sich rasch zu einer Leidenschaft entwickelt. Trotz der begrenzten Zeit, die ich in diesem Umfeld verbrachte, war meine Liebe für das hektische Tempo in einer Zeitungsredaktion, für die Schlagzeilen und die unbezahlbare Befriedigung, meinen Namen über einer Story gedruckt zu sehen, erwacht.

Ich wußte, was ich aus meinem Leben machen wollte, konnte es kaum erwarten, diesen Berufswunsch voranzutreiben, und rief per Ferngespräch den Herausgeber meiner Heimatzeitung an, um nachzufragen, ob vielleicht in der Sportredaktion eine Stelle frei wäre. Ich war ganz aus dem Häuschen, als ich erfuhr, daß es tatsächlich eine Vakanz gab.

Der Lohn betrug fünfundsiebzig Dollar die Woche, wie ich Betty aufgeregt berichtete.

Innerhalb weniger Tage ließ ich das Collegeleben und sportliche Ambitionen hinter mir und wurde, kurz vor meinem zwanzigsten Geburtstag, Vollzeit-Zeitungsmann.

Ich hatte meine letzte Pfandflasche eingesammelt.

An einem Sonntagabend im Mai 1963 saß ich in der Sportredaktion, damit beschäftigt, Stories für die nächste Ausgabe auszuwählen und zu redigieren, als ein Nachbar anrief und mir mitteilte, daß bei Betty die Wehen eingesetzt hätten und er und seine Frau sie in die Klinik fahren würden. Plötzlich waren Spielergebnisse, Golfturnierresultate und daß Roger Maris von den Yankees dabei war, die Geschichte des Home Runs neu zu schreiben, rasch vergessene Trivialitäten. Im Laufschritt verließ ich das Redaktionsgebäude.

Ich mußte nur bemerkenswert kurze Zeit warten. Ohne die geringsten Komplikationen brachte Betty kurz nach Mitternacht einen gesunden Jungen zur Welt. Kurz darauf durfte ich den ersten Blick auf meinen Sohn werfen und sah in seine Augen, die denen seiner Mutter sehr ähnlich waren und voller Verwunderung zu mir aufblinzelten. Ich hielt ihn im Arm, fühlte seinen süßen Atem an meiner Wange, berührte seine glatte olivfarbene Haut, die weich war wie Rosenblütenblätter, und inspizierte die winzigen, schrumpeligen Finger, überwältigt vom unfaßbaren Wunder der Schöpfung.

Es war Liebe auf den ersten Blick.

Die Elternrolle, vor allem, wenn sie jenen abverlangt wird, die selbst erst seit kurzem der Kindheit entwachsen waren, gehört zu den nervenaufreibendsten Erfahrungen im Leben. Die plötzliche Verantwortung, für einen Säugling zu sorgen, der nicht einmal in der Lage ist, den Grund für seine nächtlichen Tränen zu erklären oder um ein Mittel zu bitten, Fieber, Bauchweh oder Zahnschmerzen zu lindern, ist nahezu überwältigend. Unerfahrenen und unvorbereiteten Eltern erscheinen Babys anfangs zerbrechlicher als das feinste Porzellan, und dies führt zu ständiger Wachsamkeit und Sorge, die kein Buch über Babypflege vermitteln kann. Und doch gibt es eine kosmische Ordnung, die sich allen wissenschaftlichen Erklärungen entzieht und Mutter und Vater schließlich davon abbringt, stündlich auf Zehenspitzen an die Wiege zu schleichen, um sich zu versichern, daß das Baby noch atmet, und es ihnen statt dessen ermöglicht, sich bis zum nächsten Füttern kostbaren Schlaf zu gönnen. Man lernt wie durch Zauberei, daß eine spätabendliche Autofahrt gewöhnlich dem Einschlafen förderlicher ist als das Schaukeln in einem Schaukelstuhl, und daß die Hauskatze im Laufstall sich entgegen der Ammenmärchen nicht die Nähe des Neugeborenen sucht, um dem ahnungslosen Wesen den Lebensatem zu stehlen.

Ich will damit sagen, daß Eltern ebenfalls reifer werden. Sie entwickeln sich ebenso wie ihr Kind, bis sie nach und nach in der Lage sind, zu entspannen und die Anwesenheit des neuen Familienmitglieds zu genießen. Nach einiger Zeit werden die elterlichen Ängste von Freude und Staunen abgelöst, mitanzusehen, wie ein neues Leben erblüht.

Von dem Tag an, als er aus der Klinik nach Hause kam, war Anson ein kräftiges, gesundes Kind, das von einer liebevollen Mutter umsorgt wurde, die rasch in ihre neue

Rolle hineinfand. Es war eine wundervolle Zeit. Wir waren eine Familie, die bereit war, in ein aufregendes Abenteuer aufzubrechen, überzeugt, daß uns Entdeckungen bevorstanden, von denen wir bis dato nicht einmal etwas ahnten.

An düstere Tage, die möglicherweise in der Zukunft lauern mochten, verschwendeten wir keinen Gedanken.

Die Gesellschaft sendet seit langem widersprüchliche Signale über die Rolle des Mannes innerhalb der Familienstruktur aus. Die Regale öffentlicher Bibliotheken quellen förmlich über von einer verwirrenden Masse Psychogequatsche, das die Pflichten eines Ehemannes und Partners, Vaters und Freundes, Ernährers und Beschützers umreißt. Manche beharren darauf, daß das Füttern des Kindes in der Anfangsphase eher der Mutter zufällt, während andere wütend Väter angreifen, die zu sehr mit ihrer Karriere beschäftigt sind, um auch einmal Windeln zu wechseln, ein Fläschchen aufzuwärmen oder pünktlich zum monatlichen Elternsprechtag zu erscheinen.

Im Jahr nach Ansons Geburt gab ich mir alle Mühe, den goldenen Mittelweg zwischen Familie und Beruf zu finden. Tagesjournalismus hat nicht viel mit den Neun-bis-fünf-Pflichten von Kreditsachbearbeitern und Verkäufern gemein. Der Arbeitstag ist lang, und die Stunden variieren. Häufig fallen auch ganz plötzlich Reisen an. Ich verbrachte unzählige Wochenenden auf Pressetribünen in den verschiedensten Städten. Ich allein war verantwortlich für ebenso zahlreiche Abendessen, die kalt wurden, und Planänderungen in letzter Minute, die irgendeine heiße Story erforderte, über die ich zu berichten hatte.

Und dann waren da die Umzüge. Die Anfänge einer

Journalistenkarriere bringen ein Nomadenleben mit sich. Wenn ein Reporter es in seinem Beruf zu etwas bringen will, wenn er sich finanziell verbessern möchte und höhere Positionen anstrebt, lassen sich Jobwechsel nicht vermeiden. Und so wechselten wir in Ansons früher Kindheit mit großer Regelmäßigkeit das Zuhause. Die Verlockung einer Gehaltserhöhung von fünfzig Dollar wöchentlich verleitete uns, von Abilene in westliche Richtung nach Roswell in New Mexico umzusiedeln. Drei Jahre später waren wir wieder in Texas, wo ich fortan für das *Lubbock Avalanche-Journal* tätig war. Anson war fast fünf, als wir von dort nach Dallas weiterzogen. Während ich dort als Sportberichterstatter für die *Dallas Morning News* arbeitete, wurde unser zweiter Sohn, Ashley, geboren. Obwohl die Wohnortwechsel sich in den ersten zehn Jahren meines Berufslebens fortsetzten, erfolgten die Umzüge ohne Klagen von Betty und hinterließen auch keine spürbaren psychischen Schäden bei den Kindern.

Parallel nahm ich an Pfadfindertreffen teil, trainierte Ansons Kinder-Softballteam, unterstützte Science-Fair-Projekte und schaffte es immer, von wo auch immer man mich hingeschickt hatte, rechtzeitig zum alljährlichen Familientag bei Six Flags zurück zu sein, einem Tag, den das Management des Vergnügungsparks für Presseleute und ihre Familien reservierte. Ich kann mich ehrlich nicht erinnern, je einen Geburtstag, einen Urlaub oder eine Sportveranstaltung der Schule verpaßt zu haben. Das heißt, daß ich rückblickend das familiäre Umfeld, in dem unsere Kinder aufgewachsen sind, beim besten Willen nicht als unnormal bezeichnen kann. Meine Frau blieb zu Hause und versorgte die Kinder, während ich wie Millionen andere Väter auch jeden Tag zur Arbeit ging.

Und wenn es Anzeichen gab, daß Anson in den ersten

Lebensjahren irgendwelche psychischen Schäden erlitt, blieben sie uns verborgen. Ich kann mich nur an einen Zwischenfall erinnern, der uns damals Sorgen bereitete.

Als er in der zweiten Klasse war, rief uns eines Nachmittags seine Lehrerin an und bat mich zu einem Gespräch in die Schule. Anson, erklärte sie mir später, hatte einem Mädchen aus seiner Klasse ein Goldkettchen mit Medaillon gestohlen. Später an jenem Tag hatte er das Medaillon in ein Papiertaschentuch gewickelt und der Lehrerin in der Pause stolz als Geschenk überreicht. Trotz unwiderlegbarer Beweise dafür, daß es sich bei dem Anhänger um eben das Medaillon handelte, das das Mädchen als vermißt gemeldet hatte, hatte Anson den Diebstahl vehement geleugnet.

Da ich zum erstenmal mit solchem Verhalten konfrontiert wurde, überlegte ich mir eine angemessene Bestrafung nicht nur für den Diebstahl, sondern darüber hinaus für das weit schlimmere Vergehen, nicht die Wahrheit gesagt zu haben. Erst nachdem ich ihn wiederholt gefragt hatte, warum er das Medaillon genommen hatte, gab er schließlich seinen kindlichen Beweggrund zu: Er mochte seine Lehrerin sehr und hatte ihr etwas schenken wollen.

Am nächsten Tag fuhr ich nach der Schule mit ihm zu einem Blumenladen in der Nähe und forderte ihn auf, sich einen Strauß Blumen für seine Lehrerin auszusuchen. Hiernach fuhr ich ihn zurück zur Schule und begleitete ihn in seine Klasse, wo die Lehrerin noch mit der Korrektur von Klassenarbeiten beschäftigt war. Schüchtern überreichte er ihr die Blumen und entschuldigte sich für sein Benehmen vom Vortag. Dann fuhren wir zu dem Mädchen, dessen Medaillon er gestohlen hatte. Dort endete seine Bestrafung mit einer weiteren verschämten Entschuldigung.

Die ›Krise‹, die sich kaum von dem unterschied, was viele Kinder und Eltern irgendwann einmal durchmachen, ging vorbei.

Und doch blickte ich in späteren Jahren zurück auf jene Tage und suchte nach Anzeichen, die ich übersehen hatte, nach Alarmsignalen, die wahrzunehmen ich zu blind oder zu beschäftigt gewesen war. In letzter Zeit habe ich viel Zeit damit verbracht, Vergleiche zwischen meiner Kindheit und der Ansons zu ziehen, immer noch bestrebt herauszufinden, wie Vater und Sohn so verschieden sein können.

Als kleiner Junge war ich mit meinen Eltern von einer öden westtexanischen Kleinstadt zur nächsten gereist, da mein Vater Depotleiter der Santa-Fe-Eisenbahngesellschaft war. Wir lebten selten länger als ein Jahr im selben Ort. Tatsächlich erinnere ich mich, daß ich in der neunten Klasse drei Schulen in ebenso vielen Städten besuchte: an der einen spielte ich Football, an der anderen Basketball und an der dritten gehörte ich dem Läuferteam an.

Bei jedem Umzug empfand ich die ganz normale kindliche Trauer darüber, Freunde und eine vertraute Umgebung zurücklassen zu müssen, aber die Melancholie hielt für gewöhnlich nicht lange an. Ich fand immer neue Freunde, und es gab immer neue Sportmannschaften, für die ich antreten konnte.

Sofern das Umherreisen meiner Familie psychische Narben hinterlassen hat, bin ich mir dessen nicht bewußt. Jedwede Traurigkeit, die ich beim Verlassen eines Ortes empfand, wurde stets von der Aufregung und Abenteuerlust überlagert, die jeden Umzug begleiteten. Es ist allgemein anerkannt, daß Wurzeln und Stabilität ein Gefühl der Geborgenheit vermitteln, und ich denke, ich wäre auch völlig glücklich gewesen, wenn ich in demselben Haus in demselben Block in derselben Stadt aufgewachsen wäre. Aber ich habe nie vor der Wahl gestanden, und ich kann mich auch nicht erinnern, daß ich es mir bewußt gewünscht hätte. Meine Eltern jagten einem Glück hinterher, von dem ich nichts verstand, und es war nun einmal mein Schicksal, ihnen zu folgen.

In meiner Jugend war ich sportbesessen und verbuchte auch bescheidene Erfolge bei der Sportart, die jeweils gerade Saison hatte. Das half mir, leichten Anschluß an eine neue Gemeinschaft zu finden, die Basis für rasch geschlossene Freundschaften. Wenn wir im Sommer umzogen, suchte ich mir sofort ein Baseballteam der Little League, dem ich mich anschließen konnte. War es Herbst, wartete das nächste Footballteam auf mich. Im Winter spielte ich Basketball, und im Frühjahr gab es immer eine Leichtathletikmannschaft, die noch einen Läufer brauchen konnte.

Wenn wir einmal von nostalgischen Erinnerungen absehen, waren die ländlichen Stationen meiner Jugend mit einem eher ruhigen, einfachen Lebensstil verbunden. Während die laufenden Lebenshaltungskosten ein ständiger Quell besorgter Gespräche zwischen meinen Eltern waren, kann ich mich nicht erinnern, daß Freunde, die in schöneren Häusern lebten und deren Eltern neuere Wagen fuhren, mir je das Gefühl vermittelt hätten, gesellschaftlich minderwertig zu sein. Tatsächlich schienen meiner Generation Luxus und Wohlstand unwichtig und wurden weitgehend ignoriert. Ich erinnere mich an nur geringen Druck von Freunden, so wie er heute unter Jugendlichen existiert, und das einzige Mal, daß ich mit Drogen in Kontakt kam, war, als ein paar von uns sich in ein Autokino im Ort schlichen, um sich einen nicht jugendfreien Film mit dem Titel ›Mary Jane – Killer Weed‹ anzusehen. Worum es in dem körnigen Schwarzweißfilm ging, kann ich nicht sagen, ich weiß nur noch, daß die junge Hauptakteurin sich im Anschluß an ein harmloses Experiment mit Marihuana in ein sexbessenes Etwas verwandelte.

In meiner Kindheit stritten die Erwachsenen über die Härten des Lebens, zuweilen sogar sehr vehement, aber stets gelang es ihnen, ihre Differenzen aus der Welt zu schaffen, bevor Anwälte nötig waren. Ich kann mich nicht erinnern, daß damals unter meinen Freunden auch nur einer gewesen wäre, dessen Eltern sich hatten scheiden lassen.

Meine Eltern leiteten und unterstützten mich, übten aber nur selten Druck aus. Wenn sie sich über meine Zukunft sorgten, merkte ich nichts davon. Damals lebte man das Leben auf einer Tag-für-Tag, was-geschehen-wird-wird-geschehen-Basis. Nur einem großzügigen Sportstipendium habe ich es zu verdanken, daß ich als erstes Mitglied meiner Familie ein College von innen zu sehen bekam.

Das heißt also, daß ich glücklich, naiv und in völliger Ahnungslosigkeit der gesellschaftlichen Krankheiten dieser Welt aufgewachsen bin. Ich wurde nicht mißhandelt, entbehrte nichts und war keinem elterlichen Druck ausgesetzt, abgesehen davon, daß ich ermahnt wurde, meine Hausaufgaben zu machen, am Sonntagmorgen in die Kirche mußte und jeden Ärger vermeiden sollte. Gegen solche Erwachsenenregeln zu rebellieren wäre undenkbar gewesen.

Für mich war einfach selbstverständlich, daß meine Eltern ein untrennbares Team waren und immer sein würden.

Wie anders das für meine eigenen Kinder sein sollte.

Es kam die Zeit, da die Anforderungen meines Jobs begannen, Betty zu belasten. Anfangs waren die Anzeichen sehr subtil, und zweifellos dauerte es eine Weile, ehe ich sie überhaupt wahrnahm. Ich kann nur annehmen, daß es der Überstunden und Reisen letztendlich zu viel geworden war. Ich spürte eine Niedergeschlagenheit bei meiner Frau, die ich zuvor nie an ihr bemerkt hatte, und das bereitete mir große Sorgen.

Bemühungen, mit ihr über die Probleme zu sprechen, welcher Art sie auch sein mochten, schlugen fehl. Sofern es konkrete Gründe für die plötzliche Traurigkeit in Bettys Augen gab, für die Distanz, die sich zwischen uns entwickelte, war sie nicht gewillt, sich hierzu zu äußern.

Ich fragte mich, ob sie an einem Punkt in ihrem Leben angelangt war, an dem sie den Verlust der eigenen Jugend beklagte, die sie den plötzlichen Anforderungen der Ehe und Mutterschaft hatte opfern müssen. War ihr Alltag so von Kindern und Haushalt beansprucht, daß sie keinen Freiraum mehr für sich hatte? Was war der Auslöser gewesen für die Unwahrheiten, die allzu alltäglich wurden, die plötzliche Verschwendungssucht, von der ich erst etwas bemerkte, als unerwartete Rechnungen eintrafen? War es möglich, daß sie meinen beruflichen Einsatz als eine anspruchsvolle Geliebte betrachtete, die sich ihrer Kontrolle entzog?

Auf all diese Fragen weigerte sie sich zu antworten.

Ich hatte seit einiger Zeit über meine eigene Zukunft nachgedacht, immer entschlossener, daß die Zeitungsarbeit nicht das A und O meiner Karriere sein sollte. Ich beneidete jene, die es soweit gebracht hatten, daß sie umfassende Reportagen für Zeitschriften verfaßten, und bewunderte jene, die über genügend Talent verfügten, ganze Bücher zu schreiben. Einige Zeit bemühte ich mich, die – wie ich meinte – nächste Sprosse auf der Erfolgsleiter zu erklimmen. Indem ich auch nachts arbeitete, hatte ich begonnen, Artikel zu schreiben und an verschiedene Herausgeber und Verlage zu schicken, um zu beweisen, daß ich mein Handwerk verstand.

Damals erhielt ich einen bescheidenen Auftrag, der sich daraus ergab, daß ich das erfolgreichste High-School-Footballteam eine ganze Saison lang begleitet und endlich den Mut aufgebracht hatte, mich als freiberuflicher Schriftsteller zu versuchen.

Mit neuerwachtem Enthusiasmus blickte ich auf ein neues Projekt und einen neuen Lebensstil und fieberte dem Tag entgegen, an dem ich meinen Namen auf dem Einband eines Buches gedruckt sehen würde. Und daß ich fortan zu Hause arbeiten konnte, würde sämtliche Probleme lösen, die meine Ehe gefährdeten.

Aber ich sollte bald erkennen, daß es keine Lösung gab.

# Kapitel 3

An einem Sommerabend 1973 saß ich mit den Jungen an einem Redwood-Picknicktisch im Garten und suchte nach den richtigen Worten, ihnen etwas zu erklären, das ich selbst nicht völlig verstand.

»Ich habe mir eine Wohnung genommen«, sagte ich, nach Kräften bemüht, ein Ereignis, das unser aller Leben entscheidend verändern würde, möglichst undramatisch darzustellen. Die nächtlichen Diskussionen, die ihre Mutter und ich in letzter Zeit geführt hatten, erwähnte ich mit keinem Wort, ebensowenig wie den Umstand, daß sie mich zur Trennung gedrängt hatte, darauf beharrend, daß sie ein wenig Zeit für sich bräuchte, um ›sich über einiges klarzuwerden‹. Meine wachsende Erkenntnis, daß unsere elfjährige Ehe sich dem Ende zuneigte, blieb unausgesprochen. Betty hatte nicht von Scheidung gesprochen, aber ich war überzeugt, daß sie daran dachte. Ich wußte, daß dies, wenn ich erst ausgezogen war, sehr bald zu einer Realität werden würde. Ich hatte diese Entwicklung bei zu vielen anderen Paaren beobachtet.

Was sollte ich sonst tun? Wenn ich mich nicht bereit erklärt hätte auszuziehen, wäre sie gegangen, und dann wären die Kinder aus ihrem gemütlichen Heim und ihrer vertrauten Umgebung gerissen worden. Die einzige logische Alternative war gewesen, daß ich ging.

»Warum?« entgegnete Anson, einen fragenden Ausdruck in den großen braunen Augen. Ashley, das Kinn in die kleinen Hände gestützt, wartete stumm auf meine Antwort.

In diesem Augenblick wünschte ich verzweifelt, daß ich eine Weisheit besäße, die mir fehlte, und daß sie älter und eher in der Lage wären, das Offensichtliche zu begreifen.

»Eure Mutter und ich haben beschlossen, daß wir einfach etwas Zeit getrennt voneinander brauchen«, sagte ich schließlich. Ich bemühte mich, ihnen überzeugend zu versichern, daß sie in keinster Weise zu dieser Entscheidung beigetragen hätten. Ich sagte ihnen, daß ich sie liebte und ich sie täglich besuchen würde. Gewissermaßen machte ich ihnen vor, daß alles ganz normal weitergehen würde, während tatsächlich nichts mehr so sein würde wie früher.

Es war beinahe dunkel, als Betty an der Hintertür erschien und die Jungen zum Essen hereinrief. Gleichzeitig war es für mich das Signal zum Aufbruch, und ich nahm ein Geheimnis mit, daß ich meinen Kindern noch Jahre verschweigen sollte.

Monatelang hatte ich insgeheim den Verdacht gehegt, daß meine Frau eine Affäre hatte. Nach einiger Zeit war ich sogar ziemlich sicher, zu wissen, mit wem sie sich traf – dem Mann einer ihrer besten Freundinnen –, aber ich unternahm keinen ernsthaften Versuch, Beweise zu finden, die meinen Verdacht bestätigten. Ich wollte es einfach nicht glauben, fühlte mich unbehaglich und hatte Schuldgefühle ob meines unbewiesenen Verdachts und hoffte, daß ich mich irrte.

Ich wollte nicht, daß meine Ehe zu Ende ging. Ich sagte mir, daß ich allein Schuld trüge, an jeglichen Problemen zwischen uns. Ich war zuviel verreist, hatte zu oft kritisiert, mich zu sehr auf meine Arbeit konzentriert. Wenn Betty das Bedürfnis nach der Gesellschaft eines anderen Mannes gehabt hatte, war ich und ich allein dafür verantwortlich.

Je länger ich über die Situation nachgrübelte, desto länger wurde die Liste meiner persönlichen Verfehlungen.

Und inmitten dieser krankhaften Selbstkasteiung ignorierte ich die Kehrseite der Medaille. Großzügig verzieh ich Betty ihre heimlichen Ausgaben, ihre ständigen Lügen und ihr völliges Desinteresse an meinem Beruf, mit dem ich immerhin unser aller Lebensunterhalt bestritt. Ich war überzeugt davon, ihr sogar ihre Untreue verzeihen zu können.

Diese irrationalen, irrigen Gedanken beschäftigten mich in der ersten Zeit nach der Trennung jede wache Sekunde. Klares Denken war ausgeschaltet. Ich konzentrierte mich darauf, etwas kitten zu wollen, das nicht mehr zu kitten war. Sie war meine Frau, die Mutter meiner Kinder, und ich wollte, daß alles wieder in Ordnung käme.

In der gefängnisartigen Eingeschränktheit meiner Mietwohnung verging ich vor Selbstmitleid, statt zu arbeiten. Ich versuchte zu lesen, aber die Seiten hätten ebensogut unbeschrieben sein können. Ich kochte Mahlzeiten, die ich nicht aß, und schlief nur sehr wenig. Ich befand mich in einem emotionalen Chaos, wie ich es noch nie zuvor gekannt hatte, schier überwältigt von Depressionen, die mich letztendlich sogar an meinem Geisteszustand zweifeln ließen. Und wenn ich nicht verrückt wurde, war ich dem Wahnsinn jedenfalls so nah, wie ich ihm nie wieder kommen wollte.

Ich hatte nur dann einen Bezug zur Realität, wenn ich mit den Jungen zusammen war. Wenngleich sie von der neuen Wohnsituation verwirrt waren, stellten sie bei ihren Besuchen keine Fragen, und ich enthielt mich weiterer Erklärungen. Sie schienen gut damit fertigzuwerden, und ich beneidete sie um ihre bemerkenswerte Anpassungsfähigkeit und kindliche Unschuld.

Erst die Scheidungsklage brachte mich wieder zur Vernunft. Als ich das Juristenchinesisch durchlas, das das Ende meiner Ehe einläutete, mischte sich Zorn in meinen Schmerz. Ich wünschte, sie wäre so aufrichtig gewesen, mir ihre Scheidungsabsichten mitzuteilen, und hätte auf das Theater verzichtet, daß sie eine Weile allein sein müsse, um über einiges nachzudenken. Warum hatte sie nicht einfach gesagt, daß sie sich in jemand anders verliebt hatte; mit welchem Recht zerstörte sie mein Leben?

Ich hatte nicht die Absicht, ihr mein Einverständnis zur Scheidung zu verweigern, aber ich suchte verschiedene Anwälte auf, um mit ihnen etwas zu besprechen, worüber ich mir seit unserer Trennung große Gedanken gemacht hatte. Ich wollte das Sorgerecht für meine Söhne. Ich war überzeugt davon, sie allein großziehen zu können, und ich sagte mir, daß wir auch ohne ihre Mutter eine Familie bleiben könnten.

Die Zeit war jedoch für solche Vorstellung noch nicht reif. Jeder der Anwälte, die ich aufsuchte, sagte das gleiche: die Chancen, daß ein texanischer Richter einem Vater das Sorgerecht übertrug, waren gleich null.

Einer der Anwälte ging soweit, mir den letzten Sorgerechtsfall zu schildern, bei dem er einen verzweifelten Vater vertreten hatte: »Ich konnte beweisen, daß die Mutter eine Prostituierte war, die erbärmlichste, heruntergekommenste Schlampe, die man sich nur vorstellen kann. Sie war ganz ohne Zweifel drogensüchtig und vernachlässigte ihre Kinder, ließ sie allein zu Hause, während sie anschaffen ging, um sich ihren nächsten Schuß zu finanzieren. Hinterher schlief sie den ganzen Tag und überließ die Kinder sich selbst.

Der Vater hingegen war ein anständiger Kerl. Er arbeitete hart, liebte seine Kinder über alles und war bereit, alles in seiner Macht Stehende zu tun, ihnen ein schönes Leben zu bieten.

Und wissen Sie was? Der Richter brauchte nur zehn Sekunden zu entscheiden, daß die armen Kinder bei ihrer jämmerlichen Mutter bleiben sollten. Das Ganze hat mich ganz krank gemacht.

Ich will Ihnen damit in aller Offenheit sagen, daß es reine Zeit- und Geldverschwendung wäre, wenn sie versuchen würden, das Sorgerecht für Ihre Kinder zu bekommen. Das Beste, worauf sie hoffen können, ist ein Besuchsrecht, mit dem Sie leben können.«

Mit nur geringen Abweichungen bekam ich von allen dasselbe zu hören.

Mit der Zeit gipfelten Zorn, Selbstzweifel und Enttäuschung in einem ziellosen Versuch, mein eigenes Leben neu zu ordnen. Langsam wurde mir klar, daß kein Wunder geschehen würde, daß meine Ehe nicht mehr zu retten war. Und doch war der Schmerz, den ich dabei empfand, Betty täglich zu sehen, wenn ich die Jungen abholte oder sie sie bei mir vorbeibrachte, ebenso real wie jeder körperliche Schmerz, den ich je empfunden hatte. Auf der einen Seite war ich überzeugt davon, sie immer noch zu lieben, gleichzeitig aber wuchs mein Groll gegen sie, als sie auch weiterhin beharrlich jede Beziehung zu einem anderen Mann leugnete. Erst nachdem ich im Zorn gedroht hatte, die Frau ihres Liebhabers ins Bild zu setzen, gestand sie die Affäre und flehte mich inständig an, seine Familie nicht hineinzuziehen.

Daß sie mehr um ihrer beider Wohlergehen besorgt war als um meins oder das ihrer eigenen Kinder, holte mich unsanft in die Wirklichkeit zurück.

Ich erkannte rasch, daß die freundschaftlichen Scheidungen, die Fernseh-Sitcoms einem vorgaukelten, Scheidungen, die mit einem Händeschütteln und Schwüren ewiger Freundschaft endeten, haarsträubender Mist waren; eine Phantasie, die in etwa so häufig auftrat wie der Haleysche Komet.

Ich mußte mir darüber klar werden, wie ich mein eigenes Leben wieder in Gang bringen sollte. Hierzu mußte ich fort, Abstand schaffen zwischen mir und den tagtäglichen Erinnerungen an den Zusammenbruch meiner heilen Welt. Schon die oberflächlichste Begegnung mit meiner zukünftigen Ex-Frau war eine Qual. Wenn ich ihrem heimlichen Geliebten auf der Straße begegnete, stieg eine kaum noch kontrollierbare Wut in mir auf. Ich erwog, ihn zur Rede zu stellen, sogar zu seiner Frau zu gehen und ihr die Augen zu öffnen, ihr mitzuteilen, daß sie bald demselben Schmerz ausgesetzt sein würde wie ich, daß auch ihre Kinder der Sicherheit und Geborgenheit einer Familie beraubt werden würden.

Ich entwickelte einen gemeinen Zug, brütete häßliche Gedanken aus, die mich in klaren Augenblicken richtiggehend erschreckten. Ich mußte weg. Aber wohin?

Das innere Gefühl des Wohlbefindens, das mit dem Bewußtsein einhergeht, irgendwohin zu gehören, läßt sich nicht mit Worten beschreiben. Ob man nun eine noble Adresse in Beverly Hills oder eine heruntergekommene Mietskaserne in der Bronx sein Zuhause nennt, das Heim ist der größte Halt im Leben eines Menschen. Er mag snobistisch seinen Luxus und die Wohnlage rühmen oder auch über defekte Wasserrohre und streitsüchtige Nachbarn schimpfen, aber tief im Inneren weiß er, daß dies sein ureigenster Platz im Universum ist. Dort soll er sein, dort findet seine Seele Frieden, das ist das Heim, in dem er immer wieder Zuflucht vor den Komplexitäten der Außenwelt sucht.

Ich mußte mir ein neues Zuhause suchen. Und ich hatte keinen Schimmer, in welcher Richtung ich suchen sollte. Ich erklärte Anson und Ashley linkisch, daß ich bald die Stadt verlassen würde, versicherte ihnen, daß wir einander regelmäßig sehen würden, gleich wie weit wir voneinander entfernt leben mochten, und vollzog den längst überfälligen Abschied von meinem bisherigen Leben.

Wäre ich nicht so gedrückter Stimmung gewesen, hätte meine Suche nach einem neuen Zuhause, einem neuen Anfang, vielleicht ein Abenteuer sein können. Ich fuhr nach New York und stattete dem völlig verblüfften Herausgeber eines Buches von mir, das bald erscheinen sollte, einen Besuch ab. Ich besuchte meine jüngere Schwester Laurie in Dallas. Ich nächtigte fast eine Woche lang bei einem Freund in Austin auf dem Sofa, sah mir ein Footballspiel an der University of Texas an und ein Konzert des Country-and-Western-Balladen-Sängers Tom T. Hall. Dann traf ich eines Abends spät in Houston ein, ohne die leiseste Ahnung, was ich dort wollte. Ich fuhr ziellos über die Landstraßen meiner westtexanischen Heimat und verbrachte Nächte in längst vergessenen Motels. Ich schlug häppchenweise die Zeit tot, Meile für Meile, Minute für Minute, Tag für Tag.

Während meiner einsamen Reise versuchte ich vergeblich, mich davon zu überzeugen, daß ich die neugewonnene Freiheit genießen sollte. Tatsächlich wollte ich diese Freiheit jedoch nicht. Die Bilder dessen, was ich zurückgelassen hatte, verfolgten mich auf jeder Meile des Weges. Noch nie hatte ich mich so allein gefühlt. Oder so feige, da ich vor meiner Enttäuschung davonlief und meine Söhne einfach im Stich gelassen hatte.

Auf Drängen meiner Schwester ließ ich mich schließlich vorübergehend in Dallas nieder und nahm einen Job bei einer Spedition an. Da der kreative Strom versiegt war, reizte mich die Vorstellung nicht, allein vor einer Schreibmaschine zu sitzen. Ich sagte mir, daß einige Monate harter Arbeit in Gesellschaft mir völlig fremder Menschen den Übergang, den ich vollziehen mußte, möglicherweise beschleunigen würde.

Rückblickend mag dies das sichtbarste Anzeichen geistiger Instabilität gewesen sein. Während ich gemeinsam mit muskelbepackten jungen Männern, die aussahen, als bereiteten sie sich auf einen Titel als Schwergewichtsboxer oder eine Footballsaison vor, Lasten in Anhänger lud, bemühte ich mich, mit meiner privaten Last fertigzuwerden. Die Arbeit war körperlich sehr hart, der Tag lang. Am Ende meiner Schichten empfand ich keinerlei Befriedigung außer vielleicht der, einen weiteren Tag überlebt zu haben. Nach und nach zeichnete sich eine subtile und doch nützliche Lektion ab: Jeder Schriftsteller, der sich über die Anforderungen und die Mühsal seines Berufs beklagt, sollte seinen breitgesessenen Hintern zur nächsten Laderampe bewegen, in Zwölf-Stunden-Schichten Fernseher und Kühlschränke stemmen und dann einmal vergleichen.

Das bedeutet, daß es nicht lange dauerte, bis ich mich wieder den Bedürfnissen der New Yorker Buch- und Zeitschriftenherausgeber zuwandte und meine Suche nach einer neuen, dauerhaften Adresse wieder aufnahm.

Auf Einladung eines Schriftstellerfreundes namens Giles Tippett fuhr ich an einem Wochenende nach Süden in die pittoreske texanische Berglandschaft. Giles hatte zwei Jahre zuvor dem Dreck, den Verkehrsstaus und der horrenden Kriminalitätsrate eines Houstoner Vorortes den

Rücken gekehrt und lebte nun in einem Haus an einem Berghang am Stadtrand von Kerrville, das er ausgewählt hatte, um in Frieden schreiben zu können.

Das üppige Grün der Landschaft, die frühlingsgespeisten Flüsse und die blühenden Kornblumenfelder entlang der Straße riefen Erinnerungen an einen wunderbaren Sommer wach, den ich während meiner Collegezeit ganz in der Nähe verlebt hatte. Von einem alten Junior-High-Coach ermutigt, hatte ich mich um einen Job als Betreuer in einem Jungencamp beworben. Drei wunderbare Monate lang hatte ich eine Baracke mit Zehnjährigen beaufsichtigt und ihnen beigebracht zu schwimmen, mit Pfeil und Bogen zu schießen, ein Kanu zu steuern, zu reiten und sich auf natürlichen Pfaden zurechtzufinden, die sich durch die Wildnis auf dem Gelände des La-Junta-Camps wanden.

Für jemanden, der in den kargen Ebenen von Westtexas aufgewachsen war, war es wie ein Besuch in einer völlig neuen Welt gewesen, wie man sie von Postkarten her kannte. Niedliche Rehe grasten am Straßenrand und tranken vom kühlen Wasser der sanft dahinfließenden Bäche, graue Eichhörnchen jagten einander unermüdlich durch das Geäst der Bäume, und Wildblumen zauberten einen flammenden Regenbogen auf die steinigen, zedernbewachsenen Berghänge.

Aber nicht nur die Bilder und Geräusche der Gegend hatten den Neunzehnjährigen beeindruckt, der vorübergehend vom Streß höherer Studien befreit war. Die Menschen, die diese Gegend ihr Zuhause nannten, waren freundlich, ihre Lebensweise war einfach und gemächlich, der Schönheit und angenehmen Isolation ihrer Umgebung angepaßt.

Dieser Art waren die Gedanken, die bei diesem spontanen Besuch bei einem alten Freund in mir aufstiegen. Ich sagte mir, daß dies ein guter Ort für einen Neuanfang sein könnte.

Und so fuhr ich an einem warmen, sonnigen Samstagnachmittag durch die zypressenbewachsene Landschaft und erreichte schließlich eine kleine Gemeinde mit dem faszinierenden Namen Comfort (*Trost*; Anmerkung des Übersetzers). Wenngleich ich noch nie dort gewesen war – und auch noch nie von diesem Ort gehört hatte –, bezauberte mich die ihm eigene Alte-Welt-Atmosphäre. Im Zentrum versorgte ein einhundert Jahre alter Laden die Bewohner immer noch mit Lebensmitteln; der Drugstore ganz in der Nähe verfügte über einen Siphon, der Erinnerungen an eine längst vergangene Kindheit weckte. Am Marktplatz befand sich eine Buchhandlung, und obwohl der Ort nur tausendfünfhundert Einwohner zählte, wurden am Wochenende in einem pompösen alten Kino immer noch Filme gezeigt.

Draußen vor dem Ort legten Kinder auf ihren Pferden eine Pause ein, um ihre Tiere aus dem seichten Guadalupe River trinken zu lassen, dessen steiniger Boden durch das klare Naß hindurchschimmerte. Ich fuhr am Kindersportplatz vorbei, machte Rast, um mir in einem ehemaligen Depot der Santa-Fe-Eisenbahn einen Hamburger und ein Bier zu genehmigen, und schlenderte über die mit schattenspendenden Markisen versehenen Bürgersteige des Geschäftsviertels, an einer Metzgerei, einer Reinigung, einer Bank, einem Postamt und dem Büro der Wochenzeitung *Comfort News* vorbei.

Rein zufällig – vielleicht hatte auch das Schicksal mich hergeführt – war ich über einen Ort gestolpert, an dem ich einen neuen Anfang machen wollte.

In der Zeitungsredaktion traf ich den Redakteur bei der

Arbeit an der nächsten Ausgabe an und gab eine Anzeige auf: *Alleinstehender Schriftsteller aus Dallas möchte sich in Hill Country niederlassen und sucht in oder um Comfort Haus zu mieten.* Ich gab meinen Namen und die Telefonnummer meiner Schwester an und fuhr dann zurück nach Dallas, wo ich ungeduldig auf Reaktionen auf meine Annonce wartete.

Eine Woche später war ich unterwegs, um die Jungen abzuholen, damit sie mich nach Hill Country begleiten und sich das Haus ansehen konnten, das, wie ich bereits entschieden hatte, bald mein neues Zuhause sein würde.

Ein Mann namens J. A. Langridge hatte aus San Antonio angerufen und mir mitgeteilt, daß er dreihundertfünfzig Acres außerhalb von Comfort besäße. Neben dem Wochenendhaus, in dem er und seine Frau regelmäßig einkehrten, befände sich auf dem Besitz noch eine gemauerte Jagdhütte mit zwei Zimmern, die er vollständig renoviert hätte und zu einem Preis vermieten wollte, den ich mir leisten konnte. Er wünschte außerdem, daß der Mieter ein Auge auf das Haupthaus hielt und ihn verständigte, falls in seiner Abwesenheit irgendwelche Probleme aufträten.

Als ich ihm erklärte, daß ich hoffte, meine zwei kleinen Söhne würden die Sommerferien bei mir verbringen, zeigte er sich hiervon in keiner Weise gestört. »Es gibt auf der Welt keinen geeigneteren Ort, Kinder großzuziehen«, sagte er. »Die Jungen werden begeistert sein.«

In den ersten Monaten meines Junggesellendaseins genoß ich die Einsamkeit, stand früh auf, um das Rehwild zu verscheuchen, das sich nahe genug ans Haus heranwagte, um den kleinen Gemüsegarten zu plündern, den ich angelegt hatte, und verbrachte die Vormittage und frühen Nachmittage an der Schreibmaschine. Später am Tag durchstreifte ich die nahegelegenen Berge, folgte der gewundenen Route des Baches und angelte in den Teichen, in denen mein Vermieter Breitmaulbarsche und Flußbarschhybriden ausgesetzt hatte, die einem einen Kampf lieferten, von dem ein geschickter Angler nur träumen konnte.

Ich verließ mein neues Heim nur dann, wenn der Kühlschrank aufgefüllt werden mußte, ein Auftrag meines Lektors eine Reise erforderte oder um einen Tag mit den Jungen zu verbringen.

Manchmal wurde ich von Einsamkeitsschüben heimgesucht, gewöhnlich am Abend, wenn die Sonne hinter den Wipfeln der Zypressen und Zedern verschwand oder wenn ich nachts draußen saß und die unzähligen funkelnden Sterne betrachtete, deren Anblick hier nicht von Stadtlichtern gestört wurde. Nach einer Weile vertrieb die friedliche Stille, in die sich nur die gedämpften Laute der Natur mischten, jegliche Melancholie. Ich fühlte mich wohl in meinem neuen Zuhause und zählte die Tage bis zum Sommer, wenn Anson und Ashley diese ländlichen Wunder mit mir würden teilen können.

Ob nun real oder Produkt einer romantischen Phantasie, ich hatte einen Ort gefunden, der schöner war, als ich mir meine neue Heimat hätte träumen lassen.

Früh an einem Februarmorgen 1974 erhielt ich einen unerwarteten Anruf von Betty. Sie klang sachlich und nüchtern, eher wie eine Fremde als wie ein Mensch, den ich seit so vielen Jahren so gut kannte.

»Die Jungen möchten bei dir leben«, sagte sie.

Ich schwieg einige Sekunden verblüfft und in Erwartung einer Erklärung. Aber es kam keine.

»Wann?«

»Sofort«, entgegnete Betty. »Ich habe ihre Sachen schon gepackt.«

Ich fuhr eilig in die Stadt, mietete einen Lieferwagen und war Mitte des Nachmittags in Brownwood. Überrascht sah ich, daß die gesamte Habe der Jungen in der offenen Garage bereitstand – Möbel, Spielzeug, Bücher, Fahrräder und in Plastikmüllsäcke gestopfte Kleidungsstücke.

Da ich fürchtete, daß Betty oder die Jungen es sich in letzter Minute anders überlegten, gab ich gar nicht erst Bescheid, daß ich eingetroffen war, sondern begann gleich, die Sachen in den Wagen zu laden, sicher, daß der Lärm, den ich dabei veranstaltete, Anson und Ashley meine Ankunft bald verraten würde.

Es dauerte nicht lange, und sie kamen aus der Tür gelaufen, lächelnd und scheinbar glücklich. Eifrig halfen sie mir beim Aufladen. Sofern ein größeres Trauma oder Traurigkeit mit ihrem Umzug verbunden war, bemerkte ich nichts davon. Ich sah nur zwei Jungen, die es kaum erwarten konnten, sich in ein neues Abenteuer zu stürzen, und ich spürte die plötzliche Wärme lang vermißter freudiger Erregung.

Trotzdem war das alles höchst merkwürdig, und mir schwirrten Fragen im Kopf herum, die ich nicht zu stellen wagte. War Betty ganz plötzlich zu der großherzigen Überzeugung gelangt, daß unsere Kinder bei mir besser aufgehoben wären, oder waren sie zu einer unwillkommenen Last in ihrer neugewonnenen Freiheit geworden?

Offen gestanden interessierten mich ihre Beweggründe für diese Entscheidung nicht sonderlich. Betty gab auch dann keine Erklärung ab, als sie schließlich aus dem Haus kam und mir einen Umschlag überreichte, der die Schulzeugnisse der Jungen enthielt. Sie bückte sich und umarmte die beiden, versprach, sie bald zu besuchen, und kehrte dann schweigend zurück ins Haus.

Sie ist ganz bestimmt traurig, daß ihre Kinder sie verlassen, dachte ich, als wir davonfuhren. Aber wenn das der Fall war, hatte sie dies meisterhaft zu verbergen verstanden.Noch vor Anbruch der Dunkelheit waren wir in Comfort und richteten ihr neues Zimmer ein, während wir uns über die aufregenden Tage unterhielten, die vor uns lagen. Erst als ich davon sprach, sie in der örtlichen Schule anzumelden, spürte ich den ersten Anflug von Zurückhaltung.

Ich erzählte ihnen, daß ich schon oft an der Grundschule vorbeigefahren war und sie einen wirklich guten Eindruck machte. Ich versuchte, sie davon zu überzeugen, daß dort neue Freunde sie erwarteten.

Es war Anson, der schließlich aussprach, was ihn und seinen Bruder bedrückte. »Morgen ist Valentinstag«, erklärte er, »und wir kennen hier niemanden.« Wie, fragte er sich, sollten sie am traditionellen Kartenaustausch während der Klassenfete am Ende des Tages teilnehmen?

Solcher Art sind die unschuldigen Krisen von Drittkläßlern und Kindern im Kindergarten.

Die Lösung des Problems bestand darin, in den Ort zu fahren und mehrere Packungen herzförmiger Glückwunschkarten zu kaufen. Jeder von ihnen unterzeichnete eine Kartenmenge, die die Zahl ihrer Mitschüler meiner Schätzung nach bei weitem übertreffen würde. Da sie die Namen ihrer zukünftigen Klassenkameraden nicht kannten, schlug ich vor, daß sie ihre Karte der Lehrerin gaben und diese baten, sie auszuteilen.

»Aber«, warnte ich, »da niemand weiß, daß ihr künftig hier auf die Schule gehen werdet, seid nicht enttäuscht, wenn ihr selbst keine Karten bekommt.«

Als sie am darauffolgenden Nachmittag nach ihrem ersten Tag an der Comfort Elementary School das Schulgebäude verließen, strahlten sie über das ganze Gesicht und hatten jeder eine Papiertüte voller Valentinskarten bei sich, die persönlich an sie adressiert waren. Ihre Lehrer hatten in weiser Voraussicht dafür gesorgt, daß niemand von den Feierlichkeiten ausgeschlossen wurde und alle Schüler auch eine Karte für den Neuzugang in ihrer Klasse bereithielten.

Von diesem Tag an, der dank der Aufmerksamkeit zweier Lehrer für alle zu einem vollen Erfolg geworden war, wußte ich, daß es Anson und Ashley in ihrem neuen Zuhause gefallen würde.

Ich glaube, es ist eine bemerkenswerte menschliche Gabe, die Erinnerungen an gute Zeiten zu verstärken, während die weniger schönen Augenblicke verwischen und in Vergessenheit geraten. Heute, Jahre später, erinnere ich mich gern an jene Tage in Comfort zurück. In meinen Augen war unser gemeinsames Leben dort so idyllisch, wie man es sich realistisch nur erhoffen kann.

Für Anson und Ashley war das Texas Hill Country ein ländliches Wunderland, das endloser Erforschung harrte. Im Frühling liefen sie durch die strahlenden Farben der Kornblumen und anderer leuchtendbunter Gewächse, den neuesten Familienzuwachs, einen pummeligen, liebenswerten Dachshund namens Nemo im Gefolge. Im Sommer diente der kühle, klare Bach, der an der Hütte vorbeifloß, am Tage als Schwimmbecken, während nachts die Stille vom sanften Plätschern seines nahegelegenen Wasserfalls erfüllt war.

An den Herbstabenden wanderten wir, nachdem die

Hausaufgaben erledigt und das Geschirr vom Abendessen abgewaschen war, die kurze Strecke zu einem der Teiche und angelten, bis es so dunkel wurde, daß wir unsere Ruten nicht mehr sehen konnten.

Samstagsabends setzte ich sie immer am Kino von Comfort ab, wo sie sich gemeinsam mit ihren neuen Freunden den neuesten Film von Walt Disney ansahen. Wir fuhren auch mehrmals nach Austin, wo der Country-Sänger Willie Nelson ihnen anbot, während seiner Vorstellungen auf der Bühne zu sitzen. Sonntags gingen wir in die Kirche.

Ashley war entzückt von den simplen Aufgaben im Kindergarten, und Anson gewöhnte sich schnell an den Alltag in seiner neuen Schule. Seine Noten lagen über dem Durchschnitt, er lernte in der Schulkapelle Kornett zu spielen und war stolz, als man ihm am Ende des Schuljahres eine Urkunde für hervorragende Leistungen überreichte. Als der Sommer kam, spielte er im rechten Feld einer Little-League-Mannschaft, die von der Texaco-Tankstelle am Ort gesponsert wurde.

Betty rief hin und wieder an, und die Jungen freuten sich immer, von ihr zu hören. Sie waren hinterher immer einige Tage ganz aufgeregt wegen ihrer Versprechungen, daß sie sie bald besuchen würde. Dreimal in ebenso vielen Jahren machte sie ihr Versprechen wahr. Einmal traf sie am späten Nachmittag ein, um sich am Abend ein Schulkonzert anzuhören, bei dem Anson mitspielte, einmal ging sie mit den Jungen essen, und einmal besuchte sie Ashley im nahegelegenen Krankenhaus von Kerrville, wohin ich ihn gebracht hatte, um einen gutartigen Tumor am Ohr entfernen zu lassen. Meist warteten sie jedoch bis zum Abend vergeblich auf ihr Eintreffen. Ich erfand regelmäßig neue Ausreden dafür, daß sie wieder einmal nicht gekommen war, und ließ mir meinen Zorn ob der Enttäuschung, die sie den Jungen zufügte, nicht anmerken.

Was mich betraf, reagierte ich auf jeden Kontakt mit einer Mischung aus Mißtrauen und Eifersucht. Wenngleich alles dafür sprach, daß die Jungen in ihrer neuen Umgebung glücklich waren und sich wohlfühlten, war ebenso offensichtlich, daß sie ihre Mutter liebten, und ich fürchtete ständig, daß sie sie überreden könnte, wieder bei ihr zu wohnen. Immerhin hatte sie offiziell noch das Sorgerecht, und ich war jedesmal unsagbar erleichtert, wenn ein Telefonat beendet war und sie nach einem Besuch wieder wegfuhr.

Jedoch schwand meine Sorge mit der Zeit. Nachdem zwei Jahre vergangen waren, sagte ich mir, daß ihr inzwischen klar sein müsse, daß die Jungen in ihrer neuen Heimat gesund und glücklich waren und bestens versorgt wurden. Die unausgesprochene Bitterkeit, die ich ihr gegenüber einmal empfunden hatte, verblaßte.

Jedoch flammte sie an einem Nachmittag Anfang des Frühlings rasch wieder auf. Ich saß an der Schreibmaschine und versuchte, mein Tagespensum zu beenden, bevor der Schulbus die Jungen zu Hause ablieferte, als der Leiter der Schule mich anrief.

»Mr. Stowers«, sagte er, »die Mutter Ihres Sohnes ist hier und bittet darum, daß wir Ashley aus dem Unterricht holen, damit er sie sehen kann. Ich habe ihr erklärt, daß nur Sie befugt sind ...«

Ich ließ ihn den Satz gar nicht zu Ende sprechen. »Ich bin gleich da. Lassen Sie unter keinen Umständen zu, daß mein Sohn die Schule verläßt.« Auch bat ich ihn, in der nahegelegenen Grundschule anzurufen, die Anson besuchte, und dort Bescheid zu geben, daß man ihn nicht mit seiner Mutter weggehen lassen sollte.

Auf der fünfzehnminütigen Fahrt in den Ort brach der alte, vergessene Zorn wieder hervor. Es war Monate her, seit Betty das letzte Mal angerufen hatte, und jetzt tauchte sie plötzlich ohne Vorwarnung auf, um … was? Sie mir wegzunehmen?

Als ich den Wagen auf dem Parkplatz abgestellt hatte und auf das Schulgebäude zuging, sah ich meinen ehemaligen Schwiegervater – er war ein großgewachsener, humorloser Mann – aus einem Wagen steigen und auf mich zukommen. Es machte mich wütend, daß er an dem, was vor sich ging – was immer das sein mochte – teilhatte. Ich zeigte drohend mit dem Finger auf ihn, während ich den Bürgersteig zum Schulsekretariat hinunterging, und rief ihm zu: »Es ist besser für dich, wenn du deinen Hintern zurück in den Wagen bewegst und dich nicht von dort wegrührst.«

Er funkelte mich einige Sekunden zornig an, kehrte dann wortlos zum Parkplatz zurück und stieg in den Wagen.

Im Inneren des Gebäudes traf ich in einem Warteraum auf Betty. Sie trug ein farbenfrohes Sommerkleid und lächelte, als wäre ihr plötzliches Erscheinen etwas ganz Alltägliches. »Ich bin gekommen, um meine Jungen nach Hause zu holen«, sagte sie.

*»Niemals.«*

Ich erklärte ihr, daß sie die lange Fahrt umsonst gemacht habe und sofort wieder fahren solle. Als ich lauter wurde, mischte sich der Direktor ein. »Ich denke, es wäre besser, wenn Sie diese Diskussion an einem anderen Ort führen würden«, sagte er.

Wir gingen hinaus auf den Parkplatz, wo ihr Vater sich uns anschloß. Ich hatte nicht mehr mit ihm gesprochen, seit Betty und ich meine Schwiegereltern kurz nach der

Trennung besucht hatten. Er und seine Frau waren aufrichtig bestürzt gewesen vom Scheitern unserer Ehe und hatten gefragt, ob sie irgend etwas tun könnten, um dazu beizutragen, unsere Eheprobleme aus der Welt zu schaffen. Sie hatten darauf bestanden, sich meine Version der Geschichte anhören zu wollen, aber nachdem ich aufrichtig erklärt hatte, wo meines Erachtens die Ursachen für das Problem lagen und daß Betty eine Affäre hatte, hatte ihr Vater mich zornig aufgefordert, sein Haus zu verlassen und mich nie wieder blicken zu lassen. Er wolle sich meine gräßlichen Lügen nicht länger anhören.

Und doch wandte ich mich in dieser Situation an jemanden, vor dem ich jeglichen Respekt verloren hatte, in der Hoffnung, daß er seine Tochter zur Vernunft bringen würde. Ich berichtete ihm von meinen unzähligen Versuchen, den Jungen Bettys nicht eingehaltene Versprechen zu erklären, von den vergessenen Geburtstagen und den Anrufen von Inkassobeauftragten, die sich bei mir erkundigt hatten, wo sie anzutreffen wäre. Und während seine Tochter schweigend an seiner Seite stand, beschrieb ich das Leben, das Anson und Ashley genossen hatten, seit sie bei mir lebten; ihre Erfolge in der Schule, die neuen Freunde, der Unterricht des örtlichen Episkopalpriesters, der sie zu Akoluthen ausbildete, ihre Begeisterung für das Shetlandpony, das wir kürzlich angeschafft hatten. Sie waren glücklich, es ging ihnen gut, und es wäre kriminell, dies zu zerstören.

»Ob du mir glaubst oder nicht, kümmert mich einen Dreck«, sagte ich. »Das ist Vergangenheit. Aber ich werde dir noch eins sagen, worüber du auf der Heimfahrt nachdenken solltest. Der Sheriff von Brown County hat mich kürzlich angerufen und gefragt, ob ich wüßte, wo Betty sich aufhielt. Er hat einen Haftbefehl gegen sie. Wegen

Scheckbetruges. Ich sagte ihm, ich hätte keinen Schimmer, wo sie sein könnte. Ich habe um ihretwillen gelogen; das heißt – den Jungen zuliebe. Aber bei Gott, ich werde es nicht wieder tun.«

Hierauf wandte ich mich meiner Ex-Frau zu. Das selbstsichere Lächeln, das sie bei ihrer Ankunft zur Schau getragen hatte, war verschwunden und einem kalten, zornigen Blick gewichen.

Ehe ich noch etwas sagen konnte, legte ihr Vater ihr den Arm um die Schultern und führte sie zum Wagen. »Es war ein Fehler herzukommen«, hörte ich ihn sagen, als sie sich entfernten.

Ich stand eine Weile allein auf dem Parkplatz, blickte ihrem Wagen hinterher, bis er nicht mehr zu sehen war, und fragte mich nach dem Sinn der Szene, die sich gerade abgespielt hatte. Vielleicht hatte Betty die Jungen aufrichtig vermißt und zurückhaben wollen. Sofern dies zutraf, war ihre Methode jedenfalls völlig unangebracht gewesen. Auch fand ich es eigenartig, daß sie so unvorbereitet erschienen war und so leicht aufgegeben hatte. War es möglich, daß die Szene nur für ihren Vater bestimmt war, gespielt in dem Bewußtsein, daß ich nicht zulassen würde, daß sie die Kinder mitnahm?

Während ich über diese Fragen nachgrübelte, breitete sich eine neue Gelassenheit in mir aus. Welche Kontrolle meine Ex-Frau auch bislang über mein Leben gehabt haben mochte, in diesen wenigen Augenblicken der Konfrontation hatte sich ihr Einfluß in Luft aufgelöst, wie ich mit Erleichterung registrierte.

Monate vergingen, ehe ich wieder von Betty hörte.

Die Auswirkungen einer Scheidung auf Kinder sind schwer zu ermessen. Sicher ist es eine beängstigende, brutale Abkehr von dem Leben, in das sie hineingeboren wurden und das sie im Laufe der Jahre als selbstverständliche Ordnung betrachten. Zu dem Zeitpunkt, da meine Ehe in die Brüche ging, glaubte ich, Anson und Ashley wären noch zu jung, die Komplexität von Problemen zwischen Erwachsenen zu erfassen.

Meine Erklärungsversuche waren bestenfalls oberflächlich und erfolgten nur dann, wenn Fragen zur Scheidung aufkamen: Menschen leben sich auseinander ... Ihre Interessen ändern sich ... Aus einer Vielzahl von Gründen sind sie nicht mehr glücklich miteinander. Ich hatte keine konkreten Antworten für sie.

Ich wußte, daß sie ihre Mutter vermißten, aber ich hatte nie den Eindruck, daß dieses Gefühl ihr Alltagsleben überschattete. Comfort mit seinem geruhsamen, sorglosen Lebensstil und seiner warmherzigen Akzeptanz eines alleinerziehenden Vaters mit zwei Söhnen war ein wunderbar heilendes Umfeld.

In späteren Jahren sollte ich jedoch erfahren, daß tiefe, unsichtbare Wunden geblieben waren, die sich letztlich im stetig wachsenden Zorn meines ältesten Sohnes äußerten.

## Kapitel 4

Den Zeitpunkt und Ort exakt zu bestimmen, da das Leben eines Menschen eine ganz bestimmte Richtung einschlägt, ist, gelinde gesagt, schwierig. Frühe Warnsignale werden übersehen, geringfügige aber verräterische Übergriffe häufig vergessen oder ignoriert. In den drei Jahren in Comfort fiel mir nichts auf, was mich gewarnt hätte, daß Anson größere Probleme hatte als jeder andere Zwölf-, beinahe Dreizehnjährige.

Blickt man zurück auf einen bestimmten Vorfall – Anson und sein bester Freund hatten beispielsweise einmal geplant, gemeinsam nach der Schule ein Päckchen Zigaretten aus dem Drugstore des Ortes zu klauen –, nickt man wissend und bewertet dies als erste von zahlreichen noch folgenden antisozialen Handlungen? Oder erinnerte er sich nur daran, daß sie in flagranti von der matronenhaften Ladenbesitzerin ertappt wurden, die ihre eigene altmodische Art der Bestrafung und Lektionerteilung anwandte? Sie versprach, den mißlungenen Diebstahlversuch für sich zu behalten, wenn die beiden Jungen eine Stunde ihren Laden putzten, die Böden fegten, die Auslagen abstaubten und die Gläser hinter dem altmodischen Siphon spülten.

Für meine beiden Söhne war das Landleben mit den einfachen Freuden und begrenzten Forderungen reich an Zutaten für eine glückliche Kindheit. »Da war der einzige Ort, an dem ich mich nie in irgendeiner Weise unter Druck gesetzt fühlte«, sagte Anson mir Jahre später.

Auch mir widerstrebte es zutiefst, diesen Ort zu verlassen.

Aber nach drei Jahren bescheidenen Einkommens, das ich vornehmlich aus allzu sporadischen Artikelverkäufen an Zeitschriften bezog, war das Verdienen unseres Lebensunterhaltes zu einem ernsten Problem geworden. ›Rezession‹ war damals ein unpopulärer, aber häufig benutzter Begriff aus dem amerikanischen Wortschatz, und sie machte sich in der Verlagsbranche, von der ich abhängig geworden war, gravierend bemerkbar.

Und so kam es, daß ich, als der Herausgeber der Sonntagszeitung *Dallas Morning News* anrief und mir eine feste Anstellung anbot, gründlich darüber nachdachte und schließlich widerstrebend den Jungen erklärte, daß wir erneut umziehen würden.

Der Umzug nach Dallas sollte jedoch nicht die einzige Veränderung sein, mit der Anson und Ashley sich würden abfinden müssen. Ich hatte einige Monate zuvor eine attraktive geschiedene Frau namens Lynne Livingston kennengelernt, und inzwischen trafen wir uns regelmäßig. Gelegentlich kam sie am Abend zu uns und begleitete uns auf Angelausflügen oder lud uns am Wochenende zu sich nach Hause zum Essen ein. Wenn die Finanzen es erlaubten und ich einen Babysitter bekommen konnte, fuhren Lynne und ich nach Kerrville, gingen ins Kino und aßen mexikanisch. Da sie leidenschaftliche Vogelbeobachterin war, lehrte sie die Jungen, die verschiedenen heimischen Arten zu unterscheiden.

Ich begrüßte diese unerwartete Wende erwachsener Gesellschaft in meinem Leben. Da sie sehr viel las, unterhielt Lynne sich für ihr Leben gern über Bücher und Lieblingsautoren; sie mochte alle Arten von Musik – einschließlich der melancholischen Balladen von Willie Nelson, die ich persönlich bevorzugte – und schien sich nicht daran zu stören, daß wir den Großteil unserer gemeinsamen Zeit in

Gesellschaft der Jungen verbrachten. Ich spürte, daß sie sie gern hatten, und ich freute mich, daß sie unsere Beziehung ganz offensichtlich billigten.

Nach einiger Zeit begannen Lynne und ich über die Möglichkeit einer Heirat zu sprechen, anfangs noch sehr zögerlich, aber nach und nach immer konkreter. Wir stimmten überein, daß das Single-Dasein für uns beide eine willkommene Zuflucht gewesen war. Sie war seit fünf Jahren geschieden; seit dem Ende meiner Ehe waren drei Jahre vergangen. Langsam waren wir beide das Alleinsein leid geworden.

Und so kam es, daß sie mir, als ich zu dem Schluß kam, daß ein Umzug von Hill Country nach Dallas unumgänglich war, eröffnete, daß sie gern mit uns gehen würde.

»Soll das ein Heiratsantrag sein?« fragte ich mit gespielter Überraschung.

»Offen gestanden wäre es mir lieber, wenn dieser Schritt von dir käme«, entgegnete sie.

Kurze Zeit nachdem ich die Stelle in Dallas offiziell angenommen und ein Haus gefunden hatte, heirateten wir in der St. Barnabas Episkopalkirche in Comfort.

Das war ein Fehler, den wir beide noch bereuen sollten.

Entschlossen, uns den ländlichen Lebensstil weitgehend zu erhalten, zogen wir in die kleine Gemeinde Cedar Hill, eine halbe Fahrstunde von Dallas entfernt. Mit seinem malerischen Marktplatz, seinem guten Schulsystem und weniger als dreitausend Einwohnern kam der Ort unserem vorherigen Zuhause so nah, wie es innerhalb der Grenzen von Dallas County eben möglich war.

Im ersten Jahr schien es, als würden wir uns alle problemlos anpassen. Anson, der bald auf die Junior High kommen würde, überraschte mich damit, daß er mir erklärte, er wolle nicht nur im Schulorchester spielen, sondern außerdem dem Footballteam beitreten, Ashley fand rasch Freunde und nahm an den verschiedenen Aktivitäten der Grundschule teil. Lynne gestand mir, daß sie zeitweilig Heimweh hatte und die Gebirgsbäche und die grüne Landschaft vermißte, die wir hinter uns gelassen hatten, aber bald schon füllte sie ihre Tage mit Gartenarbeit aus, beschäftigte sich mit der Einrichtung unseres neuen Heims und engagierte sich in verschiedenen Gemeindeaktivitäten.

Wenngleich ich die Freiheit vermißte, zu Hause zu arbeiten, waren mir die wöchentlichen Gehaltsschecks und Honorare eine große Erleichterung.

Dann, kurz nach Ansons fünfzehntem Geburtstag, zogen erste Gewitterwolken auf.

Seine Schulleistungen ließen so drastisch nach, daß er nicht mehr an den Schulaktivitäten außerhalb der Unterrichtsstunden teilnehmen durfte. Er begegnete den geringsten Forderungen nach Disziplin mit offener Feindseligkeit und machte es sich zur Gewohnheit, regelmäßig für einige Zeit zu verschwinden. Meine Reaktion war immer gleich: Ich rief bei Freunden von ihm an, bei denen er sich aufhalten und fuhr Orte ab, an denen er sein könnte. Der Ausgang solcher Eskapaden wurde mit der Zeit frustrierend vorhersehbar. Nachdem er alle Orte abgeklappert hatte, an denen er für eine Weile unterkriechen konnte, kam er nach Hause zurück, entschuldigte sich beiläufig und behielt die Einzelheiten darüber, wo er gewesen war und was er getan hatte, für sich.

Einmal wurde er von der Polizei des Nachbarortes Duncanville in einem Waldstück des Stadtparks verhaftet, wo die Beamten ihn in einen Schlafsack eingerollt schlafend aufgefunden hatten. Anwohner des Parks hatten die Polizei verständigt. Sie teilten den Behörden mit, daß bei ihnen eingebrochen worden war und Lebensmittel aus dem Kühlschrank und der Speisekammer fehlten. An Ansons improvisiertem Lagerplatz hatte die Polizei auch einen kleinen Vorrat an Konserven gefunden.

Ich war so sehr mit meiner Verlegenheit und meinem Zorn beschäftigt, daß ich mir kaum Gedanken zu dem mentalen Prozeß machte, der zu solch merkwürdigem Verhalten geführt haben mochte. Statt dessen war ich erleichtert, daß die Opfer von einer Anzeige absehen würden. Ich holte Anson im Gefängnis ab, warf seinen Schlafsack auf den Rücksitz des Wagens, und wir fuhren in eisigem Schweigen nach Hause.

Kurze Zeit später rief mich der Kassierer eines kleinen Supermarktes im Ort an und teilte mir mit, Anson hätte Schecks über geringere Beträge eingelöst. Ich fand heraus, daß er die Fälschung meiner Unterschrift sorgfältig geübt und sich ein Scheckbuch aus meinem Schreibtisch genommen hatte.

Ich begann, ernsthaft zu vermuten, daß er Drogen nahm, was er jedoch vehement abstritt. »Dann sag mir, was du mit dem Geld gemacht hast.« Er verweigerte mir jedoch beharrlich jegliche Erklärung.

Es dauerte jedoch nicht lange, bis mein Verdacht sich bestätigte. In einer Samstagnacht wurde ich vom Klang seiner Stimme geweckt und ging ins Wohnzimmer. Er saß vollständig angezogen auf dem Sofa und führte mit schleppender Stimme Selbstgespräche. Ich blieb in dem dunklen Zimmer stehen und hörte eine Weile seinem zusammenhanglosen Geplapper zu, in das sich hin und wieder Gelächter mischte. Dann trat ich näher und setzte mich zu ihm. »Anson, was tust du hier?«

Er sah mich an und lächelte. »Ich spreche nur mit meinem Hund«, entgegnete er. Nur, daß kein Hund da war.

Ich blieb den Rest der Nacht bei ihm sitzen und wartete voller Sorge darauf, daß die Wirkung dessen, was er genommen hatte – ich erfuhr später, daß er Farbverdünner geschnüffelt hatte –, nachließ.

Am darauffolgenden Montagmorgen fuhren wir nach Dallas, wo ich ihn bei einem Drogenentzugsprogramm anmeldete, und bei seinem ersten Gespräch mit dem Berater gestand er, daß er in den vergangenen Monaten Hasch geraucht und Speed geschluckt hatte.

Ich fühlte mich unsagbar erleichtert. Jetzt, da das Problem offen angesprochen worden war, würde endlich auch eine Lösung möglich sein.

Während der nächsten Monate schienen sich die wöchentlichen Besuche im Rehabilitationszentrum positiv auszuwirken. Ansons Verhalten besserte sich stetig, ich entdeckte keins der Anzeichen für Drogenkonsum, auf die zu achten ich gelernt hatte, und wurde zunehmend zuversichtlicher, daß bald wieder Normalität in unser aller Leben einkehren würde.

Aber das sollte sich als Irrtum erweisen.

Die Weihnachtsferien hatten begonnen, und wenngleich ich in den letzten Jahren gewisse Vorbehalte gegen Weihnachten entwickelt hatte, wurde ich doch von der festlichen Stimmung angesteckt. Ich war überzeugt davon, daß diesmal die jährlichen Verhandlungen darüber, wo die Jungen das Fest verbringen sollten, ausfallen würden.

Ihre Mutter war ins nahegelegene Arlington zu einer ihrer Schwestern gezogen und hatte regelmäßig angerufen, um mir mitzuteilen, daß sie vorbeikommen werde, um Anson und Ashley zu sehen und am Abend mit ihnen essen zu gehen. Sie hatten sie mehrmals über das Wochenende besucht, und es schien alles gut zu laufen. Die Bitterkeit, die ich einmal ihr gegenüber empfunden hatte, begann endlich nachzulassen.

Die Jungen und ich hatten einen ganzen Nachmittag damit verbracht, eine einheimische Zeder auszusuchen, die uns als Weihnachtsbaum dienen sollte. Wir hatten den Baum gefällt und nach Hause transportiert, wo er kurze Zeit später mit Lichterketten, Lametta und von Lynne gefertigtem Baumschmuck dekoriert war. Die Stimmung war geprägt von prickelnder Geheimhaltung beim Einpacken der Geschenke, köstlichen Gerüchen aus der Küche und aufgeregtem Geplapper der Jungen über Parties, zu denen sie gehen wollten.

Bei meinem letzten Gespräch mit Betty waren wir übereingekommen, daß die Jungen den Heiligabend zu Hause verbringen sollten, so daß wir gemeinsam die Bescherung erleben, das von Lynne vorbereitete traditionelle Truthahngericht genießen und anschließend in die Mitternachtsmesse gehen konnten. Am Morgen des ersten Weihnachtstages würde ich sie dann nach Arlington fahren, wo sie bis zum Ferienende bleiben sollten.

Diese Regelung schien alle zufriedenzustellen – vor allem die Jungen, die auf diese Weise in den Genuß kommen würden, gleich zweimal Weihnachten zu feiern.

Das war immer noch der Stand der Dinge, als Betty nachmittags anrief und sagte, sie hätte einige Einkäufe in letzter Minute getätigt und würde gern vorbeikommen, um mit den Jungen eine Cola trinken zu gehen.

Als sie zu ihr ins Taxi stiegen, lächelte sie, wünschte Lynne und mir ein frohes Fest und versprach, »in etwa einer Stunde« zurück zu sein.

Als sie bei Einbruch der Dunkelheit noch nicht wieder da waren, wußte ich, daß etwas nicht stimmte, und rief bei Bettys Schwester an. Es meldete sich niemand.

»Du glaubst doch nicht, daß sie einen Unfall gehabt haben?« fragte Lynne. »Oder vielleicht haben wir sie auch bezüglich der Zeit, zu der sie zurück sein wollte, mißverstanden …«

»Sie bringt sie nicht zurück«, entgegnete ich, und meine ganze weihnachtliche Vorfreude verwandelte sich in rasende Wut.

Lynne stand da und sah wortlos zu, wie ich begann, rastlos auf und ab zu gehen.

Es fiel Anson zu, am Abend anzurufen und eine Erklärung abzugeben. »Hi, Dad«, sagte er, um einen lockeren Tonfall bemüht.

»Wo seid ihr?«

»Wir sind bei Mom«, entgegnete er. »Sie möchte, daß wir Weihnachten hier verbringen.«

Ich nahm mich zusammen, um mir ihm gegenüber meinen Zorn nicht anmerken zu lassen. »Gib mir deine Mutter.«

Es folgte eine längere Pause, bis er ans Telefon zurückkehrte. »Sie kann im Augenblick nicht«, teilte Anson mir in zurückhaltendem Tonfall mit. »Sie hat gesagt, daß sie dich später anruft.«

Ich wußte verdammt gut, daß sie das nicht tun würde. Auch wußte ich, daß ich mich nie wieder einlullen lassen und in dieser trügerischen Sicherheit wiegen würde, die dieses hinterhältige, perfekt geplante Manöver erst möglich gemacht hatte. Ich rief einen Anwalt an, der mir empfohlen worden war, und schilderte ihm die Situation. Ich erklärte ihm, daß es an der Zeit wäre, daß ich das Sorgerecht für die Jungen beantragte.

»Sind Sie sicher, daß keine Möglichkeit einer anderweitigen Regelung besteht?« fragte er. Wieder bekam ich die gleiche Litanei juristischer Warnungen zu hören wie damals zum Zeitpunkt der Scheidung. »Solche Dinge können ziemlich häßlich werden.«

»Das sind sie bereits«, entgegnete ich sarkastisch. »Sind Sie interessiert, den Fall zu übernehmen, oder nicht?«

Er erklärte mir, die Chancen, daß es ihm gelänge, einen Gerichtsbeschluß zu erwirken, der die Jungen noch vor Weihnachten zurückbrächte, stünden äußerst schlecht. Andererseits sähe er keine Schwierigkeiten darin, einen Richter zu finden, der die Rückkehr vor Schulbeginn anordnete. »Fürchten Sie, daß Ihre Söhne irgendwie gefährdet sein könnten?«

»Nein.«

Er erklärte sich bereit, den Fall zu übernehmen. »Wir setzen gleich den nötigen Papierkram auf und fordern, daß die Jungen unmittelbar nach den Ferien in Ihre einstweilige Obhut zurückkehren. Dann machen wir uns daran, das permanente Sorgerecht für Sie durchzusetzen.« Er legte eine kurze Pause ein, ehe er fortfuhr. »Es gibt da etwas, was Sie über mich wissen sollten. Wenn ich einen solchen Fall übernehme, kämpfe ich mit harten Bandagen. Und ich erwarte von meinem Klienten, daß er das gleiche tut. Nur so kann man gewinnen.«

Ich versicherte ihm, daß ich zu allem bereit wäre, um dieses ständige Problem ein für allemal aus der Welt zu schaffen.

»Wenn das so ist, werden wir Ihre Kinder zurückbekommen«, sagte er.

Der Rest der Weihnachtszeit war wenig erbaulich, da die Freude und der Familiengeist verflogen waren. Ich war übellaunig und wünschte nur, daß die Tage möglichst schnell verstrichen, die Lieder und Lichter ein Ende hatten und ich die Geschenke, die unausgepackt unter dem Baum liegenbleiben würden, nicht mehr sehen mußte.

In vernünftigeren Augenblicken versuchte ich das Motiv für Bettys Verhalten zu ergründen. War mein Entschluß, wieder zu heiraten, eine andere Frau in das Leben der Kinder einzubringen, für sie als Mutter eine Art Bedrohung, die ich nicht nachvollziehen konnte? Wie konnte sie im Namen der Logik glauben, sie wären bei ihr besser aufgehoben, bei einem Menschen, der nicht einmal ein eigenes Zuhause hatte, ganz zu schweigen von Arbeit?

Und zum erstenmal in meinem Leben war ich tief enttäuscht von meinen Söhnen. Sicher, sie waren noch jung und leicht zu beeinflussen, und daß sie ihre Mutter liebten, stand außer Frage. Aber auch ihre Liebe und Unreife waren keine Entschuldigung für ihre offenbar bereitwillige Akzeptanz eines Zustandes, der durch Lügen und Hinterlist herbeigeführt worden war. Keiner der beiden hatte mir gegenüber je den Wunsch geäußert, wieder bei Betty zu leben, und doch schien die Anziehung, die sie immer noch auf sie ausübte, beinahe magnetisch zu sein.

Ich kämpfte mit schmerzhaften und widerstreitenden Gefühlen: Ich war wütend, ich fühlte mich verraten, und vor allem fürchtete ich, daß ich sie nach all den Jahren an eine Situation verlieren könnte, an der ich beim besten Willen nichts Positives für sie finden konnte.

Ihr Schicksal – und das meine – würde bald in den Händen eines Richters liegen, dessen Namen und Gesicht ich nicht einmal kannte. In den Händen eines Menschen, der nichts über mich, meine zweite Frau, meine Söhne oder die Anstrengungen wußte, uns zu einer Familie zu schmieden.

Nachdem ich mich Jahre bemüht hatte, meine negativen

Gefühle ihrer Mutter gegenüber zu verbergen, ihr immer merkwürdigeres Verhalten zu ignorieren und ihre nicht eingehaltenen Versprechungen zu entschuldigen, war die Zeit gekommen, da ich ihnen klar machen mußte, daß ich nun endlich soweit war, den Kampf aufzunehmen.

Als sie eine Woche später nach Hause zurückkamen, machte ich kein Geheimnis aus meinem Vorhaben. »Ich werde euch nicht fragen, bei wem ihr lieber leben würdet, weil das Gesetz euch ohnehin bis zu einem gewissen Alter nicht gestattet, eine solche Entscheidung zu fällen. Da ich also hier der Erwachsene bin, liegt die Entscheidung bei mir. Ich denke aus vielerlei Gründen, daß es das Beste für euch ist, wenn ihr hier wohnen bleibt. Und darum werden wir einen Richter bitten, dies offiziell zu bestätigen. Irgendwelche Fragen?«

Sie schüttelten nur beide unterwürfig den Kopf.

Um die angespannte Situation aufzulockern, erhob sich Lynne und lächelte. »Die Verhandlung ist geschlossen«, sagte sie. »Unter dem Baum liegen noch Geschenke, die darauf warten, ausgepackt zu werden.«

Hiermit hielt wieder Normalität in unserem Leben Einzug.

Nach einiger Zeit wurde ich förmlich besessen von der nahenden Sorgerechtsanhörung. Ich rief mehrmals meinen Anwalt an und holte Rat ein wegen der Vorbereitungen, die ich treffen sollte. Ich setzte mich mit Freunden in Verbindung, die sich bereit erklärten, als Leumundszeugen auszusagen, und führte eine Liste von Punkten, die ich im Zeugenstand ansprechen wollte. Ein längst vergessener Siegeswille ergriff von mir Besitz, und manchmal fragte ich mich, ob ich nicht vielleicht die Perspektive verloren hatte. Sicher, es ging darum zu gewinnen – aber nicht allein um des Sieges willen. Immer wieder versicherte ich mir, daß ich nur tat, was ich als das Beste für die Jungen erachtete.

Und doch geht der Sieg in einem Gerichtssaal meist an den besser vorbereiteten, aggressiveren Kontrahenten. Nirgendwo wird nobles Verhalten weniger belohnt als in den Hallen der Gerechtigkeit.

Am Abend vor der Anhörung saß ich einige Zeit in meinem Arbeitszimmer und grübelte über einen Schachzug nach, den ich mit niemandem besprochen hatte, nicht einmal mit meinem Anwalt oder Lynne. Ich wußte, daß es überaus wichtig war, daß der Richter die Mutter der Jungen im rechten Licht sah, nicht nur die Fassade gut plazierten Lächelns oder Tränen, und daß er sich nicht von Beschönigungen blenden ließ.

Schließlich griff ich nach dem Telefon und wählte die Nummer des Sheriffs von Brown County. Wir waren Kindheitsfreunde, und noch lange nachdem ich im Anschluß an die Scheidung aus Brownwood weggezogen war, hatte er mich in Abständen angerufen und nach Bettys Aufenthaltsort gefragt. Er hatte mir anvertraut, daß sie eine Reihe ungedeckter Schecks ausgestellt hatte und ein Haftbefehl auf ihren Namen erlassen worden war. Ich hatte ihn angelogen und behauptet, nicht zu wissen, wo sie stecke.

»Suchst du immer noch nach meiner Ex-Frau?« fragte ich ihn, als er sich meldete.

Er bestätigte, daß der Haftbefehl noch gültig sei. »Weißt du, wo sie ist?«

»Nicht genau«, sagte ich. »Aber ich kann dir verraten, wo sie morgen früh um zehn sein wird.« Ich nannte ihm die Adresse des Gerichtssaals in Dallas, wo die Sorgerechtsanhörung stattfinden sollte.

Ob der Umstand, daß Betty am nächsten Tag vor den Augen eines sichtlich verdutzten Richters, der sich gerade anschickte, die Verhandlung zu eröffnen, verhaftet wurde, Einfluß auf seine Entscheidung hatte, vermag ich nicht zu sagen. Jedoch machte er keinen Hehl aus seiner Verärgerung darüber, die Verhandlung vertagen zu müssen, während Betty im Countygefängnis von Dallas wartete, daß ihre Kaution bezahlt würde.

Als Deputies ihr Handschellen anlegten, wandte mein Anwalt sich mir zu, einen verblüfften Ausdruck auf dem Gesicht. Der Hauch eines Lächelns umspielte seine Lippen, als er mir zuflüsterte:

»Jesus, ich dachte, *ich* wäre hier der Schweinehund.«

Die Anhörung war Gott sei Dank sehr kurz. Zum erstenmal in meinem Leben saß ich in einem Zeugenstand und mußte schwören, die Fragen, die mir gestellt wurden, wahrheitsgemäß zu beantworten. Ich beschrieb den Lebensstil der Kinder, seit sie bei mir lebten: Pfadfinder, Little League, Schul- und Kirchenaktivitäten. Dem Richter wurde mitgeteilt, daß Freunde der Familie, darunter ein Geistlicher, der Direktor der Schule, die die Jungen besuchten, sowie mein Arbeitgeber bereit wären, zu meinen Gunsten auszusagen.

Als Betty in den Zeugenstand trat, versuchte ihr Anwalt vergeblich, die Sorge des Gerichts ob ihrer finanziellen Probleme, der Tatsache, daß sie keinen festen Wohnsitz nachweisen konnte und des Umstandes, daß sie die Kinder Jahre zuvor aus freien Stücken mir überlassen hatte, zu zerstreuen. Er war einfach nicht mit dem Herzen dabei.

Ich war froh, als es endlich vorüber war. Die Anhörung hatte keine Stunde gedauert, aber es war mir vorgekommen wie eine Ewigkeit; eine schmerzliche, häßliche Episode, wie ich sie hoffte, nie wieder erleben zu müssen. Ich war froh, daß die Anwesenheit der Jungen nicht angeordnet worden war.

Aber auch als der Richter seine Entscheidung verkündete, war es noch nicht vorbei. Wenngleich er mir vorübergehend das Sorgerecht für die Kinder übertrug, sollte ein vom Gericht bestimmter Sozialarbeiter zusätzliche Informationen sammeln und einen Bericht verfassen, wonach er seine endgültige Entscheidung fällen würde.

In den folgenden Monaten wurden alle Parteien einschließlich der Jungen von dem Sozialarbeiter befragt. Sie mußten sich mehrmals bei einem vom Gericht bestimmten Psychologen einfinden. Ich verabscheute diesen Eingriff in unsere Privatsphäre, war wütend, daß unser Leben weiterhin empfindlich gestört wurde und sehnte das Ende dieses Zustandes herbei.

Eines Nachmittags erhielt ich im Büro einen Anruf von meinem Anwalt. »Der Anwalt Ihrer Ex-Frau hat sich bei mir gemeldet«, sagte er. »Er meinte, sie hätte Ihnen einen Vorschlag zu machen, den Sie sich durch den Kopf gehen lassen sollten.«

»Und wie lautet dieser Vorschlag?«

»Sie überläßt Ihnen das Sorgerecht für Anson. Im Gegenzug möchte sie Ashley.«

Ich konnte nicht glauben, was ich da hörte. Ich war längst am Ende mit meiner Geduld. Ich war Richter und Sozialarbeiter, Seelenklempner und salomonische Anwälte leid. Der Gedanke, die Jungen zu trennen, sich für den einen oder anderen zu entscheiden, war einfach absurd.

»Sagen Sie ihnen, sie können mich mal«, entgegnete ich. »Die Jungen gibt es nur im Doppelpack, und damit basta.«

Ich erzählte keinem meiner Söhne je von diesem Gespräch.

Schließlich, am 15. Juni 1977, sechs Monate nachdem die Mühlen des Gesetzes begonnen hatten zu mahlen, wurde mir das Sorgerecht für meine beiden Kinder zugesprochen. Das Gericht räumte Betty ein Wochenende im Monat ein, wobei die Uhrzeit, zu der sie die Jungen zurückbrachte, vorab festgelegt werden sollte. Mein Anwalt teilte mir mit, daß der Richter bereit wäre, sie zu Unterhaltszahlungen für die Kinder zu verpflichten, falls ich das wünschte. Ich lehnte ab. Ich war nur froh, daß es endlich vorbei war.

Monate verstrichen, ehe Betty von ihrem Besuchsrecht Gebrauch machte. Als sie die Jungen das nächstemal sah, erzählte sie ihnen, daß sie wieder heiraten wolle.

Zurückzublicken kann sehr negativ sein. Noch lange nach Beendigung des Sorgerechtsstreits machte ich mir Gedanken über seine Auswirkungen. In Anbetracht der damaligen Umstände schien es das einzig Richtige zu sein. Aber während ich erleichtert war, daß dieser Punkt ein für allemal geklärt war, war mir sehr bewußt, welchen Schaden dies alles angerichtet hatte. Ich versuchte, Anson und Ashley davon zu überzeugen, daß ich ihrer Mutter nicht grollte und mir aufrichtig wünschte, daß sie ihre Beziehung zu ihr frei von der früheren Spannung fortsetzten, aber die Narben waren nicht zu übersehen. Und ich hatte dazu beigetragen, daß diese Wunden den Kindern zugefügt wurden. Daß ich rechtliche Schritte eingeleitet hatte, hatte eine Animosität zutage gefördert, die ich mich über Jahre hinweg bemüht hatte zu verbergen. Sie waren sich der Grenzlinie, die gezogen worden war, überdeutlich bewußt. Auch mußten sie der Tatsache ins Auge sehen, daß jegliche Liebe oder Freundschaft, die einmal zwischen ihrer Mutter und ihrem Vater bestanden haben mochte, unwiederbringlich verloren war.

Erst Jahre später, als sie bereits erwachsen waren, konnten sie offen über jene Zeit sprechen. Ashley hat sie als die schmerzlichste Erfahrung seines Lebens im Gedächtnis behalten. »Ich habe es gehaßt«, sagte er.

Ansons Erinnerung ist plastischer. »Was mich an der ganzen Sache wirklich genervt hat«, sagte er, »war, daß ich mit all diesen wildfremden Leuten sprechen mußte – Sozialarbeitern, Psychologen. Ich habe mich immer wieder gefragt: ›Was zum Teufel geht die das eigentlich an?‹«

In den Monaten nach der richterlichen Sorgerechtsregelung begann er, seine alten, zerstörerischen Gewohnheiten wiederaufzunehmen.

Seine Lehrer riefen regelmäßig an und teilten mir ihre Sorge ob seines mangelnden Interesses und Mitarbeitens mit. »Anson ist kein Störenfried«, erklärten sie mir. »Er stört den Unterricht nicht und ist auch nicht respektlos. Tatsächlich habe ich ihn sogar sehr gern. Aber egal was ich tue, es gelingt mir einfach nicht, seine Aufmerksamkeit zu erregen. Bei Klassenarbeiten starrt er, während die anderen arbeiten, nur aus dem Fenster und gibt dann ein leeres Blatt ab. Er weigert sich, Hausaufgaben zu machen. Wenn ich ihn nach dem Grund frage, zuckt er nur die Achseln und meint, daß ihm die Schule egal wäre. Er ist intelligent und besitzt eine rasche Auffassungsgabe, aber er scheint entschlossen zu sein, nicht versetzt zu werden.«

Dies unterschied sich nur geringfügig von dem, was andere Lehrer mir berichteten. Wenn ich Anson zur Rede stellte, bekam ich auch keine andere Erwiderung als seine Lehrer zu hören.

Mitte seines neunten Schuljahres wurde er von der Schule verwiesen, nachdem er auf dem Schulhof mehrmals Schlägereien provoziert hatte. Scheinbar unberührt von dem zweiwöchigen Ausschluß, sprach er davon, ganz von der Schule abzugehen. »Das alles bringt mir ja doch nichts«, meinte er. »Die Schule ist mir egal. Sie ist nur Zeitverschwendung.«

Lynne konterte mit all den typischen elterlichen Argumenten und appellierte an seine Vernunft, ehe wir Zwang ausübten. Unsere Bemühungen stießen auf taube Ohren. »Ich gehe nicht zurück«, beharrte er.

Meine Geduld war erschöpft. Ich packte ihn bei den Schultern und drückte ihn unsanft an die Wand. »Dieser ganze Blödsinn hängt mir zum Hals raus«, schrie ich, das Gesicht nur Zentimeter von seinem entfernt. »Du triffst hier nicht die Entscheidungen, du solltest dich also besser daran gewöhnen. Haben wir uns verstanden?«

Überrascht von meinem Wutausbruch, nickte er nur.

»Du wirst weiter zur Schule gehen, ob es dir paßt oder nicht. Wenn du dieses Jahr nicht versetzt wirst, kannst du dich schon einmal darauf vorbereiten, das Jahr zu wiederholen. Ich verlange gar nicht von dir, daß es dir gefällt. Es ist mir egal, ob es dir gefällt oder nicht. Ich sage dir nur, daß du es tun wirst.«

Ich war jetzt richtig in Fahrt. »Und wenn du dich weiter so daneben benimmst wie jetzt, bringst du dich selbst in große Schwierigkeiten.« Ich erinnerte ihn an die Diebstähle, die Drogen und seinen kurzen Aufenthalt im Gefängnis. »Ich will nicht, daß du eines Tages hinter Gittern landest. Das werde ich nicht zulassen, wenn es irgendeinen Weg gibt, es zu verhindern. Aber tatsächlich ist es so, daß es letztendlich allein bei dir liegt.«

Noch während ich ihm zornig diese Standpauke hielt,

war mir bewußt, daß seine Haltung sich drastisch verändern mußte, wenn Anson es akademisch zu etwas bringen sollte. Die öffentliche Schule schien, wenngleich sie für die meisten Kinder und Jugendlichen geeignet war, nicht die Antwort auf die Probleme zu sein, mit denen er vergeblich rang.

Am darauffolgenden Tag begleitete er mich in das Büro eines Mannes namens Norman Amps, dem Direktor einer Privatschule, die nur wenige Gehminuten von unserem Haus entfernt lag. Anson saß mit säuerlicher Miene da, während Amps die einmaligen Vorzüge seiner Whitehall School aufzählte: eine begrenzte Schülerzahl, individuelle Betreuung jedes Schülers, eine Atmosphäre, die jeden zum Mitmachen anspornte.

Während ein Mitglied des Lehrkörpers Anson die Klassenräume und das Schulgelände zeigte, versicherte mir Amps, ein stämmiger, bärtiger Australier, daß es auch für Jugendliche wie meinen Sohn noch Hoffnung gäbe. »Manche Kinder passen einfach nicht in die Sozialstruktur einer öffentlichen Schule«, erklärte er. »Ich habe im Laufe der Jahre viele Ansons kennengelernt. Die meisten von ihnen machen letztendlich doch ihren Weg. Ich denke, daß wir hier Ihrem Sohn helfen können, seinen Weg zu finden.«

Er erklärte sich bereit, Anson in seine Klasse aufzunehmen.

Eine Zeitlang glaubte ich, es könnte funktionieren. Nach und nach ließ Ansons Ablehnung einer weiteren neuen Schule nach. Seine Noten waren zwar immer noch nicht berauschend, wurden jedoch besser. Er schien Amps und die anderen Mitglieder des kleinen Lehrerstabes zu mögen und fand sogar neue Freunde, die er nach Hause mitbrachte. Als das Schuljahr sich dem Ende zuneigte, schien es, als hätten wir eine weitere Krise gemeistert. Er würde versetzt werden.

Mein Optimismus fand jedoch ein jähes Ende, als Amps mich eines Tages anrief und mich bat, baldmöglichst zu ihm ins Büro zu kommen.

»Wir befinden uns in einer schwierigen Situation«, sagte er, während er nervös auf und ab ging; ein Mann, der plötzlich besorgt war wegen einer mögliche Anzeige, die dem Ruf der Schule schaden konnte. Eine Schülerin, erklärte er mir, habe einem Lehrer nach der Mittagspause erzählt, daß Anson sie in einen Lagerraum am Rande des Campus gelockt und gedroht habe, sie zu vergewaltigen.

Während mein Sohn tatsächlich begonnen hatte, Interesse am weiblichen Geschlecht zu bekunden, hielt ich ihn einer solchen Tat nicht für fähig.

»Ich habe mit beiden besprochen«, sagte Amps. »Und offen gestanden weiß ich nicht, was ich glauben soll. Sie beharrt darauf, daß Anson gesagt habe, er werde sie vergewaltigen, während er das abstreitet.«

»War das Mädchen in irgendeiner Weise verletzt?« fragte ich.

»Nein.« Sie hatte ihm erzählt, daß sie davongelaufen wäre, bevor etwas geschehen sei. »Aber sicher verstehen Sie, daß für alle Beteiligten – das Mädchen, Ihren Sohn und die anderen Schüler – von größter Wichtigkeit ist, daß wir der Wahrheit sobald wie möglich auf den Grund gehen.«

Er wurde immer nervöser. »Ich schlage folgendes vor: Da beide schwören, die Wahrheit zu sagen, möchte ich, daß sie sich einem Lügendetektortest unterziehen.«

»Haben Sie schon mit den Eltern des Mädchens gesprochen?« fragte ich.

»Ihr Vater kommt nach der Arbeit her«, entgegnete Amps.

Ich erklärte ihm, daß ich mit Anson sprechen wollte, ehe ich eine Entscheidung traf.

»Ich hoffe, Sie verstehen, daß eine rasche Klärung dieser Angelegenheit überaus wichtig ist«, meinte er, als ich aufstand.

»Natürlich verstehe ich das«, versicherte ich ihm. »Ich komme gleich morgen früh zu Ihnen ins Büro.«

Während ich auf der Heimfahrt betete, daß die Vorwürfe unbegründet waren, war ich doch in einem Punkt sicher: Es mußte mehr hinter der Sache stecken, als der Direktor ahnte.

Am Abend saßen wir am Küchentisch – das Essen war auf später verschoben und Ashley zum Spielen zu den Nachbarn geschickt worden –, und Anson hörte schweigend zu, während ich ihm von meiner Unterhaltung mit Amps berichtete.

»Sie lügt«, entgegnete Anson. »Wir sind in den Lagerraum gegangen, um eine Zigarette zu rauchen, das ist alles. Mittags gehen manchmal einige Schüler zu diesem kleinen Sims mit Blick auf die Straße, um zu rauchen. Manchmal gehen wir auch in den Lagerraum. Er ist nie abgeschlossen. Das ist alles, was wir gemacht haben: eine Zigarette rauchen. Als Mr. Amps mich zu sich ins Büro rief, dachte ich, es wäre deswegen. Dann stellte er mir einen Haufen Fragen darüber, ob ich versucht hätte, eine Mitschülerin zu vergewaltigen, und schickte mich nach Hause.«

Ich versuchte, ihm klar zu machen, wie ernst die Vorwürfe waren, die das Mädchen gegen ihn erhoben hatte. Es gäbe Fragen, die ich stellen müsse, und es wäre überaus wichtig, daß er sie ehrlich beantwortete. Hast du versucht, Sex mit ihr zu haben? »Nein.« Hast du sie angefaßt?

»Nein.« Hast du gesagt, du würdest sie vergewaltigen? »Nein.« Auch nicht im Scherz? »Nein.«

Ich teilte ihm mit, daß der Direktor vorgeschlagen hatte, er und das Mädchen sollten sich einem Lügendetektortest unterziehen, um zu bestimmen, wer die Wahrheit sagte. »Wärst du dazu bereit?«

Einige Sekunden lang musterte Anson mich über den Tisch hinweg. »Eine Frage«, sagte er schließlich.

»Schieß los.«

»Glaubst du mir?«

Ich wünschte in diesem Augenblick, er könnte verstehen, wie gern ich dies bejaht hätte, wie gern ich ihm versichert hätte, daß all die Lügen der Vergangenheit vergessen wären und keinen Einfluß auf das vorliegende Problem hätten. Aber ich war mir nicht sicher, und so wog ich meine Antwort sorgfältig ab. »Anson«, sagte ich. »Ich *möchte* dir glauben.«

Er zuckte die Achseln und ließ sich die Enttäuschung, die er ob meiner Antwort empfinden mochte, nicht anmerken. »Ich mache den Lügendetektortest«, sagte er. »Aber nur, wenn sie auch einen macht.«

Am darauffolgenden Samstagmorgen las ein anerkannter Lügendetektorspezialist die Ergebnisse des Tests, dem er meinen Sohn unterzogen hatte, und erklärte mir, daß er keinen Hinweis dafür gefunden habe, daß mein Sohn gelogen hätte. »Ihr Sohn sagt die Wahrheit«, erklärte er.

Da ich es nicht erwarten konnte, Amps diese Neuigkeit mitzuteilen, rief ich ihn zu Hause an. Er klang erleichtert. »Es tut mir leid, daß ich Ihnen und Ihrem Sohn so etwas zumuten mußte«, sagte er. »Richten Sie Anson bitte aus, daß wir ihn am Montag in der Schule erwarten.«

»Liegen Ihnen die Ergebnisse des Tests an dem Mädchen vor?«

Er zögerte merklich, ehe er antwortete. »Ich fürchte, der Vater hat ihr verboten, sich dem Test zu unterziehen«, sagte er schließlich.

Während Anson vor diesem Zwischenfall größeres Selbstvertrauen und sogar Begeisterung für die neue Schule gezeigt hatte, wurde diese Entwicklung durch die ungerechte Handhabung der Episode zunichte gemacht. Als er bei seiner Rückkehr nach Whitehall erfuhr, daß das Mädchen, das ihn fälschlich beschuldigt hatte, straffrei an die Schule zurückkehren durfte, teilte er dem Direktor zornig mit, daß er sich verraten fühle.

Und wieder sprach er davon, die Schule an den Nagel zu hängen.

»Ich gehe da nicht mehr hin«, sagte er.

Diesmal konnte ich ihm wegen seiner Reaktion keinen Vorwurf machen. Als ich Amps zur Rede stellte, erklärte dieser mir, daß er keine rechtliche Handhabe besäße, die Schülerin von der Schule zu verweisen, ohne zu riskieren, verklagt zu werden.

Ich war wütend. »Sie kommt also damit durch, daß sie einen sechzehnjährigen Jungen beschuldigt, er habe gedroht, sie zu vergewaltigen.«

»Ihr Wort steht gegen seins.«

Ich ging in die Luft. »Der verdammte Lügendetektortest sagt aber etwas ganz anderes.«

»Es tut mir aufrichtig leid«, sagte er.

Zwei Tage später verschwand Anson, entgegen seinem ursprünglichen Entschluß, die letzten zwei Wochen des Schuljahres noch hinter sich zu bringen. Es bedurfte nur weniger Anrufe, bis ich einen Schulkameraden von ihm gefunden hatte, der mir bereitwillig von einer Unterhaltung erzählte, die er früher an diesem Tag mit meinem Sohn geführt hatte.

»Alle haben von dem Zwischenfall gehört«, sagte er, sich auf die unbegründeten Vorwürfe beziehend. »Einige Schüler haben ihn damit aufgezogen – es war nur Spaß, wirklich – und er ist mit einem Typen aneinandergeraten. Dann ist er weggegangen.«

»Und wohin wollte er?«

»Ich bin mir nicht sicher«, sagte der Junge. »Er hat nur gesagt, daß die ganze Stadt ihm zum Hals heraushänge und er weg wolle.«

Ich ging in sein Zimmer und stellte fest, daß einige Kleidungsstücke und persönliche Dinge fehlten. Am Fußende seines Bettes lag eine hastig gekritzelte Nachricht. »Versuch nicht, mich zu finden«, lautete der Text.

Anson war weggelaufen, nicht nur vor den grausamen Spötteleien seiner Schulkameraden oder den peinlichen Vorwürfen einer Klassenkameradin, sondern vor einer Vielzahl von Problemen und einem Druck, dem er nicht länger gewachsen war.

Unser Familienleben war alles andere als harmonisch. Die zusätzlichen Aufgaben für die Sportredaktion der *Morning News* – ich sollte fortan über die Dallas Cowboys berichten – erforderten häufigere Reisen und längere, weniger vorhersehbare Arbeitsstunden, und Lynne machte ihrem Unmut immer häufiger Luft. Zornige Wortgefechte gehörten inzwischen zum Alltag.

Und ich stand zwischen meiner Frau und meinen Söhnen, versuchte, irgendwie alle glücklich zu machen und scheiterte doch erbärmlich. Ich kam mir vor, als versuchte ich, ein Loch im Sand zu graben.

Im Sommer, als der Zeitpunkt gekommen war, da ich ins Sommerlager der Cowboys reisen mußte, erklärte sie unmißverständlich, daß sie nicht bereit sei, sich während meiner sechswöchigen Abwesenheit um Anson zu kümmern. Also nahm ich ihn mit, wenn dem auch ein Streit voranging, der die ganze Nacht über dauerte, weil er sich stur weigerte, mich zu begleiten. Er hatte seit kurzem eine Freundin und wollte lieber zu Hause bleiben, um mit ihr zusammen sein zu können. Ich mußte ihn buchstäblich gewaltsam in den Wagen bugsieren, bevor ich zum Flughafen fahren konnte.

Dieser Art waren die Kämpfe, die regelmäßig bei uns ausgefochten wurden. Während ich hoffte, daß es irgendwann besser werden würde, wurde es tatsächlich immer schlimmer. Lynne wurde immer unglücklicher und parallel wuchs ihre Entschlossenheit, wieder allein leben zu wollen. Schon bald unternahm sie wochenlange Ausflüge an die Goldküste, um Vögel zu beobachten, besuchte Verwandte in Deutschland, machte Urlaub bei ihren Eltern – auf der Suche nach Frieden, den es zu Hause nicht mehr gab. Gleichzeitig zog während ihrer immer häufigeren Abwesenheiten stets für kurze Zeit willkommene Ruhe ein.

Alles schien auseinanderzubrechen. Ich konnte nur versuchen, mich jeweils nur einer Krise anzunehmen. Allzu oft war es Anson, der meine ganze Aufmerksamkeit beanspruchte.

Das Ferngespräch kam aus Comfort, und als ich die Stimme von Herman Roarke erkannte, nahm ich zuerst an, daß mein alter Freund sich einfach nur einmal hatte melden wollen. Er, seine Frau Clare und ihre Söhne waren oft bei uns gewesen, als die Jungs und ich noch in Hill Country gewohnt hatten. Richard, der älteste ihrer drei Jungen, war Ansons bester Freund gewesen.

Ich merkte jedoch bald, daß es sich nicht um einen rein freundschaftlichen Anruf handelte. »Anson ist hier«, sagte Herman.

Ich fühlte mich sofort erleichtert, nun, da ich wußte, daß er bei Freunden war. Auch war ich nicht überrascht von dem Ziel, das er sich ausgewählt hatte. Er hatte getan, was wir alle, jung und alt, uns irgendwann in unserem Leben wünschen: verwirrt, zornig und enttäuscht von der Welt, in der er lebte, war er an den Ort zurückgekehrt, mit dem er glückliche Erinnerungen verband.

»Geht es ihm gut?«

Herman zögerte, ehe er antwortete. »Er ist in Ordnung«, sagte er schließlich. »Aber er hat einige Schwierigkeiten.«

Ich rechnete mir in Gedanken bereits aus, wie lange ich für die Fahrt nach Comfort brauchen würde, als Herman fortfuhr: »Anson hat einen Pickup gestohlen«, sagte er. »Auf diese Weise ist er hergekommen. Wir haben lange mit ihm gesprochen, ehe er zugegeben hat, daß der Wagen nicht dir gehört. Der Sheriff ist auf dem Weg.«

Dann gab er den Hörer an Anson weiter. Er teilte mir mit, daß die Roarkes ihn überredet hätten, sich zu stellen. »Ich schätze, ich werde wohl ins Gefängnis kommen«, sagte er, bemüht, tapfer zu klingen.

»Anson, warum hast du das getan?«

»Dad, ich hatte einfach die Nase voll«, sagte er. »Ich mußte einfach von allem und jedem weg.« Er erzählte mir, daß er am Nachmittag die Schule verlassen hatte und nach Hause gegangen war, wohl wissend, daß um diese Zeit niemand dort sein würde. »Ich habe ein paar Sachen gepackt und bin dann zum Highway gegangen, um per Anhalter abzuhauen.«

Er war nach Süden getrampt und hatte kurz vor Einbruch der Dunkelheit Belton erreicht.

»Ich habe lange an der Straße gestanden, aber es hat niemand angehalten«, sagte er. »Es wurde empfindlich kalt, und da bin ich zu diesem Parkplatz gegangen und in den Pickup gestiegen. Die Schlüssel steckten, und da habe ich den Motor gestartet und die Heizung angestellt. Nach einer Weile habe ich dann beschlossen, den Wagen zu stehlen.«

Das nächstemal sahen wir uns im Jugendgefängnis von Bell County, eingesperrt in einer Zelle des modrigen, verfallenen Gefängnisses in der Innenstadt von Belton. Er aß gerade eine Tüte Chips, als ich kam.

»Wie lange werde ich hierbleiben müssen?« fragte er. Er zeigte keine Spur der Reue, auf die ich gehofft hatte.

Auch entsprach meine Antwort nicht dem, was er hören wollte. Bei einem Gespräch, das ich vorab mit den zuständigen Beamten geführt hatte, war mir mitgeteilt worden, daß sie gewillt wären, Anson ein Jahr Haft auf Bewährung anzubieten, jedoch nur, wenn er sich einer Therapie im Drogen- und Suchtzentrum in Vernon, Texas, unterzog.

»Dort kümmert man sich nicht nur um sein Drogenproblem«, erklärte mir Lee Todd, der für Bewährungsstrafen bei Jugendlichen zuständige Beamte, »sondern außerdem werden speziell geschulte Berater versuchen, seine sozialen Probleme zu lösen.« Während der Dauer der Therapie wäre ihm jeglicher Kontakt zu Personen außerhalb der Einrichtung untersagt.

»Wie lange wird er dort bleiben müssen?«

»Sechs Monate, vielleicht auch länger. Das hängt von seiner Kooperationsbereitschaft ab.«

Ich fragte den Experten, wie hoch er die Erfolgschancen eines solchen Aufenthaltes bei meinem Sohn schätzte.

»Mr. Stowers«, sagte er, »Anson ist ein sehr zorniger junger Mann.«

Sein Tonfall klang alles andere als ermutigend, aber ich brauchte nicht lange, mich zu entscheiden. Wenn er im Rahmen der Bestrafung für den Diebstahl des Pickups Hilfe in bezug auf sein Drogenproblem bekommen konnte, von dem ich fürchtete, daß es nicht nur wiedergekehrt, sondern sich verschlimmert hatte, sah ich hierin eine zweite Chance – wie gering sie auch sein mochte – daß etwas Positives dabei herauskam.

»Ich habe die Papiere unterschrieben«, teilte ich ihm mit.

Niedergeschlagen fuhr ich nach Hause, die Enttäuschung auf Ansons Gesicht deutlich vor Augen. Ich wußte, daß er irgendwie erwartet hatte, daß ich seine Freilassung erreichte. Statt dessen wurde er am letzten Novembertag 1979 ins Drogen- und Suchtzentrum in Vernon überstellt.

Keine zwei Monate später erhielt ich einen Brief vom Direktor des Therapiezentrums. »Hiermit teilen wir Ihnen mit, daß wir beschlossen haben, Ihren Sohn umgehend zu entlassen. Er hat während seines Aufenthaltes keinerlei Motivation erkennen lassen, sich zu ändern. Außerdem hat er weder entsprechend unserer Hausvorschriften kooperiert noch irgendwelchen Einsatz gezeigt. Er hat dem Therapieprogramm gegenüber nur Gleichgültigkeit und Desinteresse gezeigt.«

Der Brief schloß damit, daß Anson in meine Obhut entlassen werden würde, sobald ich ihn abholte.

»Was tun wir jetzt?« fragte Lynne mit einer Mischung aus Frustration und Zorn, die ich ihr nicht verübeln konnte. Ich wußte, daß Ansons ständige Eskapaden sie der letzten Geduld beraubt hatten.

Und genau genommen hatten sie auch dazu beigetragen, unsere Ehe zu zerstören.

»Ich werde ihn abholen«, entgegnete ich, bei dem Gedanken nicht glücklicher als sie. Auch wußte ich nicht, wie ich die nächsten Tage durchstehen sollte.

Nach seiner Rückkehr lebten wir einige Zeit in unbehaglichem Frieden unter einem Dach. Anson, der immer noch nicht das geringste Interesse für die Schule bekundete, nahm einen Job in einem Fast-food-Restaurant an, wechselte später zu einer Autowaschanlage und wurde schließlich vom Betreiber einer Holzhandlung eingestellt.

Fast sechs Monate verstrichen, ehe er erneut in Schwierigkeiten geriet. Er klaute einen Wagen für eine Spritztour, die ein abruptes Ende nahm, als er einige Meilen entfernt in der Nachbargemeinde Midlothian in einen Auffahrunfall verwickelt wurde. Am Steuer des Wagens, mit dem er kollidiert war, saß die Tochter des örtlichen Polizeichefs.

Er wurde verhaftet und nach Woodlawn gebracht, einem Gefängnis für jugendliche Straftäter in Dallas. Die Sicherheitsvorkehrungen dort waren minimal, so daß es ihm gelang, gleich nach seiner Ankunft aus einem Fenster im dritten Stock zu steigen und an einem Regenfallrohr herabzuklettern. Zwei Wochen lang war er auf der Flucht und wohnte bei Freunden, die bereit waren, ihn zu verstecken. Dann wurde er erneut verhaftet.

Am neunten September 1980 wurde er im Alter von siebzehn Jahren des Autodiebstahls für schuldig befunden und zu zehn Jahren auf Bewährung verurteilt. Hierauf kehrte er ein letztes Mal nach Hause zurück.

# Kapitel 5

Wenngleich er nicht darüber sprechen wollte, spürte ich, daß Anson Probleme mit seiner Freundin hatte. Die Anzeichen waren immer dieselben: er wurde still, schmollte, war aufbrausender und rebellischer als gewöhnlich. Und es gab nicht viel, was ich für ihn tun konnte.

Tatsächlich war ich damals, was Beziehungen anging, ein denkbar schlechtes Vorbild. Ich hatte beschlossen, die Scheidung einzureichen. Die Entscheidung war mir nicht leicht gefallen, ich hatte sie lange vor mir hergeschoben, und die ganze Situation wurde zusätzlich dadurch kompliziert, daß ich eine andere Frau kennengelernt hatte.

Ich bin sicher, daß jeder, der die attraktive, dynamische Frau bemerkte, die sich erboten hatte, mir während des Sommers bei der Betreuung des Leichtathletikprogramms für Kinder und Jugendliche zu helfen, in ihr den Grund für das Ende meiner zweiten Ehe sah. Viel eher war es jedoch so, daß ich nach einem Grund für die Scheidung suchte. Wäre Pat Cruce mir nicht begegnet, hätte ich, sofern sich kein handfester Grund für eine Trennung ergeben hätte, vermutlich – wer weiß wie lange – eine Ehe fortgeführt, die beinahe von Beginn an unglücklich, frustrierend und allgemein freudlos gewesen war.

Traditionell erfolgt in solchen Angelegenheiten die obligatorische Schuldzuweisung. Recht oder Unrecht, ich ziehe es vor, mich nicht darüber auszulassen. Ich empfand es so, daß Lynne und ich uns beide bemüht hatten, des anderen Leben zu bereichern, was uns auch zeitweise gelungen war. Letztendlich war die Belastung jedoch für uns beide zu groß geworden. Ich hatte schon seit einiger Zeit gewußt, daß diese Ehe, die übereilte Vereinigung zweier Menschen, die das Alleinleben leid gewesen waren und die Bürde der täglichen Verantwortung nicht mehr allein hatten tragen wollen, ein Fehler gewesen war. Anstatt unsere jeweiligen Probleme zu lösen, hatten wir diese nur vertieft. Der Fairneß halber muß ich sagen, daß es gute und weniger gute Zeiten gegeben hat. Doch die negativen Aspekte schienen die positiven zu ersticken und die letzten Reserven emotionaler Energie zu erschöpfen. Uns ging mit der Zeit einfach der Sprit aus.

Lynne hatte versucht, in die Rolle der Stiefmutter hineinzufinden. Vielleicht hatte ich auch mehr von ihr erwartet, als mir zustand. Die Verantwortung, für Anson und Ashley zu sorgen, beraubte sie der Unabhängigkeit, der Freiheit und des gelegentlichen Alleinseins, Dinge, die sie an ihrem Singleleben geschätzt hatte. Mit der Zeit entwickelte ich wachsenden Groll, den ich manchmal aussprach und manchmal subtiler zum Ausdruck brachte, von dem ich mich jedoch nicht frei machen konnte. Ich hatte die Jungen mitgenommen, so oft ich konnte, um sie von den elterlichen Pflichten zu entlasten, die unübersehbar begonnen hatten, an ihren Kräften zu zehren. Und Anson, der Lynne anfangs gemocht zu haben schien, zeigte sich ihr gegenüber schon kurz nach unserer Heirat offen feindselig.

Wann immer möglich, arbeitete ich von zu Hause aus oder kam früher vom Büro nach Hause, um die täglich anfallenden Fahrten von der Schule, zum Sporttraining oder zu Freunden zu übernehmen. Und wenn ich unterwegs war, die Cowboys zu einem Spiel begleitete, hatte ich zunehmend Schuldgefühle ob meiner Abwesenheit, fühlte mich ständig unter Druck gesetzt, möglichst schnell nach Hause zurückzukehren, um den Friedensstifter zu spielen.

Ich versuchte, alle glücklich zu machen, was mir bei keinem von uns gelang – nicht einmal bei mir selbst. Unser Zusammenleben hatte sich zu einer endlosen, kräftezehrenden Angelegenheit entwickelt.

Die Jungen und ich zogen in eine Wohnung und nahmen unser Junggesellenleben wieder auf. Einige Zeit schien tatsächlich jeder von uns eine längst überfällige Erleichterung ob der Trennung zu empfinden. Obwohl sie ihre Gedanken ganz bewußt für sich behielten, spürte ich, daß Anson und Ashley sich über die neue Situation freuten, als handle es sich um einen verspäteten Versuch, die sorgloseren Zeiten in Texas Hill Country zurückzuholen.

Falls die Trennung sie belastete, merkte ich also nichts davon. Andererseits hatte ich mit Schüben von Schuldgefühlen und Ängsten zu kämpfen, die ich nach bestem Vermögen verbarg. Ich war überzeugt, getan zu haben, was für alle Beteiligten das Beste war. Aber das machte es nicht leichter.

Und so konnte ich Anson, als er mit eigenen Schwierigkeiten in der Liebe zu kämpfen hatte, keinen Rat anbieten. Und auch wenn ich ihm geraten hätte, wäre er meinen Ratschlägen nicht zu Unrecht mit Skepsis begegnet. Ich stellte mir oft vor, was in ihm vorging: *Himmel, Dad, du hast die Ehe mit meiner Mom vermasselt, und jetzt fängt dasselbe Spiel von vorne an.*

Und so fühlte ich mich entschieden unqualifiziert, meinem Sohn in seinem Liebeskummer in irgendeiner Weise zu helfen.

Tatsächlich sind nur sehr wenige Eltern dazu in der Lage. Junge Liebe, gleich in welchem Stadium, ist etwas, das die meisten Jugendlichen gar nicht mit den Erwachsenen teilen möchten. Das ist ein sehr persönlicher Bereich, den sie als ihre ureigenste Angelegenheit betrachten, und meiner Meinung nach ist es ihnen praktisch unmöglich, sich vorzustellen, daß wir einmal die gleichen Hormonwallungen, Phasen berauschenden Glücks und unausweichlich folgenden Schmerzes durchgemacht haben.

Was ich damals nicht wußte, war, daß Anson und seine Freundin über längere Zeit hinweg wegen seines wachsenden Drogenkonsums gestritten hatten. Anfangs hatte sie ihn einfach gedrängt aufzuhören und ihn vor den Risiken gewarnt, erwischt zu werden. Es lief jedoch darauf hinaus, daß sie nicht länger mit einem Junkie zusammen sein wollte und ihm ein Ultimatum stellte. Er hatte ihr mehrfach versprochen, keine Drogen mehr zu nehmen; sogar behauptet, er hätte aufgehört. Aber sie war einmal zu oft dahintergekommen, daß er sie belogen hatte.

Schließlich hatte sie Schluß gemacht, woraufhin Anson erneut verschwunden war.

Ende Januar 1981, nachdem seine Freundin sich von ihm getrennt hatte und wir mehrmals wegen seines Verhaltens aneinandergeraten waren, war Anson wieder einmal gegangen. Diesmal allerdings auf meinen ausdrücklichen Wunsch hin. Meine Toleranz war ohnehin schon stark angeschlagen, und als ich erfuhr, daß er zwanzig Dollar genommen hatte, ein Weihnachtsgeschenk, das sein jüngerer Bruder in seinem Schrank versteckt und gespart hatte, war ich mit meiner Geduld am Ende.

Wütend über eine derart gewissenlose Tat, warf ich ihn hinaus.

Er war seit einigen Tagen verschwunden, als ich an einem Samstagmorgen aufstand und feststellte, daß der

Stellplatz vor dem Haus leer war. Was ich zum damaligen Zeitpunkt nicht wußte, war, daß außerdem ein Scheckbuch aus meiner Schreibtischschublade fehlte.

Ich grübelte das ganze Wochenende. Sollten sich die alten Probleme im neuen Jahr fortsetzen? Warum schien er so entschlossen, seinen Untergang gezielt herbeizuführen, wo ihm doch alle Chancen offenstanden, etwas aus seinem Leben zu machen?

Es war noch keinen Monat her, daß er einen guten Job in einem Landvermesserteam gehabt hatte. Die Arbeit hatte ihm Spaß gemacht, und alles hatte darauf hingedeutet, daß sein Arbeitgeber mit ihm zufrieden war. Jeden Morgen, während ich sein Mittagessen für ihn einpackte, hatte er am Küchentisch gesessen und eifrig von den Aufgaben berichtet, die ihn an diesem Tag erwarteten. Mehr als einmal hatte er stolz erklärt, dies wäre ein Job mit Zukunft. Er sprach davon, daß er bald genügend Geld beisammen haben würde, eine Anzahlung auf einen eigenen Wagen zu leisten, so daß ich ihn nicht mehr täglich zur Arbeit fahren und wieder abholen müsse.

Als ich ihn ein paar Tage vor Weihnachten abgeholt hatte, hatte er mir stolz einen Bonusscheck über fünfhundert Dollar gezeigt, den er bekommen hatte. Er schien erfreut, als ich ihm erklärte, daß der Bonus, der ihm bereits nach wenigen Monaten in seinem Job ausgezahlt worden war, den überstieg, den ich von den *Morning News* erhalten hatte, für die ich vier Jahre tätig gewesen war.

Ich sah in seinen Augen ein Leuchten der Selbstzufriedenheit darüber, etwas geleistet zu haben. Endlich war es ihm gelungen, seinen alten Vater zu übertreffen, was ihn sichtlich freute. Und mich ebenfalls. Rückblickend war dies einer der viel zu seltenen Augenblicke, in dem ich wahren Optimismus über die Zukunft meines Sohnes empfand.

Dieses Gefühl sollte nicht lange anhalten.

Bereits Tage später teilte er mir mit, daß er entlassen worden wäre, worauf eine seiner ausschweifenden, viel zu detaillierten Erklärungen folgte, die ich sofort als Lüge erkannte.

Am darauffolgenden Tag rief ich Pat bei der Texas Employment Commission, dem örtlichen Stellenvermittlungsbüro, an – sie hatte Anson geholfen, diesen Job zu bekommen – und fragte sie, ob sie herausfinden könne, was tatsächlich passiert war.

Die Version, die man ihr erzählte, klang völlig anders als das, was er mir aufgetischt hatte.

»Er wurde gefeuert«, sagte sie.

»Weswegen?«

Hierauf folgte eine kurze Pause, die mir verriet, daß es ihr widerstrebte, meine Frage zu beantworten. »Wegen Diebstahls«, sagte sie schließlich. »Sie hatten ihn wirklich gern. Und sie waren sehr zufrieden mit seiner Arbeit. Aber offenbar hat er Werkzeug gestohlen. Nichts besonders Wertvolles, soweit ich gehört habe. Trotzdem hat die Firmenpolitik ihnen keine andere Wahl gelassen, als ihm fristlos zu kündigen. Es tut mir leid.«

Mir tat es auch leid. Aber außerdem war ich wütend, auch dann noch, als ich ihn später zur Rede stellte. Wieder wurde meine Hoffnung, daß er sein Fehlverhalten eingestehen und die Verantwortung für sein Tun übernehmen würde, enttäuscht. Er leugnete feindselig.

Warum, fragte er, wollte ich ihm nie glauben? Warum sei ich immer gleich bereit, das Schlimmste anzunehmen? Es war die alte Angriff-ist-die-beste-Verteidigung-Taktik, an die ich mich im Laufe der Jahre bereits gewöhnt hatte. Eine Taktik, mit der er, wie ich zugeben muß, viel zu oft Erfolg gehabt hatte. Ich wünschte mir so sehr, ihm zu glauben, daß ich mich an die geringste Möglichkeit klammerte, daß seine Version auch nur ein Körnchen Wahrheit enthalten könnte. Auch wenn mein Verstand mir sagte, daß dem nicht so war.

Das ist ein Dilemma, dem sich alle Eltern ständig ausgesetzt sehen. Wir wollen einfach nicht glauben, daß unsere Kinder, die erzogen wurden, die gesellschaftlichen Regeln zu achten, Lügner, Betrüger und Diebe sein könnten. Und sogar im Angesicht der hieb- und stichfestesten Beweise ist es leichter, die Wahrheit zu leugnen, als sich mit ihr auseinanderzusetzen.

An jenem Wochenende fragte ich mich, welcher Teufel Anson diesmal wieder geritten haben mochte. Einerseits fürchtete ich um ihn, aber gleichzeitig war ich verbittert, daß er wieder einmal Mist gebaut hatte. Und so traf ich schweren Herzens eine Entscheidung.

Ich rief die Polizei an und meldete meinen Wagen als gestohlen.

Es war keine Handlung, die aus Mut, Zorn oder Rachegefühlen heraus erfolgte. Es hatte auch nichts mit den juristischen Begriffen von Recht oder Unrecht zu tun. Einfach ausgedrückt war ich mit meiner Kraft am Ende, geistig gebrochen, und aus reiner Verzweiflung hatte ich beschlossen, die Verantwortung für Ansons Verhalten in die Hände eines Dritten zu legen. Ich wollte, daß jemand anders meine Probleme für mich löste.

»Haben Sie einen Verdacht, wer den Wagen gestohlen haben könnte?« fragte der ermittelnde Beamte.

»Mein Sohn«, entgegnete ich.

Keine vierundzwanzig Stunden später wurde mein Wagen in Baton Rouge, Louisiana, aufgefunden.

Anson saß wieder im Gefängnis.

Nachdem er meinen Wagen gestohlen hatte, hatte er auf

mehreren Schecks über kleinere Beträge meine Unterschrift gefälscht und sie in verschiedenen Geschäften eingelöst. Dann hatte er in einem Spirituosenladen eine Flasche Jim Beam Whisky gekauft (Obwohl er meines Wissens nie viel für Alkohol übrig gehabt hatte).

Angetrieben von Zorn und Selbstmitleid hatte er beschlossen, nach Baton Rouge zu fahren, um sich ein Konzert der populären Rockgruppe Styx anzusehen.

Bevor er jedoch die Stadt verlassen hatte, war er zu einem Freund, einem jungen Mann namens Robert, gefahren. Dort war er eingebrochen und hatte ein 30.06 Remington-Gewehr, zwei Schrotflinten der Kaliber .12 und .20 sowie mehrere Päckchen Munition gestohlen, die dem Vater des Jungen gehörten.

Er hinterließ eine Nachricht in Roberts Zimmer. »Hey, Mann, tut mir leid, die Schweinerei. Sag deinem Vater, daß es mir leid tut, seine Waffe hierfür ausgeborgt zu haben. Aber es mußte getan werden. Ich konnte nicht ohne sie leben. Gruß Anson E. Stowers.«

Er bat Robert außerdem, dafür zu sorgen, daß seine Freundin die Nachricht erhielt, und hatte in einem merkwürdigen Postskriptum den Namen und die Telefonnummer eines Detectives der obersten Kriminalpolizeibehörde von Duncanville aufgeschrieben. »Wenn er nicht schon hier ist, ruf ihn an«, hieß es in seiner Nachricht.

Die Zeilen ließen die Vermutung zu, daß Anson vorgehabt hatte, sich mit Hilfe der gestohlenen Gewehre das Leben zu nehmen. Eine solche Vorstellung war natürlich entsetzlich. Andererseits machte es für mich keinen Sinn, daß er *drei* Gewehre stehlen sollte, falls es tatsächlich seine Absicht war, sich umzubringen. Ich kam zu dem Schluß, daß weit wahrscheinlicher war, daß er beabsichtigte, sie zu Geld zu machen. Die Nachricht betrachtete ich als Bilderbuchbeispiel für seine theatralische Ader; ein trauriger und unsinniger Versuch, seiner Freundin genügend Schuldgefühle und Angst einzuflößen, daß sie ihren Entschluß noch einmal überdachte.

Auch fragte ich mich, welcher Einbrecher schon eine Nachricht hinterließ, in der er sein Verbrechen gestand, und dazu noch Namen und Telefonnummer eines Polizeibeamten angab, dem die Tat gemeldet werden sollte.

Ich war ziemlich sicher, daß Anson ganz und gar nicht beabsichtigte, sich etwas anzutun. Und er wollte gefaßt werden.

Das Folgende ereignete sich südlich von Baton Rouge. Offenbar betrunken, seit er Texas verlassen hatte, war er von der Interstate zehn abgefahren und hatte an einer abgelegenen Raststätte in der Nähe von Gonzalez eine Rast eingelegt. Es war erst kurz nach elf Uhr, und abgesehen von der älteren Dame hinter dem Tresen war niemand dort. Sie schenkte ihm einen Drink ein und sah dann schweigend zu, wie er eine Partie Pool spielte. Lange bevor er wieder an die Bar trat und einen zweiten Drink bestellte, war sie sicher, daß er betrunken war. Sie meinte, es wäre zu früh am Tag, so viel zu trinken, und forderte ihn auf zu gehen.

Anson lehnte sich über den Tresen und funkelte die Frau mehrere Sekunden lang zornig an. Dann wandte er sich ab und ging zum Parkplatz. Minuten später war er jedoch zurück und bedrohte die Frau mit der .12er Schrotflinte. »Okay, du Schlampe«, sagte er. »Du wirst mir jetzt noch einen Drink einschenken, und außerdem wirst du die verdammte Registrierkasse aufmachen.«

Kaum, daß er die Raststätte verlassen hatte, verständigte die Inhaberin die Polizei. Minuten später begann eine rasante Verfolgungsjagd, bei der Anson nach Norden in Richtung Baton Rouge floh. Nachdem sie eine Geschwindigkeit von beinahe hundert Meilen pro Stunde erreicht hatten, fuhr Anson schließlich auf den Randstreifen des Highways und wurde sofort von einem halben Dutzend Streifenwagen umringt. Anson stieg aus, die Hände über dem Kopf.

Am frühen Nachmittag saß er im Gefängnis und wurde von Deputy Sheriff Dan Falcon von der Ascension Parish-Polizei verhört.

Es war schon spät am Abend, als ich schließlich von Phil Hambrick, einem langjährigen Freund und Lieutenant beim Cedar Hill Police Department angerufen wurde. »Wir haben ihn gefunden«, sagte er und fügte eilig hinzu, daß Anson unverletzt sei.

»Wo ist er?«

»In einem Gefängnis in Louisiana.«

Hambrick ahnte gleich, daß ich annahm, Anson wäre wegen Autodiebstahls festgenommen worden. »Er steckt in ziemlichen Schwierigkeiten«, sagte er. »Man wirft ihm schweren Raub vor.«

Dann berichtete er mir von seinem Telefonat mit Deputy Falcon und informierte mich über Einzelheiten des Raubes und der Verhaftung. Was er nicht erwähnte, war, daß Falcon sich außerdem mit der Polizei von New Orleans in Verbindung gesetzt hatte, die nun prüfte, ob Anson in einen Mord und eine Serie bewaffneter Raubüberfälle dort verwickelt war. Ebensowenig erwähnte Hambrick eine spontane Bemerkung des Deputy aus Louisiana: »Dieser bekloppte Hurensohn kann von Glück sagen, daß er sich ausgerechnet diese Uhrzeit für seinen Überfall ausgesucht hat. Wären die üblichen Stammgäste dort gewesen, als er hereinkam, hätte jeder einzelne eine Waffe gezogen, und irgend jemand hätte ihm vermutlich das Hirn weggepustet.«

Ich erfuhr, daß der Raub Anson hundertzehn Dollar eingebracht hatte.

Es gibt nichts, was einen auf die Hiobsbotschaft vorbereitet, daß das eigene Kind eine kriminelle Tat begangen hat. Keine innere Vorwarnung, nicht einmal das Eingeständnis dieser Möglichkeit oder gar Wahrscheinlichkeit vermag den Schock zu dämpfen. Wie oft hatte ich während unserer hitzigen Auseinandersetzungen Anson an den Kopf geworfen, daß er im Gefängnis landen würde, wenn er seine Lebenseinstellung nicht drastisch änderte?

Nun, da meine Warnung höchstwahrscheinlich Realität werden würde, fragte ich mich, ob diese letzte Tat ein grausamer, gezielter Zug gewesen war, meine Prophezeiung wahr werden zu lassen. Oder hatte ich dadurch, daß ich diese Möglichkeit angesprochen hatte, Anson ungewollt glauben gemacht, daß dies mein geheimer Wunsch wäre, der ultimative Weg, mir ihn und seine Probleme ein für allemal vom Hals zu schaffen?

Diese Gedanken waren natürlich absurd. Die harte Wahrheit war, daß ich nicht das geringste mit seinem Entschluß zu tun gehabt hatte, meinen Wagen zu nehmen, die Gewehre zu stehlen und den Raubüberfall zu begehen. Wenn ich irgendeine Mitschuld an Ansons neuesten Schwierigkeiten trug, hätte ich mich gern gestellt und seinen Platz hinter Gittern eingenommen. Ich war traurig und enttäuscht, zornig und schämte mich sogar für das, was vorgefallen war, aber ich fühlte mich nicht dafür verantwortlich.

All das trug jedoch nicht dazu bei, den Klumpen zu lösen, der sich in meinem Magen gebildet hatte, als mir mitgeteilt worden war, was sich weit weg in einer Stadt in Louisiana, von der ich noch nie gehört hatte, ereignet hatte. Als mir zusätzliche Details geliefert wurden, stürzte ich in tiefste Depressionen.

Bei der Verhaftung wurden bei Anson eine Reihe von Gegenständen gefunden, die Licht auf seine Aktivitäten in den Tagen vor der Verhaftung warfen. Während sie dem Ermittler, der sie registrierte, nichts bedeuteten, lieferten sie mir Einzelheiten einer traurigen, verwirrenden Geschichte.

Da war beispielsweise ein Pfandhausschein für einen vierzehnkarätigen Goldring mit einem kleinen Diamanten, inklusive des Schmuckkästchens; der Ring, den er zweifellos irgendwann einmal seiner Freundin hatte schenken wollen.

Ein weiterer Pfandhausschein für eine Kamera und eine Pistole Kaliber .22, was eine Frage beantwortete, die sich vor einigen Tagen gestellt hatte. Meine inzwischen von mir getrennt lebende Frau hatte einige Zeit zuvor der Polizei einen Diebstahl gemeldet, der sich ereignet hatte, während sie einige Tage nicht in der Stadt gewesen war. Bei ihrer Rückkehr hatte sie festgestellt, daß jemand einige Zeit in ihrem Haus verbracht hatte; er hatte sich etwas gekocht und in einem der Betten geschlafen. Eine anschließende Überprüfung hatte ergeben, daß ihre Kamera und die Pistole aus dem Schrank verschwunden waren. Sie hatte der Polizei mitgeteilt, daß sie in dem ungebetenen Gast meinen Sohn vermutete.

Die Pfandhausscheine bestätigten ihren Verdacht. Außerdem erklärten sie, wo er zumindest einen Teil der Zeit seit seinem Weggang von zu Hause verbracht hatte.

Bei seinen Sachen befand sich außerdem eine Karte mit Namen und Telefonnummer einer bekannten Drogendealerin namens Karen. Ich konnte mir also denken, wofür das Geld, das er sich beschafft hatte, verwendet worden war.

Ich verbrachte eine schlaflose Nacht und fragte mich, was ich tun sollte. Offenbar bestand kein Zweifel an Ansons Schuld. Bei der Verhandlung konnte er nicht mit Nachsicht des Richters rechnen und würde wieder einmal ins Gefängnis geschickt werden. Aus einem verrückten Impuls heraus hatte er die Grenze zwischen jugendlichem Über-die-Stränge-schlagen und einer ernsten Erwachsenenstraftat überschritten, die keine zweite Chance barg. Diesmal würde er nicht mit einem juristischen Klaps davonkommen.

Ich mußte ständig an die Horrorgeschichten denken, die ich über die Grausamkeiten und Zustände innerhalb des Strafvollzugssystems von Louisiana gehört hatte. Angola, das dortige Hochsicherheitsgefängnis, hatte einen wohlbekannten Ruf als Höllenloch. Ob dies nun stimmte oder nicht, ich malte mir jedenfalls das Schlimmste aus. Und wenngleich ich herzlich wenig über das Rechtssystem wußte, erkannte ich, daß die einzige konkrete Hilfe, die ich Anson leisten konnte, darin bestand, daß ich versuchte, jemanden zu finden, der erreichte, daß er in ein texanisches Gefängnis überstellt wurde. Ansons zahlreiche Verstöße gegen die Bewährungsauflagen würden zweifellos diesmal dazu führen, daß er dazu verurteilt wurde, seine Strafe abzusitzen. Während die Straftat, die er in Louisiana begangen hatte, ganz offensichtlich die schwerwiegendste war, kamen zwei hiesige Einbrüche und der Diebstahl meines Wagens hinzu, Vergehen, derer er in Dallas County angeklagt werden konnte. Ich fragte mich also, ob die Möglichkeit bestünde, daß die Behörden Louisianas zustimmten, daß er nach Texas überführt wurde, wenn ihnen zugesichert würde, daß er hier eine Gefängnisstrafe abbüßte, die seinem dortigen Verbrechen entsprach.

Am drauffolgenden Morgen suchte ich den Anwalt Mike Barclay auf und bat ihn um Rat. Er mochte Anson und war sichtlich enttäuscht, von seinen neuerlichen Schwierigkeiten zu hören. Mike erklärte sich bereit, in Louisiana anzurufen, um möglichst zusätzliche Informationen über Ansons Lage in Erfahrung zu bringen.

Später an diesem Nachmittag rief er mich an und erklärte mir, daß es nicht leicht sein würde, die Behörden in Louisiana dazu zu bewegen, Anson der texanischen Gerichtsbarkeit zu überlassen. »Im Augenblick sind sie nicht einmal bereit, eine solche Möglichkeit auch nur in Erwägung zu ziehen.« Er riet mir, einige Zeit abzuwarten, bis die Gemüter sich ein wenig beruhigt hatten, und es dann noch einmal zu versuchen. In der Zwischenzeit würde er mit der Bezirksstaatsanwaltschaft von Dallas County sprechen, um zu sehen, ob man dort für diesen Vorschlag empfänglich war. Wenn ja, würde der nächste Schritt darin bestehen, den Bezirksstaatsanwalt von Louisiana davon zu überzeugen, daß Anson in Texas eine ebenso harte Strafe zu erwarten hatte wie dort. Er warnte mich, daß dies bedeute, daß Anson sich in allen Punkten der Anklage schuldig bekennen müsse. Auch würde es umfassende rechtliche Schritte und eine Menge Papierkram nach sich ziehen. Aber auch er war der Ansicht, daß es in Ansons Interesse war, wenn er seine Schuld gegenüber der Gesellschaft nicht in Louisiana abbüßte. Auch meinte er, es wäre von Vorteil, einen dort ansässigen Anwalt zu engagieren, der mit Anson Kontakt hielt und uns bei den Formalitäten und Anträgen behilflich war, die erforderlich werden könnten.

»Noch eins«, sagte er. »Anson wird nicht mehr verdächtigt, in den Mord oder irgendwelche Raubüberfälle verwickelt zu sein.«

Auch in den düstersten Augenblicken gewährt das Leben einem kleine Lichtblicke.

Als meine Maschine zum Landeanflug auf den Flughafen von Baton Rouge ansetzte, verspürte ich unbeschreibliche Furcht. Tatsächlich hatte ich nicht fliegen wollen; ich wollte Anson ebensowenig sehen wie er mich. Was gab es schon zu sagen? Mein Zorn und meine Enttäuschung waren noch zu frisch, ihm verzeihen zu können. Auch hatte mich in meinen Träumen bereits der beklemmende furchtsame Ausdruck verfolgt, den ich auf dem Gesicht meines Sohnes zu sehen erwartete. Aller Wahrscheinlichkeit nach würde er versuchen, seine Angst hinter gespielter Gelassenheit zu kaschieren, aber sie würde da sein, in den stechenden braunen Augen, die er von seiner Mutter geerbt hatte. Hinter der gespielten Tapferkeit, dem Zorn und der Feindseligkeit würde sich ein verängstigtes siebenjähriges Kind verbergen.

Ich erkannte den Ausdruck in dem Augenblick, da er in das winzige Besucherzimmer des Gefängnisses von Ascension Parish geführt wurde. Wir waren nur einen Meter voneinander entfernt, getrennt durch eine Glasscheibe, und mußten uns über Telefonhörer unterhalten. In diesen ersten Minuten des Schweigens spürte ich, wie mein Zorn verrauchte und von dem überwältigenden Wunsch ersetzt wurde, ihn zu berühren, ihn zu umarmen und ihm zu versichern, daß ich irgendwie alles in Ordnung bringen würde.

Anson trug einen schlechtsitzenden Gefängnisoverall und ein Identifizierungsband am Handgelenk. Er war es, der das unbehagliche Schweigen brach.

»Ich war nicht sicher, ob du kommen würdest«, sagte er. Ich wußte, daß die Bemerkung und der Tonfall, in dem sie hervorgebracht wurde, gezielt dazu dienen sollte, mich zu entwaffnen. Und es gelang.

Unser Gespräch war sehr oberflächlich. Abgesehen davon, daß ich ihm mitteilte, daß ich mich mit Barclay in Verbindung gesetzt hatte und später an diesem Tag mit einem ortsansässigen Anwalt sprechen würde, verloren wir kein Wort über die Ereignisse, die zu seiner Inhaftierung geführt hatten. Tatsächlich hatte ich wieder einmal verzweifelt gehofft, er würde sein Fehlverhalten eingestehen, sich lang und breit entschuldigen und versprechen, daß er nun endgültig eine Lektion gelernt habe, die sein Leben auf wunderbare Weise verändern würde. Statt dessen bekam ich nur einsilbige Antworten auf meine Fragen zu seinem Befinden und eine Liste von Körperpflegemitteln, die er bräuchte.

Im Anschluß an unser angespanntes, halbstündiges Gespräch unterschrieb ich ein Formular, nahm meinen Wagen in Empfang, der hinter dem Gefängnis geparkt war, und fuhr in die Innenstadt, um den Anwalt aufzusuchen, der mir empfohlen worden war.

Ben Johnson war ein stämmiger Schwarzer Mitte dreißig und sah eher aus wie eine Werbefigur der National Football League als wie ein Jurist. Und doch war er offenbar das hiesige Gegenstück zu Mike Barclay. Johnson hatte sich auf die Verteidigung jugendlicher Straftäter spezialisiert. Er mochte Kinder, sprach eine Sprache, der sie offenbar zuhörten und Vertrauen schenkten, und genoß großes Ansehen innerhalb der örtlichen Juristengemeinschaft.

In seinem kleinen, engen Büro im Obergeschoß befragte er mich ausführlich zu Ansons Vergangenheit und unserer Beziehung. Obwohl nichts an seinem Verhalten darauf hindeutete, hatte ich doch den Eindruck, daß seine Fragen nicht so sehr dazu dienten, zu entscheiden, ob er den Fall meines Sohnes übernehmen sollte, sondern dazu, sich schlüssig zu werden, ob ich jemand war, für den er arbeiten wollte.

»Wenn ich Sie richtig verstanden habe, geht es Ihnen vornehmlich darum, Ihren Sohn von unserem schönen Staat zurück nach Texas zu schaffen«, sagte er.

Ich nickte, und er lächelte, womit er es mir ersparte, ihm meine Beweggründe hierfür zu schildern.

»Das ist richtig«, entgegnete ich. »Außerdem möchte ich, daß er von jemandem vertreten wird, der dafür Sorge trägt, daß er ebenso im Gefängnis wie auch im Gerichtssaal anständig behandelt wird.« Ich war nicht auf der Suche nach einem Anwalt, der irgendwelche Gesetzeslücken auftat oder das System in irgendeiner Weise manipulierte. Obwohl er kein Wort dazu sagte, hatte ich den Eindruck, daß Johnson es überraschend, vielleicht sogar merkwürdig fand, daß ich mich mit keinem Wort danach erkundigte, wie Ansons Chancen standen, straffrei davonzukommen.

Er erhob sich von seinem Stuhl und reichte mir über den Schreibtisch hinweg die Hand. »Ich werde Ihren Jungen besuchen«, sagte er. »Und anschließend setze ich mich mit Mr. Barclay in Verbindung.«

Nachdem ich einen Scheck ausgestellt hatte, verließ ich sein Büro und war bereits halb die Treppe herunter, als er meinen Namen rief. Über das Geländer gebeugt, sagte er warnend: »Diese Sache wird sich nicht von heute auf morgen regeln lassen. Wir halten Sie auf dem laufenden. Fahren Sie zurück nach Hause und leben Sie Ihr Leben weiter.«

Ich war überzeugt, daß er diesen Rat im Laufe der Jahre schon vielen verzweifelten Eltern gegeben hatte. Und doch ließ ich mir seine Worte immer wieder durch den Kopf gehen, während ich, körperlich und seelisch erschöpft, nach Texas zurückfuhr, zurück zu einem gewissen Maß an Normalität.

Irgendwie würde ich Ben Johnsons Rat befolgen.

Für mein eigenes geistiges Wohlbefinden wie auch um Ashleys willen mußte ich einen Weg finden, zu verhindern, daß Anson und seine Probleme zum Mittelpunkt meines Lebens wurden. Johnsons Botschaft war eindeutig gewesen: mein Anteil an der Sorge um Anson war auf eine Demonstration väterlicher Unterstützung und die Bezahlung von Anwaltsrechnungen reduziert worden. Sorgen und Ängste um seine Zukunft würden nichts an dem ändern, was bereits geschehen war.

Während ich in die Nacht hineinfuhr, hob sich meine Laune schließlich ein wenig beim Anblick der vertrauten Landschaft. Ich ertappte mich bei geheimen, von Schuldgefühlen begleiteten Gedanken, bei einem willkommenen Gefühl der Erleichterung ob der Entfernung, die nun zwischen mir und meinem gestörten Sohn lag.

Tatsächlich gibt es zahlreiche Zufluchten, in die man sich in Zeiten der Verzweiflung zurückziehen kann. Ich kenne Menschen, die im Alkohol oder Kokainrausch Zuflucht vor den Grausamkeiten und Realitäten ehelicher oder finanzieller Krisen gesucht haben. Manche reden von Selbstmord, den sie doch nie begehen werden, oder von drastischen Veränderungen in ihrem Leben, die sie dann doch unfähig sind durchzuführen. Ich kenne einen erfolgreichen Geschäftsmann, der den Druck eines Alltagslebens, das ihm unerträglich geworden war, nicht mehr standhielt. In aller Stille ließ er von seinem Anwalt Dokumente aufsetzen, in denen er seinen gesamten Besitz seiner Frau und seinen Kindern überschrieb, schickte seinem Vorgesetzten ein Kündigungsschreiben, packte einige persönliche Dinge in einen Rucksack und brach zu einer Fahrradtour durch die Vereinigten Staaten auf. Ein anderer Freund, der von allen, die ihn kannten, als erfolgreich und sympathisch bezeichnet wurde, reagierte mit einer Persönlichkeitsveränderung à la Jekyll und Hyde auf sein privates Elend. Er wurde abweisend, vernachlässigte seine Arbeit, mied jeglichen Kontakt auch zu seinen engsten Freunden. Er zog sich in seine Höhle zurück, wie er es formulierte.

Meine Zuflucht war die Arbeit.

Aus Gründen, die ich gar nicht erst versuchen möchte zu erklären, fallen die schöpferischsten Phasen meiner Schriftstellerkarriere mit Zeiten persönlicher Krisen zusammen.

Nach Ansons Verhaftung ging ich tagsüber meinen Aufgaben bei der Zeitung nach, um dann die ganze Nacht an einem Buch zu arbeiten, das zu schreiben ich mich vertraglich verpflichtet hatte. Ich lehnte die Bitte keines einzigen Herausgebers um eine Story ab. Für einige Zeit mied ich den Schlaf, der mir verrückte, beunruhigende Träume brachte, bis die pure Erschöpfung ihr Recht forderte.

Allen, die sich fragten, warum ich mich so schindete, erklärte ich, daß ich das Geld für die Verteidigung meines Sohnes bräuchte. Tatsächlich war ich dankbar für die Ablenkung, die sich daraus ergab, daß ich meine Gedanken und Energie auf die Themen konzentrierte, über die ich schrieb. Das war der Knoten am Ende meines Rettungsseils.

Auch mußte ich mich um meinen jüngsten Sohn kümmern. Nachdem ich ihm erklärt hatte, was in Louisiana vorgefallen war, sprachen wir nur noch selten davon. Sein Leben ging normal weiter, ausgefüllt mit Freunden, sportlichen und schulischen Aktivitäten. Ich ertappte mich dabei, daß ich ihn sehr genau beobachtete und insgeheim nach Hinweisen dafür Ausschau hielt, daß die Situation seines Bruders ihn stärker belastete, als er zugab. Aber ich konnte keinerlei beunruhigende Anzeichen feststellen.

Was ich sah, war ein sorgloser Zwölfjähriger, der vollauf beschäftigt war mit Baskettballtraining, Projekten von Science Fair, Skateboardfahren und Hausarbeiten. Die belastenden Realitäten, mit denen ich mich herumschlug, waren für ihn bestenfalls Probleme, mit denen sich zu befassen er keine Veranlassung sah. Während es sicher Gefühle gab, die er für sich behielt, und Fragen, die er lieber nicht stellte, war ich froh, daß er offenbar nicht über die Familienprobleme grübelte. Die schon vor langer Zeit begonnene Rebellion seines Bruders und dessen ständige Konflikte mit dem Gesetz hatten ihn offenbar auf diese Entwicklung vorbereitet. Er schien den Frieden zu genießen, der durch Ansons Abwesenheit bei uns eingekehrt war.

Derweil tat ich alles, was in meiner Macht stand, unserem Leben einen Anstrich von Normalität zu verleihen.

Die Wochen nach Ansons Verhaftung wurden bald zu Monaten, und kaum etwas deutete darauf hin, daß es Aussichten gab, ihn nach Texas zu überstellen. Der Anwalt in Louisiana erhob sein Ausweichen meiner Anrufe zu einer wahren Kunst. Seine Sekretärin, deren Stimme mir auf monotone Weise vertraut geworden war, verfügte über eine schier unerschöpfliche Liste von Ausreden: Ihr Boß wäre bei Gericht, in einer Besprechung, nicht in der Stadt. Ich wäre nicht überrascht gewesen, wenn sie nur der Abwechslung halber behauptet hätte, Johnson wäre für ein langes Wochenende zum Mond geflogen.

Barclay versicherte mir derweil, daß er am Ball bleibe und verschiedentlich mit dem Anwalt in Louisiana gesprochen habe, um sich über die dortigen Fortschritte zu informieren. »Es wird einige Zeit dauern«, wiederholte er. »Und drängen macht uns nur bei denjenigen unbeliebt, auf deren Mithilfe wir angewiesen sind.«

Er erinnerte mich daran, daß ich persönlich keinen Einfluß mehr auf das Geschehen hatte. »Es hilft auch nichts, wenn du dich darüber aufregst.«

In solchen Zeiten halten wir wohl alle Ausschau nach Richtlinien, nach einer erprobten Formel, die einem den Weg durch die dunkelsten Augenblicke des Lebens weist. Manche finden Trost in der Heiligen Schrift oder in den Worten eines Freundes, dem sie vertrauen. Das sind die Menschen, von denen Psychologen, Geistliche und Autoren von Ratgebern leben.

Ich für meinen Teil suchte nach einer etwas unkonventionellen Quelle, nach einem Menschen, der keine Ahnung hatte, daß ich beabsichtigte, von seiner seltenen Kraft zu zehren.

Ich tat mein Bestes, mir die Denkweise eines Mannes zu eigen zu machen, den ich seit Jahren bewunderte und über den ich seit ebenso langer Zeit schrieb. Tom Landry, Cheftrainer der Dallas Cowboys, war mir seit langem ein faszinierendes Rätsel. Er war ein stiller, kantiger Mann, dessen ganzes Augenmerk auf seine Arbeit gerichtet war und der allgemein als einer der besten Trainer in der Geschichte des Profifootballs betrachtet wurde. Und doch schien sein Status keinerlei Einfluß auf seine ruhige, beschauliche Lebensart zu haben. Jene, die ihn gut kannten, konnten nur geringe Veränderungen an dem Landry feststellen, dessen Cowboys anfangs die Fußabtreter der Liga gewesen waren und ihn später nach dem Sieg bei der Super Bowl Meisterschaft auf den Schultern getragen hatten. Ich hatte sonst niemanden gekannt, der seine Gefühle derart kontrollierte und für sich behielt wie er und – zumindest nach außen hin – die Höhen und Tiefen seines Berufs gleichermaßen gelassen aufnahm. Ob sie nun gewannen oder verloren, Landry war Landry, und seine Fähigkeit, mit den Dingen umzugehen, faszinierte mich. »Ich zerbreche mir grundsätzlich nicht den Kopf über Dinge, auf die ich doch keinen Einfluß habe«, hatte er mir oft auf eine Interviewfrage entgegnet.

Das war eine gesunde und bewundernswerte Philosophie, die allerdings schwer zu befolgen war, wie ich bald feststellen sollte.

Jedoch entdeckte ich, daß das Schneckentempo der Gerichtsbarkeit mir die nötige Zeit verschaffte, einen gesunden Abstand zu Ansons Problemen zu gewinnen. Nachdem ich mich erst einmal mit der Tatsache abgefunden hatte, daß ich nicht in er Lage sein würde, Ansons Situation kurzfristig zu beeinflussen, entwickelte sich in meinem Leben eine Alltagsroutine, die mich in einer Art und Weise befriedigte wie seit Jahren nicht mehr.

Nachdem die NFL-Saison vorbei war, mied ich das Büro. Es tat mir gut, nicht mehr ständig unterwegs und auf Abruf zu sein. Ich sah mir Spiele von Ashleys Basketballteam an, kam wieder zum Lesen und machte es mir zur Gewohnheit, spätnachmittags längere Strecken allein zu joggen.

Und dann war da Pat, deren Freundschaft sehr schnell zu einem Lichtblick in meinem Leben geworden war.

Sie war seit fünf Jahren geschieden, und ihre Söhne waren im gleichen Alter wie meine. Ich war von ihr beeindruckt gewesen, noch bevor ich ihren Namen kannte. Ihr Jüngster, Andy, nahm am örtlichen Jugendsportprogramm teil und hatte sich mit Ashley angefreundet, kam nach der Schule öfter bei uns vorbei und blieb gelegentlich, um tapfer mein letztes Kochexperiment über sich ergehen zu lassen.

Worum ich seine Mutter von Anfang an bewundert – und beneidet – hatte, war ihr herzliches Verhältnis zu ihren Kindern. Guy, ihr Ältester, begleitete sie oft zu Sportwettkämpfen, um Andy anzufeuern. Sie hatte immer eine Kamera dabei, und machte Photos, die sie später an die jungen Sportler verteilte. Ganz offensichtlich hatte sie Kinder sehr gern, und ebenso offensichtlich erwiderten sie diese Sympathie.

Einige Tage nachdem Andy einen Anstoß in seinen ersten und einzigen Touchdown der Saison verwandelt hatte, trat sie nach dem abendlichen Training an mich heran und überreichte mir ein Photo von Ashley, wie er gerade strahlend die Grenzlinie zur Endzone passierte.

Nach und nach entwickelten sich zwischen uns kurze Gespräche, und wir lernten uns besser kennen. Ab und an traf ich sie auf dem Sportplatz der High School, wo ich gelegentlich einige Runden joggte. Wir liefen gemeinsam, sprachen nur sehr wenig, genossen jedoch die Gesellschaft des anderen. Schließlich trafen wir uns regelmäßig zum Mittagessen.

Ich erfand unzählige rationale Erklärungen für mein wachsendes Interesse an dieser hübschen Frau. Meine Ehe war in meinen Augen bereits eine abgeschlossene Sache.

Nachdem ich endlich den Mut aufgebracht hatte, sie offiziell zu beenden, hatte ich mir geschworen, mich nie wieder der Verwundbarkeit einer solchen Beziehung auszusetzen. Ich war fest entschlossen, komme, was da wolle, den Rest meines Lebens als eingefleischter Junggeselle zu fristen.

Solcher Art waren die Gedanken, die mir durch den Kopf gingen. Tatsächlich wurde Pat jedoch bald viel mehr als nur eine liebe Bekannte.

Zuweilen hatte ich ein schlechtes Gewissen, nicht nur wegen der gemeinsamen Mittagessen und Telefonate mit Pat während ich noch verheiratet war, sondern auch ob der Erleichterung, die ich darüber empfand, daß Anson nicht zu Hause war. Solange er Meilen entfernt im Gefängnis saß, stellte er keine unmittelbare Bedrohung meines emotionalen Wohlbefindens dar. Er war gewissermaßen kein Problem mehr, mit dem ich mich tagtäglich auseinandersetzen mußte, und ich genoß den Frieden, der in mein Leben eingekehrt war.

Insgeheim freute ich mich sogar über den derzeitigen Stand der Dinge, da ich mir endlich eingestand, daß ich eine tiefe Abneigung gegen meinen eigenen Sohn entwickelt hatte und ihn im Grunde nie wiedersehen wollte. Es war ein beschämendes, belastendes Gefühl, das ich wohlweislich niemandem anvertraute. Welcher Vater, fragte ich mich, haßt schon seinen eigenen Sohn?

Wir schrieben uns Briefe, die jedoch sehr oberflächlich waren. Ich hielt ihn über alltägliche Kleinigkeiten auf dem laufenden, unterrichtete ihn von den Neuigkeiten, die meine Anwälte mir mitteilten, und bemühte mich, Moralpredigten zu vermeiden und optimistisch zu klingen.

Seine Briefe enthielten selten Einzelheiten zu seinem Gefängnisdasein oder dazu, wie er damit zurechtkam. Statt dessen waren sie ebenso trivial wie meine. Hin und wieder enthielten sie die Kritik eines Buches, das ich ihm geschickt hatte und endeten mit einer Liste von Dingen, die ich ihm bitte schicken sollte: Familienphotos, ein Abonnement der Tageszeitung von Dallas, Briefmarken oder kleine Geldbeträge für Kleinigkeiten aus dem Gefängnisladen.

Indem ich ihm regelmäßig schrieb, versuchte ich meine Schuldgefühle zu mildern, weil ich ihn nicht öfter besuchte. In den Monaten nach meiner ersten Reise nach Louisiana war ich nur ein einziges Mal am Wochenende hingeflogen, um ihn zu sehen. Die kurze Zeit, die wir uns durch die Glasscheibe und über das Telefon im Besuchszimmer unterhalten hatten, war mir endlos erschienen; eine unbehagliche Angelegenheit. Keiner von uns wußte, was er sagen wollte, und wir waren beide erleichtert, als die Besuchszeit vorüber war. Beim Verlassen des Gefängnisses hatte ich das Gefühl, mit einem Fremden gesprochen zu haben. Unser Gespräch war gezwungen und zurückhaltend verlaufen, bar jeden aufrichtigen Gefühls.

Ich erkannte, daß ich mit dieser Reise wenig mehr bezweckt hatte als das zu erfüllen, was ich als meine väterliche Pflicht betrachtete. Und ich war sicher, daß Anson dies gespürt hatte.

Noch bevor ich einen weiteren Besuch planen konnte, erfuhr ich, daß er verlegt worden war, in die Feliciana Forensic Facility in Jackson, Louisiana, wo er einigen psychologischen Test unterzogen werden sollte, mit deren Hilfe festgestellt werden würde, ob er verhandlungsfähig war. Mein erster Instinkt war, ihn dort zu besuchen. Ich ging sogar soweit, dort anzurufen, mir die Besuchszeiten und eine Wegbeschreibung geben zu lassen. Dann rief Anson zu Hause an, und als ich erwähnte, daß ich ihn besuchen wolle, bat er mich inständig, davon abzusehen. Er erklärte, daß er schon bald nach Donaldsonville zurückgebracht werden würde. Ich wollte warten, bis er wieder dort war, und ihn dann besuchen.

»Das hier ist das reinste Tollhaus«, sagte er. »Das ersparst du dir lieber.« Seine Beschreibung der dortigen Zustände verfolgte mich tagelang.

Er erzählte, daß er nachmittags mit einem Patienten, der sich seit einem Jahr strikt weigerte zu sprechen, Schach spiele. Andere Insassen führten den ganzen Tag lang gemurmelte Selbstgespräche.

»Komm nicht her ... bitte«, flehte er.

Die Szenerie, die er mir schilderte, machte mich ganz krank. Was um alles in der Welt machte mein Sohn an einem solchen Ort?

Was meine hoffnungslose Trauer noch verstärkte, war der Umstand, daß die Antwort auf diese letzte Frage lautete: »Nichts.«

»Bist du okay?«

»Jedenfalls bin ich ganz sicher nicht verrückt«, entgegnete er.

Angesichts einiger Zwischenfälle, die sich seit seiner Verhaftung ereignet hatten – Zwischenfälle, von denen ich erst viel später erfahren sollte – hatten die Verantwortlichen des Gefängnisses allen Grund, daran zu zweifeln.

Er hatte sich mehrfach mit anderen Häftlingen geprügelt, bekam bei der geringsten Provokation Tobsuchtsanfälle. Als er einen Wärter angriff, wurde er in eine Zwangsjacke gesteckt und zwölf Stunden in eine Gummizelle gesperrt.

Dann, Ende Februar, hatte sich ein Vorfall ereignet, den

die zuständige Behörde als versuchten Selbstmord interpretiert hatte. Von anderen Häftlingen alarmiert, hatten die Wärter Anson leblos in seiner Zelle vorgefunden, eine blutende Wunde am Handgelenk. Am Fußende des Bettes lagen kurze Nachrichten an mich und seinen kleinen Bruder.

Kurze Zeit später war er nach Feliciana gebracht worden.

Dort behauptete er Dr. Theresita Jimenez, einer Psychiaterin des dortigen Ärztestabes, gegenüber, daß er nicht ernsthaft beabsichtigt hätte, sich das Leben zu nehmen. Er gab zu, daß er sich die Verletzung selbst zugefügt hatte, und meinte, die ›Abschiedsbriefe‹ hätten nur dazu dienen sollen, seine Verlegung aus dem Parish-Gefängnis zu bewirken. »Ich mußte von dort weg«, vertraute er ihr an. »Und ich mußte mit jemandem reden.«

Anhand einer Reihe von Tests und Gesprächen entwickelten die Ärzte in Feliciana das Profil eines frustrierten, zornigen, antisozialen Patienten. Ihren Erkenntnissen zufolge war Anson bei den Gesprächen arrogant und berechnend. Er prahlte und zeigte keinerlei Schuldgefühle wegen seines Drogenkonsums. Wie er nun behauptete, habe er bereits mit dreizehn Marihuana geraucht. Mit fünfzehn, erklärte er, habe er mit LSD experimentiert, was ihm gut gefallen habe, sowie mit PCP, das ihm jedoch nichts gebracht hätte. Er hätte auch einige Male Heroin probiert, aber das sei ihm zu teuer gewesen.

Anson sprach ganz offen mit Dr. Jimenez über die Wirkung von LSD: »Man sieht allerlei merkwürdige Dinge«, sagte er. Er beschrieb Halluzinationen, die er einmal erlebt hatte, als er unter Drogeneinfluß Auto gefahren war. »Ich sah Autos vor mir schmelzen und Telefonmasten umstürzen. Das hat mir einen ganz schönen Schrecken eingejagt.«

Er gab zu, daß er zum Zeitpunkt des Raubüberfalls in Gonzalez bereits seit drei Jahren LSD genommen hatte, und erzählte von starken Gefühlen der Eifersucht, Zurückweisung und Einsamkeit.

Abschließend vermerkten die Ärzte in ihrem Gutachten, daß er ein extrem feindseliges Verhalten seinem Vater gegenüber an den Tag legte.

# Kapitel 6

An einem strahlend sonnigen Tag im März 1981 verließ ich ein paar Minuten vor zwölf Uhr mittags meinen Schreibtisch bei den *Morning News* und unternahm einen kurzen Spaziergang, der mein Leben verändern sollte. Pat und ich traten im nahegelegenen Amtsgericht vor den Friedensrichter und heirateten.

Wir hatten viele Stunden damit verbracht, das Für und Wider abzuwägen, so in der Art, ›ist das Glas nun halb leer oder halb voll?‹ Ich war skeptisch; nicht, was meine Gefühle für sie betraf, sondern bezüglich meiner Chancen auf eine langandauernde glückliche Beziehung, nachdem ich bereits zweimal so gründlich alles vermasselt hatte. Trotz ihrer Bemühungen, meine Zweifel zu zerstreuen, war Selbstvertrauen damals nicht eben meine starke Seite.

Die Vorstellung, real oder eingebildet, erneut zu scheitern, jagte mir höllische Angst ein.

Pat erklärte, daß ihre Jungen den Gedanken, unsere Familien zusammenzuschließen, okay fänden. Ich wußte, daß Ashley sie gern hatte. Über Ansons vergangene und derzeitige Probleme unterrichtet, versicherte sie mir, daß sie mit ihnen fertigwerden würde. Sie beharrte darauf, daß die positiven Aspekte die negativen bei weitem überträfen.

Dann war da die Angelegenheit einer beruflichen Veränderung, ein Gedanke, mit dem ich mich schon seit längerem trug. In den vergangenen Jahren hatten die Einkünfte aus meiner freiberuflichen Arbeit – Zeitschriftenreportagen und Bücher – sich soweit entwickelt, daß sie mein Jahreseinkommen als Journalist überstiegen, und ich dachte ernsthaft daran, mich wieder völlig freiberuflich zu betätigen. Der Reisen, Überstunden und diktatorischen Bosse müde, wollte ich mich schriftstellerischen Projekten zuwenden, die ich als sinnvoller erachtete als die täglichen Siebenhundertfünfzig-Worte-Zeitungsartikel. Ich war beinahe vierzig und hatte beruflich noch nicht den entscheidenden Durchbruch geschafft. Auch hatte ich mich in letzter Zeit zunehmend gefragt, ob mein Beruf nicht auch für meine ständigen familiären Probleme verantwortlich gewesen war.

Welches Recht hatte ich, sie zu bitten, eine Ehe einzugehen, deren finanzielle Sicherheit von dem Grad meines Talentes und den Launen der New Yorker Herausgeber abhängig war?

»Wenn du versuchst, dich selbst zu überzeugen«, hatte Pat gesagt, »stellst du es recht geschickt an. Hast du aber um meinetwillen Bedenken, solltest du endlich den Mund halten und die Ringe kaufen.«

Und so tat ich mit so kalten Füßen, daß ihnen Frostbeulen drohten, das erste Vernünftige seit einer Ewigkeit.

Mit meiner Schwester als Trauzeugin heirateten wir. Hinterher aßen wir gemeinsam zu Mittag und kehrten zurück an unsere Arbeitsplätze. Später an diesem Abend saßen wir mit Ashley und Andy an unserer Seite im Auditorium der Highschool und sahen zu, wie Pats ältester Sohn Guy in die National Honor Society aufgenommen wurde.

Während ich dasaß und Pat um ihren mütterlichen Stolz beneidete, dachte ich insgeheim an das Schicksal unseres ältesten Sohnes und anderer junger Männer seines Alters. Welches Wunder hatte sie bewirkt, Guy zu diesem kostbaren Augenblick zu führen? Und inwieweit waren meine

Fehler im Leben dafür verantwortlich, daß Anson Hunderte von Meilen entfernt in einer Gefängniszelle eingesperrt war?

Sogar in die glücklichsten Augenblicke mischte sich Trauer.

Am Nachmittag des 25. November 1981 war ich allein zu Hause und arbeitete in dem Arbeitszimmer, das ich mir in einem kleinen hinteren Schlafzimmer eingerichtet hatte, als es an der Tür klingelte. Ich erwartete, einen Vertreter vorzufinden und sah mich statt dessen Anson gegenüber. Er sah müde aus, lächelte jedoch durch seinen Stoppelbart. In der Auffahrt sah ich ein 1979er Oldsmobil, das ich noch nie zuvor gesehen hatte.

Schweigend bedeutete ich ihm hereinzukommen.

Fragen schossen mir durch den Kopf und blieben mir im Hals stecken, als ich ihn betrachtete, wie er in seinem viel zu großen Overall im Wohnzimmer stand, als wäre das das Normalste auf der Welt.

»Ich mußte einfach von dort weg«, sagte er, die Frage erahnend, die ich nicht über die Lippen brachte. »Ich bin letzte Nacht ausgebrochen.«

Der junge Mann, der vor mir stand, war nun ein flüchtiger Häftling.

Am vergangenen Nachmittag war Anson nach dem tägliche Freigang der Häftlinge in dem kleinen Hof auf der Rückseite der Strafvollzugsanstalt von Donaldson unbemerkt in eine verdunkelte Einzelzelle geschlüpft – eben die Zelle, in der er vor seiner Überstellung nach Feliciana in Handschellen und Fesseln gelegen hatte –, von der er wußte, daß sie, sofern kein Häftling dort untergebracht war, nicht abgesperrt war. Er hatte sich in eine Ecke gehockt und dort bis zum Dunkelwerden still ausgeharrt.

Während seines Aufenthaltes im Gefängnis hatte Anson festgestellt, daß die Deputies nur selten den Zellentrakt betraten, nachdem sie die Häftlinge im Anschluß an den kurzen nachmittäglichen Hofgang ins Gebäude zurückgebracht hatten. Nur selten machte jemand sich die Mühe, die Häftlinge zu zählen.

Und so war Anson ziemlich sicher gewesen, daß sein Fehlen in dem kasernenähnlichen Gefängnis nicht vor dem Frühstück am nächsten Morgen entdeckt werden würde.

Während mehrere Mitinsassen vergeblich versucht hatten, ihm unter Hinweis auf die Gefahren und die geringen Erfolgschancen die Flucht auszureden, hatten sie doch Stillschweigen bewahrt und sogar dreißig Dollar gesammelt, gewissermaßen als Startkapital.

Tatsächlich mußte man kein Fluchtkünstler sein, um den Ausbruch zu bewerkstelligen, den Anson geplant hatte. Kurz nachdem auf dem Gefängnisgelände die Lichter ausgeschaltet worden waren, war er einfach den Flur hinunter zu einer unversperrten Tür gegangen, die auf einen kleinen Parkplatz führte.

Hiernach war Glück der Hauptfaktor gewesen.

Nachdem er mehrere Wagentüren getestet hatte, stieß er auf das unversperrte Oldsmobil, das einem der Angestellten der Strafvollzugsanstalt gehörte. Der Schlüssel steckte. Auf dem Rücksitz lag ein Overall; im Handschuhfach eine Pistole Kaliber .22.

Anson zog eilig den Overall über seine olivgrüne Gefängniskluft und fuhr dann langsam vom Parkplatz. Die Scheinwerfer schaltete er erst ein, als er eine geteerte

Straße erreichte, die zum Highway und somit in die Freiheit führte.

Was er zu diesem Zeitpunkt weder einkalkuliert noch gewußt hatte, war, daß er beim Öffnen der Hintertür des Gefängnisses einen lautlosen Alarm ausgelöst hatte, der die Deputies auf eine mögliche Flucht aufmerksam machte.

Als er sich dem Highway näherte, entdeckte Anson den geparkten Streifenwagen eines Staatspolizisten von Louisiana mit rot und blau blinkenden Lichtern. Der Beamte stand mitten auf der Straße und bedeutete ihm durch das Schwenken seiner Taschenlampe, anzuhalten.

Anson dachte flüchtig daran, das Gaspedal durchzutreten, verwarf den Gedanken jedoch ebenso schnell wieder. Die Vergangenheit hatte bereits erwiesen, daß er bei einer Verfolgungsjagd unweigerlich den Kürzeren ziehen würde. Also verlangsamte er die Fahrt und hielt am Straßenrand neben dem Officer.

»Was ist denn los?« fragte er, wobei er sich allergrößte Mühe gab, völlig unbeteiligt zu wirken.

»Es ist ein Häftling aus dem Gefängnis unten an der Straße ausgebrochen«, entgegnete der Polizist. »Ich muß Ihren Wagen überprüfen.«

Anson nickte, während der Beamte den Strahl seiner Taschenlampe auf den Rücksitz richtete. Anson versuchte, den Polizisten in ein Gespräch zu verwickeln. Er wollte zu einem Restaurant, das in der Ferne zu sehen war und die ganze Nacht geöffnet hatte.

»Würden Sie bitte den Kofferraum aufschließen?« bat der Beamte. Anson stieg aus dem Wagen, wobei er darauf achtete, daß nichts von der Sträflingskleidung unter dem Overall zu sehen war, und öffnete den Kofferraum.

Eine Minute später war er wieder unterwegs.

Erst nachdem er in den frühen Morgenstunden die Grenze von Louisiana überquert hatte, legte er in der Nähe von Orange, Texas, eine Pause ein, um zu tanken und zu frühstücken.

Von dort aus fuhr er weiter nach Cedar Hill, wobei es ihm irgendwie gelang, der Polizei von Louisiana und Texas auszuweichen, die inzwischen von seiner Flucht unterrichtet und in Alarmbereitschaft versetzt worden war.

Während meine Überraschung ob seines unerwarteten Erscheinens langsam nachließ, war ich gegen meinen Willen von seiner Leistung beeindruckt. Vielleicht war das, was ich empfand, eine Art verzerrten väterlichen Stolzes, fehlgeleiteter Bewunderung. Aber bei Gott, er hatte geschafft, was seinen Anwälten nicht gelungen war: Er war nach Texas zurückgekommen, war dem Rechtssystem von Louisiana entkommen. Die zusätzlichen Verbrechen, die er begangen hatte, räsonierte ich, waren dafür ein geringer Preis. Ich war sicher, daß es nun möglich sein würde, daß er seine Schuld gegenüber der Gesellschaft in Texas abbüßte, nicht mehr so weit weg von zu Hause und in einem weniger gefährlichen, faireren Umfeld.

»Du mußt dich stellen«, sagte ich. Ich schlug vor, unverzüglich Mike Barclay anzurufen, damit er alle nötigen Schritte unternahm. Mein Vorschlag wurde mit einem Zögern aufgenommen, das meine Hoffnung sogleich wieder zunichte machte.

»Ich muß erst darüber nachdenken«, entgegnete Anson.

Alter Zorn, den ich Monate nicht mehr empfunden hatte, stieg in mir auf. »Was zum Teufel gibt es da zu überlegen? Sie werden nach dir suchen, verdammt noch mal.

Glaubst du etwa, sie werden nicht in Betracht ziehen, daß du hierher kommen könntest? Das hier ist kein Spiel; du bist in ernsthaften Schwierigkeiten. Gott im Himmel, Anson, benutze doch ausnahmsweise einmal deinen Kopf.«

Was hatte er vor mir erwartet? Daß ich ihn versteckte? Daß ich einen genialen Fluchtplan ausklügelte? Daß ich seine Probleme irgendwie wegzauberte? Indem er hergekommen war, nachdem er gerade aus dem Gefängnis ausgebrochen war und einen Wagen gestohlen hatte, hatte er eine Situation heraufbeschworen, in der man mich als möglichen Komplizen betrachten konnte, und das nahm ich ihm verdammt übel. Und daß mein Rat wieder einmal prompt abgelehnt wurde, machte mich wütend. Und ich haßte seine Gabe, mein Leben allein dadurch auf den Kopf zu stellen, daß er an meine Tür klopfte.

»Hör zu«, sagte er. »Ich wollte nur auf einen Sprung vorbeikommen. Ich wollte dich sehen. Aber um meine Probleme kümmere ich mich selbst.«

Ich wußte, so wahr wir dort standen, daß er dazu nicht in der Lage sein würde. Und bei dieser Erkenntnis kollidierte mein Zorn mit einem allzu vertrauten Gefühl betäubender, hilfloser Frustration.

Er fragte, ob ich ihm etwas zum Anziehen leihen könne. »Ich muß schnellstens wieder von hier verschwinden«, fügte er hinzu.

Ich saß im Wohnzimmer und spielte in Gedanken wieder und wieder diese kurze, beinahe unwirkliche Begegnung ab, als Pat hereinkam. Sie hatte Ashley und Andy von der Schule abgeholt, und auf ihrem Gesicht lag ein verwirrter Ausdruck. Als sie in unsere Straße eingebogen war, hatte sie geglaubt, Anson am Steuer eines entgegenkommenden Wagens zu erkennen.

Ich nickte, erleichtert, daß sie und die Jungen nicht zu Hause gewesen waren, als Anson geklopft hatte. »Er ist vergangene Nacht ausgebrochen.«

»O mein Gott«, sagte sie und nahm meine Hand. »Was wirst du tun?«

»Ich werde das tun, was ich tun muß, und das habe ich ihm auch gesagt«, entgegnete ich. »Ich warte noch ein paar Minuten, dann verständige ich die Polizei.«

Der Rest des Tages verging in Zeitlupe, während ich darauf wartete, daß man mir die unausweichliche Nachricht mitteilte. Die Polizei von Cedar Hill, die bereits von den Behörden in Louisiana von Ansons Flucht unterrichtet worden war, hatte mit der Suche nach ihm begonnen. In meine Sorge mischte sich Erleichterung, daß ich ihnen wahrheitsgemäß hatte sagen können, daß ich keine Ahnung hätte, wohin er sich gewendet haben könnte, nachdem er das Haus verlassen hatte.

Ich wußte nur eins mit Bestimmtheit: daß das Leben meines Sohnes mit jeder Minute komplizierter wurde. Und es gab nichts, was ich tun konnte, außer abzuwarten, wie dieses neue Drama ausging.

Ich wußte, daß er bald gefaßt werden würde, wenn er sich nicht stellte. Ich betete, daß er bei der Verhaftung nicht verletzt wurde.

Es war beinahe Mitternacht, als er anrief. »Ich war bei Mike«, sagte er.

Ich fühlte eine Welle der Erleichterung in mir aufsteigen. »Und?«

»Er hat mir dasselbe geraten wie du; mich zu stellen.«

»Das ist das einzig Vernünftige.«

»Ich denke darüber nach.«

Offenbar war Barclays Überredungskunst nicht erfolgreicher gewesen als meine. Das Gespräch zwischen Barclay und Anson hatte damit geendet, daß er meinem Sohn zwanzig Dollar geliehen und ihm erklärt hatte, daß er das Büro des Dallas County Sheriffs anrufen und ihn davon unterrichten müsse, daß Anson bei ihm gewesen war.

»Anson, was wirst du tun?«

»Dad, ich will nicht zurück ins Gefängnis«, sagte er und hängte ein. Seine Stimme hatte plötzlich verloren und beinahe kindlich geklungen, erfüllt vom traurigen, hilflosen Klang unverhohlener Verzweiflung.

Aber tatsächlich hatte Anson bereits einen Plan.

Von Barclays Kanzlei aus fuhr er zu einem Apartmentkomplex im Süden von Dallas, um einen Freund aufzusuchen, von dem er hoffte, daß er ihm helfen würde, den gestohlenen Oldsmobil zu verkaufen. Die Person, die Anson aufsuchte, erklärte, daß sie erst einige Anrufe erledigen müsse, und meinte, sie sollten sich am darauffolgenden Tag noch einmal unterhalten.

Nachdem Anson wieder gegangen war, wählte dieser Freund umgehend die Nummer des Cedar Hill Police Departments.

Detective Phil Hambrick ist eine etwas rätselhafte Persönlichkeit. Als eifriger Schüler neuer Techniken moderner Polizeiarbeit nutzt er jede Gelegenheit, an Fortbildungsseminaren teilzunehmen, um seine Kenntnisse kriminalistischer Ermittlungsarbeit zu vertiefen. Die langen Stunden, die sein Beruf erfordert, nimmt er bereitwillig in Kauf. Im Gegensatz zu vielen anderen Kleinstadtpolizisten ist er Duzfreund von in Quantico stationierten FBI-Agenten, sowie Leitern verschiedener Departments in Großstädten des ganzen Landes. Trotz der Isolation und Abgeschiedenheit Cedar Hills ist es ihm gelungen, sich einen Ruf als fähiger Beamter zu erwerben, der mehr als einmal dazu beigetragen hat, dank des ausgedehnten Netzes von Informanten, das er im Laufe der Jahre aufgebaut hat, mehrere Fälle in anderen Städten zu lösen.

Und doch hat er nie ernsthaftes Interesse daran bekundet, auf der Erfolgsleiter höher zu steigen, eine ranghöhere Position in einem größeren Department zu bekleiden. Er ist ein Mann mit einer Vorliebe für das Kleinstadtleben, und er genießt es, die Menschen und die Gemeinde, denen zu dienen er geschworen hat, sehr genau zu kennen.

Nachdem wir uns im Rahmen früherer Schwierigkeiten mit Anson kennengelernt hatten, hatten Hambrick und ich festgestellt, daß wir unsere Kindheit teils in denselben westtexanischen Kleinstädten verbracht hatten, daß wir gemeinsame Kindheitsfreunde hatten und beide unseren Abschluß an der Abilene Highschool gemacht hatten, wenn auch mit einigem zeitlichen Abstand.

Im Laufe der Jahre hatten wir es uns zur Gewohnheit gemacht, uns gelegentlich auf einen Kaffee in der Dairy Queen zu treffen, wenngleich unsere Unterhaltungen selten über die letzten Erfolge der Dallas Cowboys und Neuigkeiten aus der alten Heimat hinausgingen.

Tatsächlich verbrachte er gerade die Thanksgiving-Ferien in Abilene, als sein Büro ihm von Ansons Ausbruch berichtete sowie von dem Tip, daß er versuchte, den gestohlenen Wagen zu verkaufen. Für Hambrick war dies eine willkommene Entschuldigung, nach Hause zurückzufahren. Wegen seiner Reise hatte er einen eben erst angeschafften Welpen vorübergehend in einem örtlichen Tierheim unterbringen müssen – etwas, was er noch nie zuvor gemacht hatte.

Während Hambrick sich auf der Heimfahrt nach Cedar Hill befand, blieb Anson in Bewegung, fuhr ziellos umher und verschmolz mit der Masse der Urlaubseinkäufer in dem belebten Einkaufszentrum, in dem er sich kurz mit einer ehemaligen Freundin traf. Er erzählte ihr, daß er, falls es ihm gelänge, den Wagen an den Mann zu bringen, von dem Geld einen Busfahrschein nach Mexiko kaufen würde.

Währenddessen wurde in Hambricks Büro ein anderer Plan ausgearbeitet. Da das Apartment des Informanten sich in Dallas befand, war die Kriminalpolizei des Dallas Police Departments informiert worden. In Zusammenarbeit mit den Beamten aus Cedar Hill dachten sie sich ein Manöver aus, mit dem sie hofften, meinen Sohn zu fassen.

Wenn Anson anrief, sollte der Informant ihm mitteilen, daß er einen potentiellen Käufer gefunden habe, und für zwölf Uhr mittags ein Treffen auf dem Hof des Apartmentkomplexes arrangieren.

Die Gegend würde von Beamten in Zivil umstellt werden, die auf ein vereinbartes Signal hin eingreifen und die Verhaftung vornehmen würden.

Als die Besprechung beendet war, erhob Hambrick sich von seinem Stuhl und bemerkte zu den Beamten aus Dallas, die sich in einem Büro eingefunden hatten: »Ich kenne den Jungen seit Jahren, und sein Vater ist ein Freund von mir. Versuchen wir unser Bestes, daß niemand verletzt wird.«

Obwohl es mir in den Fingern juckte, hatte ich die Polizei nicht mehr angerufen, seit ich sie davon unterrichtet hatte, daß Anson zu Hause gewesen war. Barclay, der offensichtlich enttäuscht war, daß Anson sich seit ihrem Gespräch in der Kanzlei nicht mehr gemeldet hatte, hatte angerufen, um mir zu versichern, daß wir nichts tun könnten, ehe mein Sohn sich nicht wieder in Polizeigewahrsam befand. Danach würde er alle Hebel in Bewegung setzen, die Behörden von Louisiana davon abzubringen, Ansons Auslieferung zu fordern. Sie sollten einer Verhandlung und Verurteilung in einem Gerichtssaal in Dallas zustimmen.

Es würde darauf hinauslaufen, daß das Büro der Staatsanwaltschaft von Dallas County eine Verurteilung in Texas anstrebte, deren Härte die Kollegen in Louisiana zufriedenstellte. »Sie werden ihn ganz schön rannehmen müssen«, sagte Mike.

Und so befand ich mich in der unangenehmen Situation, dazu beitragen zu müssen, daß Anson zu einer langen Haftstrafe im texanischen Strafvollzug verurteilt wurde. Während die Verstöße gegen die Bewährungsauflagen und die Anklagen wegen Einbruchs ernste Vergehen waren, wurde mir erklärt, daß es besser wäre, wenn ich meine Anzeige wegen Autodiebstahls nicht zurückzog. Ich steckte in einer dieser juristischen Klemmen, die das Rechtssystem so häufig in eine Parodie seiner selbst verwandeln. Um meinem Sohn etwas Gutes zu tun, mußte ich den örtlichen Behörden behilflich sein, ihn möglichst negativ darzustellen. Ich wußte, daß Anson dies niemals verstehen würde.

Und so beinhaltete Ansons Strafregister fortan eine Anzeige, die sein eigener Vater gegen ihn erstattet hatte.

Am frühen Nachmittag rief Phil Hambrick mich an. »Anson sitzt in Untersuchungshaft«, sagte er. »Er wurde vor etwa einer Stunde festgenommen und ins Gefängnis von Dallas County gebracht.«

»Ist er …«

»Er ist müde und verängstigt, aber okay.«

Anson war ein paar Minuten nach zwölf auf dem Hof des Apartmentkomplexes erschienen und sofort von Beamten in Zivil umringt worden, die sich hinter Sträuchern und in der angrenzenden Waschküche auf die Lauer gelegt hatten.

Er ergab sich sofort und hob die Hände über den Kopf. »Ich habe eine Waffe«, rief er, nicht als Drohung, sondern einfach um jene zu informieren, die mit den eigenen Pistolen auf ihn zielten. Ein Beamter der Polizei von Dallas trat auf ihn zu und zog die .22er – die Pistole, die Anson im Handschuhfach des gestohlenen Oldsmobils gefunden hatte – aus dem Bund seiner Jeans. Dann legte der Beamte ihm Handschellen an.

Innerhalb von Minuten war alles vorbei. Nur drei Tage, die mir allerdings vorgekommen waren wie eine Ewigkeit, waren zwischen seinem Ausbruch und seiner Verhaftung vergangen. Ich fragte mich, ob Anson auch nur eine Minute seiner kurzen Rückkehr in die Freiheit genossen hatte. Ich hoffte es. Es würde lange dauern, bis er wieder Gelegenheit dazu haben würde.

Ich wartete bis zum nächsten Tag, ehe ich nach Dallas fuhr, um ihn im County Gefängnis zu besuchen. Ich fürchtete mich vor der bevorstehenden Routine, die ich bereits auswendig kannte. Unterwegs legte ich in einem Tankstellenladen eine Kaffeepause ein, und als ich an der Kasse stand, fiel mein Blick auf die Schlagzeile auf der Titelseite der Lokalzeitung.

*Entflohener Sträfling von Polizei gestellt.*

Es dauerte eine Weile, ehe ich registrierte, daß der Artikel sich auf meinen eigenen Sohn bezog.

Die Verhaftung – vom Polizeistandard aus reine Routine – sollte zu einer Legende im Dallas Police Department werden, da eine bemerkenswerte Ironie ans Licht kam. Die Seriennummer der Pistole, die Anson bei sich getragen hatte, wurde überprüft, und man stellte fest, daß sie einmal eben jenem Beamten gehört hatte, der sie ihm auf dem Hof des Apartmentkomplexes abgenommen hatte. Der Beamte hatte sie vor über einem Jahr in Dallas verkauft. Wie sie schließlich nach Louisiana und in das Handschuhfach des Wagens gelangt war, den Anson gestohlen hatte, konnte nie ermittelt werden.

Auch Jahre später, als mir dieser bizarre Zufall berichtet wurde, konnte ich den schwarzen Polizistenhumor, der im Anschluß an diese Entdeckung die Runde machte, nicht komisch finden. »Wäre es nicht die Krönung gewesen«, hatte einer der Beamten sarkastisch bemerkt, »wenn er bei der Verhaftung mit einer Pistole erschossen worden wäre, die ihm einmal gehört hat? Wie groß mag wohl die Wahrscheinlichkeit sein, daß so etwas passiert?«

Aber Gott sei Dank brauchte ich mich mit dieser Frage nicht näher zu befassen.

Die Behörden von Louisiana erklärten sich bereit, von einem Auslieferungsgesuch abzusehen, und am 21. Januar 1981 wurde Anson zu fünfzehn Jahren Haft im Texas Department of Correction verurteilt. Er war neunzehn Jahre alt.

# Kapitel 7

Nirgendwo ist das gesellschaftliche Kastensystem so verwischt wie hinter Gefängnismauern. Es ist eine Miniaturwelt mit wenigen Geheimnissen und ebenso wenig Privatsphäre, ein Ort, an dem das Überleben jeden Tag von neuem vorrangig ist. Mörder und Vergewaltiger werden zusammen mit Drogendealern und Einbruchspezialisten, militante Schwarze mit rassistischen Weißen, Schwule mit Heterosexuellen eingesperrt. Es ist eine Welt, in der Neurotiker und Soziopathen, Starke und Schwache, Junge und Alte gleich eingestuft werden. Männer mit zornigem Blick, überzeugt, daß sie von Gott verlassen wurden, verhöhnen den reuigen Häftling, der sich im Gefängnis an die neue Hoffnung eines für sich neuentdeckten christlichen Glaubens klammert, und hartgesottene Wiederholungstäter, die Erfahrung im ›Sitzen‹ haben, haben herzlich wenig Mitleid mit dem trockenen Schluchzen und dem nächtlichen Wehgeschrei der angsterfüllten Neulinge. Ehrliche Freundschaften sind selten, erschwert durch das Mißtrauen, das rasch zu einem festen Bestandteil dieses aufreibenden, trostlosen Lebens wird.

Viele möchten sich am liebsten die ganze Zeit über verstecken, sich von der explosiven, gefährlichen Welt fernhalten, in die sie eingesperrt worden sind. Sie gehen in den langen dunklen Nächten rastlos auf und ab und kämpfen gegen die bleierne Schwere ihrer Lider an, bis ein erster grauer Schimmer einen neuen Tag ankündigt. Dann können sie, wenn sie Glück haben, den Horror verschlafen, der sie am Tage draußen vor ihren Zellentüren erwartet.

Aber in Wahrheit gibt es kein Entrinnen, keinen sicheren Ort, keinen Winkel, der Zuflucht böte. Mit der Zeit geben die meisten auf und versuchen ihr Glück in dem leiderfüllten Tollhaus, in dem zu leben sie verurteilt wurden, verbringen die Zeit mit stumpfsinniger Arbeit in der Gefängnisküche oder -Wäscherei, mit Rechtsbüchern in der Bibliothek, wo sie endlos nach einem Schlupfloch suchen, das ihr Anwalt übersehen haben könnte, oder in Klassenräumen, wo sie sich auf Prüfungen vorbereiten, die ihnen schließlich das Äquivalent eines Highschooldiploms einbringen.

Meist führen Zorn und Feindseligkeit, die ständig unter der Oberfläche schwelen, dazu, daß die Guten böse werden und die Schlechten noch schlechter.

Bei jedem meiner Besuche klang Ansons Stimme zorniger. Während ich ihm an den Samstagnachmittagen gegenübersaß, durch eine mit Maschendraht verstärkte Glasscheibe von ihm getrennt, die auch nur einen Händedruck verhinderte, blickte ich in Augen, die vor Feindseligkeit zusammengekniffen waren – Feindseligkeit, die sich nicht so sehr gegen mich richtete, sondern vielmehr gegen eine gnadenlose Welt, die sich seinem Empfinden nach verschworen hatte, ihm das Leben schwer zu machen.

Er erzählte von Schlägereien in den Zellenblocks, bei denen er gesiegt hatte oder unterlegen war, von schikanösen Wärtern, die ständig Disziplinarberichte gegen ihn verfaßten, von Tagen und Nächten in Einzelhaft als Strafe für Dinge, die er selbst als Kleinigkeiten betrachtete. Dort, ganz allein mit seinen Gedanken, wuchs und gedieh sein Zorn. Ganz so wie in der freien Welt schien Anson blind zu sein für die Vorteile, sich dem System anzupassen. Statt dessen bekämpfte er es leidenschaftlich, ohne zu erkennen, daß er damit nur sich selbst schadete.

Er behauptete, die Einsamkeit in der Einzelhaft wäre ihm nur recht, weil er auf diese Weise den ›Spinnern‹ entkomme, jenen Häftlingen, die die ganze Nacht über schrien, bis ihre Stimmen nur noch ein klägliches, rauhes Flüstern waren, die Kot an die Zellenwände schmierten und im Aufenthaltsraum Sex gegen eine Zigarette oder ein freundliches Lächeln anboten.

Ich fühlte mich nach jedem Besuch ausgelaugt und verzagt. Tagelang ließen mich die Hoffnungslosigkeit und der Horror der Umgebung, in die mein Sohn eingesperrt war, nicht mehr los, und ich fragte mich, was ich mit meinen Besuchen bei ihm tatsächlich bewirkte.

Wir redeten, aber nur selten über wichtige Dinge. Meine wiederholten Bitten, er solle sich doch bemühen, Schwierigkeiten aus dem Weg zu gehen und sich an die Regeln zu halten, quittierte er nur mit einem Achselzucken und einer Litanei leerer Versprechungen. Seine Botschaft war eindeutig: nicht er hatte Schuld, sondern das System. Die Regeln, gegen die er verstieß, waren sowieso unfair, die Auseinandersetzungen wurden immer von einem anderen provoziert.

Mit der Zeit stieg mein Zorn ob seiner eigennützigen Rechtfertigungen und seiner überheblichen Weigerung, seine Zeit so unauffällig und schnell wie möglich abzusitzen.

Was machte es ihm bloß so schwer, zu erkennen, daß sein Handeln selbstzerstörerisch war?

Schließlich warf Pat eine ebenso schwierige Frage auf: »Warum tust du dir das immer wieder an, wenn jeder Besuch so quälend für dich ist?«

»Weil Väter das nun einmal tun«, entgegnete ich. Ob aus Liebe, Sorge, Schuldgefühlen oder Neugier, vermochte ich nicht zu sagen.

Was aber nicht bedeutet, daß mein Leben von Ansons andauernden Schwierigkeiten beherrscht worden wäre. Tatsächlich überwogen inzwischen die guten Zeiten.

Manchmal wunderte ich mich über die grundverschiedenen Charaktere meiner beiden Söhne. Ashley war offen und fröhlich, schien zu beschäftigt mit seinen eigenen Aktivitäten, um unnötig über die Situation seines Bruders nachzugrübeln. Wenngleich er es nie zugab, spürte ich an ihm stille, willkommene Erleichterung darüber, daß Anson nicht mehr da war. Die ständige Angst, die die Anwesenheit seines großen Bruders begleitet hatte, war dem längst überfälligen sorglosen Alltag gewichen, in dem alle Kinder aufwachsen sollten.

Ashleys Freizeit war mit sportlichen und schulischen Aktivitäten ausgefüllt. Samstagabend traf er sich mit Freunden in der Eissporthalle. Er schien keinerlei Probleme mit anderen zu haben. Der Wechsel zu einer neuen Familienordnung hatte sich völlig problemlos vollzogen. Nicht nur, daß er und Pats Sohn Andy dicke Freunde waren, darüber hinaus staunte ich, wie gut Ashley mit seiner neuen Stiefmutter auskam.

Das war in vielerlei Hinsicht für uns beide die schönste Zeit in unserem Leben.

Ich hatte mir lange Zeit Sorgen gemacht, welchen Einfluß Ansons Verhalten auf Ashley haben könnte, aber meine Befürchtungen schwanden, während ich zusah, wie er zu einem ganz normalen Jugendlichen heranwuchs. Ich freute mich an seinem ausgeglichenen Wesen und seiner angenehmen Art und war dankbar, daß ein Gefühl des Wohlbehagens in unserem Leben Einzug gehalten hatte.

Er hielt weiterhin Kontakt zu seiner Mutter und verbrachte regelmäßig ein Wochenende in Belton. Abgesehen von den Terminen, da die geplanten Besuche mit einem

Football- oder Basketballspiel oder mit einer Feier zusammenfielen, die er ungern versäumen wollte, freute er sich auf die Wochenende bei Betty und ihrer neuen Familie.

Mit der Zeit ließ seine Begeisterung für die Wochenenden in Belton nach, nicht etwa, weil er seine Mutter nicht mehr sehen wollte, sondern aufgrund einer völlig normalen kindlichen Begeisterung für die Freunde und heimischen Aktivitäten, die zu einem so wichtigen Teil seines Lebens geworden waren.

Im Herbst 1982 erforderte es sogar sanften Drucks, ihn dazu zu bewegen, auch weiterhin regelmäßig zu seiner Mutter zu fahren. Obwohl ich die Häufigkeit seiner Besuche nie in irgendeiner Weise eingeschränkt hatte, waren wir übereingekommen, daß er mindestens ein Wochenende im Monat in Belton verbringen sollte.

An einem solchen Wochenende mußte ich nach St. Louis, um über das Spiel Dallas Cowboys gegen St. Louis Cardinals zu berichten, und Pat erbot sich, Ashley zum Treffpunkt auf halber Strecke zu fahren. Pat erinnert sich, daß Ashley auf der Fahrt nicht begeistert schien und mehrmals Ereignisse erwähnte, die er verpassen würde. Sie wies ihn sanft darauf hin, daß seit seinem letzten Besuch in Belton mehrere Wochen vergangen wären und seine Mutter ihn vermisse.

»Es ist doch nur über das Wochenende. So viel wirst du schon nicht verpassen.«

»Okay«, hatte er schließlich mit einem resignierten Seufzer erwidert.

Als ich spät am Sonntagabend zurückkam, hatte jedoch eine drastische Veränderung stattgefunden. »Als ich ihn heute nachmittag wieder abgeholt habe«, sagte Pat, »hat seine Mutter mir erzählt, daß Ashley beschlossen habe, künftig bei ihr leben zu wollen.«

Meine erste Frage lautete, warum.

»Ich habe keine Ahnung«, entgegnete Pat. »Ashley wollte nicht so recht mit der Sprache herausrücken. Im Grunde hat Betty die ganze Zeit geredet. Ich habe ihn gefragt, ob er das wirklich wolle, was er bejaht hat.«

Ich war völlig verdattert. Es hatte nicht das leiseste Anzeichen dafür gegeben, daß er unglücklich war oder auch nur entfernt in Betracht gezogen hatte, bei seiner Mutter zu wohnen. Ich versuchte vergeblich, dahinterzukommen, was innerhalb dieser kurzen Zeitspanne einen so drastischen Sinneswandel herbeigeführt haben mochte. Sofern Ashley einen triftigen Grund für seinen plötzlichen Entschluß hatte, weigerte er sich, mir diesen zu nennen. Er beharrte immer wieder darauf, daß er es sich einfach wünsche.

»Dad«, sagte er, »ich bin weder unglücklich noch wütend auf irgend jemanden. Aber ich habe lange Zeit bei dir gelebt, und jetzt würde ich gern eine Weile bei Mom leben.«

Ein Anruf bei Betty, in der Hoffnung, mehr über die Hintergründe zu erfahren, erwies sich als reine Verschwendung von Telefongebühren. Ich spürte ihren Triumph, als sie mir versicherte, daß Ashley sich schon länger mit diesem Gedanken getragen habe. Er habe sich nur davor gefürchtet, es mir zu sagen, fügte sie hinzu.

Während der nächsten Tage befaßten Pat und ich uns eingehend mit diesem Problem, in der Hoffnung, Ashleys plötzlichen Entschluß zu begreifen. Wir schlugen, was nur logisch war, vor, daß er bis zu den Ferien warten solle, fragten ihn, ob es ihm nicht leid tue, das Footballteam in der Mitte der Saison aufzugeben, und was er seinen Freunden sagen wolle.

Aber ganz offensichtlich war er fest entschlossen. Und

ich befand mich in der mißlichen Lage, ein Versprechen halten zu müssen, von dem ich wünschte, ich hätte es nie gegeben.

Das war damals während der gräßlichen Sorgerechtsanhörungen gewesen, als ich ihm erklärt hatte, daß ein Kind vom Gesetz mit vierzehn Jahren als alt genug erachtet würde, zu entscheiden, bei welchem Elternteil es leben wolle. »Wenn du in diesem Alter lieber bei deiner Mutter leben möchtest, brauchst du es mir nur zu sagen, und ich helfe dir beim Packen«, hatte ich gesagt.

Und genau das tat ich nun widerstrebend, insgeheim hoffend, daß er bald zurückkommen würde.

Das tat er, aber nur in unregelmäßigen Abständen. Nachdem ich ihn beinahe zehn Jahre jeden Tag um mich gehabt hatte, ihn am Morgen geweckt und am Abend eine gute Nacht gewünscht hatte, war ich nun zu dem Elternteil geworden, der besucht wurde.

Ich vermißte ihn schrecklich und sehnte die Wochenenden herbei, an denen er nach Hause kam – während ich gleichzeitig dem Augenblick seiner Abreise mit Bangen entgegensah. Ich lernte, daß auch das zu den Dingen des väterlichen Daseins gehörte.

Mit der Zeit überwand ich die Enttäuschung ob seiner Entscheidung und lernte, unser Beisammensein einfach zu genießen.

Ich kann mich, ehrlich gesagt, nur an einen einzigen Besuch bei Anson erinnern, von dem ich mit irgendwelchen positiven Gefühlen zurückkehrte. Er war beinahe ein Jahr in Haft, als von der Gefängnisverwaltung eine Einladung eintraf, in der mir angekündigt wurde, daß für jene Insassen, die ihre Abschlußprüfung erfolgreich bestanden hatten, eine Feier stattfinden würde. Mein Sohn gehörte zu den Absolventen.

Das war eine vielversprechende Leistung, seit Ewigkeiten der erste Schritt in die richtige Richtung, und ich fieberte der Zeremonie entgegen. Pat, die meine freudige Erregung spürte, erbot sich, mich zu begleiten.

An einem ungewöhnlich warmen Nachmittag im April fand die Diplomvergabe in einem feierlich geschmückten Raum statt, in dem früher am Morgen der Gottesdienst abgehalten worden war. Häftlinge in gestärkten weißen Gefängnisuniformen saßen ganz vorn und warfen ihren Angehörigen in den hinteren Reihen stolze Blicke zu. Es gab kurze Ansprachen seitens einiger Beamter der Strafvollzugsanstalt, der Gefängnischor trug einige Lieder vor, und dann folgte die Prozession der Absolventen, die einer nach dem anderen das Podium betraten, um ihr Diplom entgegenzunehmen.

Für den Augenblick war das trostlose, elende Gefängnisleben vergessen. Eltern und Ehefrauen klatschten Beifall, während Männer jeden Alters nach vorn hasteten – viele von ihnen lächelten und versuchten gar nicht erst, ihren Stolz zu verbergen.

Hinterher gab es einen Empfang, an dem die Insassen eine Stunde lang teilnehmen, sich unter die Besucher mischen und zur Belohnung Punsch, Plätzchen und Unterhaltungen mit ihnen teilen durften. Anson umarmte Pat und schüttelte mir die Hand. »Freut mich, daß ihr kommen konntet«, sagte er, und ein warmes, ehrlich erfreutes Lächeln erhellte seine Züge.

An jenem Nachmittag bekam ich flüchtig einen anderen Anson zu Gesicht. Lächelnd und gutgelaunt sprach er, sichtlich zufrieden mit sich, voller Optimismus von der Zukunft. Ich wünschte mir verzweifelt, diesen Augenblick festhalten zu können, damit er ewig dauerte. Aber schon viel zu bald verkündete ein Wärter, daß die Häftlinge in ihre Zellentrakte zurückgebracht würden. Und in diesem Augenblick hielt die Realität wieder Einzug, und zurück blieb nur die bittersüße Erinnerung an den Augenblick.

Auf der Heimfahrt stieg eine neue Art von Trauer in mir auf. Für einige der Männer, die ich an diesem Tag gesehen hatte, ausgebrannt und gefängnismüde, Jahrzehnte von den High-Schooljahren entfernt, war die Zeremonie höchstwahrscheinlich die Krönung ihres verpatzten Lebens. Andere, jüngere Männer, die sich immer noch an Zukunftshoffnungen klammerten, sahen in dieser Übergabe des Abiturdiploms wenig mehr als eine Möglichkeit, zehn Tage pro Haftmonat erlassen zu bekommen. Und doch waren sie, ungeachtet ihrer Motive, für ein paar Stunden an einem schwülen Sonntagnachmittag auserwählt, als etwas Besonderes eingestuft worden, in einer Welt, in der es nur wenig Besonderes gab.

Ich spürte, daß Pat die gleichen Gedanken hegte, als wir in der rötlichen texanischen Dämmerung in die mondhelle Nacht hineinfuhren. Da sie keine Erfahrung mit Gefängnisbesuchen hatte, wußte ich, daß sie diesem Besuch mit stummen Vorbehalten entgegengeblickt hatte, besorgt, wie sie auf Ansons Welt reagieren würde.

»Ich bin wirklich froh, daß ich mitgefahren bin«, sagte sie schließlich. »Ich fand es sehr nett. Viel schöner, als ich erwartet hatte.« Ihre Stimme hatte einen nachdenklichen, melancholischen Klang, den ich bislang nur selten an ihr gehört hatte.

Ich versuchte, sie aufzuheitern. »Ich wette, das war die erste Abschlußfeier, an der du teilgenommen hast, bei der bewaffnete Wachleute alle Wagen durchsucht haben, bevor sie auf den Parkplatz fahren durften.«

Sie lächelte nachsichtig und fuhr fort, ihre Gedanken auszusprechen. »Es ist schwer zu erklären, was ich empfunden habe. Mir ist klar, daß der Sinn und Zweck dieser Veranstaltung der war, etwas Gutes und Positives zu feiern. Und ich war wirklich stolz auf Anson. Und ich habe mich für dich gefreut.

Aber gleichzeitig mußte ich daran denken, wie es für ihn und die anderen sein würde, nachdem wir gegangen waren und die Dekoration heruntergerissen war.«

Sie schwieg einige Minuten und sagte dann ihre letzten nachdenklichen Worte auf dieser Fahrt: »Gott, es ist ein so trauriger, gräßlicher Ort.«

Ich konnte dem weder widersprechen noch etwas hinzufügen.

In den langen Monaten danach spürte ich, wie sich bei Anson eine neue Einstellung bemerkbar machte. In seinen Briefen und bei seinen Telefonaten war weniger von den negativen Aspekten seines Alltagslebens die Rede, und anstatt seinem Selbstmitleid und Zorn Luft zu machen, redete er davon, einen Zeichenkurs zu belegen, der an einem nahegelegenen Junior College angeboten wurde, das aktiv am gefängniseigenen Bildungsprogramm mitwirkte. Seine Tage vergingen nun schneller, ausgefüllt mit Küchenarbeit, regelmäßigem Sport, Kursen und dem Lesen der Romane, die ich ihm schickte.

Auch hatte er begonnen, die Tage bis zur möglichen Bewährung zu zählen und über seine Pläne für ein Leben draußen zu sprechen.

Ich war entzückt von seinem neugewonnenen Optimismus und überlegte, wie ich ihm helfen könne. Falls Anson tatsächlich ernsthaft beabsichtigte, sich in die komplexen

Regeln der Gesellschaft einzufügen, würde dies sehr bald stattfinden müssen. Ich hatte zu oft von kleinen Kriminellen gehört, die sich derart an das Gefängnisleben gewöhnten, daß sie schließlich die eigenartige Geborgenheit seiner Routine akzeptierten. Befreit vom Zwang, Entscheidungen treffen zu müssen, sowie von finanziellen und sozialen Anforderungen der realen Welt, überließen sie es wie unmündige Kinder anderen, über ihr Leben zu entscheiden. Und dann gab es da noch die Weisheit, daß jemand, wenn er bei seinem Eintritt ins Gefängnis noch kein hoffnungsloser Krimineller war, sich im Umgang mit solchen Verbrechern rasch deren Fertigkeiten aneignet.

Das waren die Gründe, weshalb auch ich begann, mich auf den Tag von Ansons Entlassung zu freuen. Ich wollte nicht, daß aus ihm einer von denen wurde, die die Gefängnispsychologen als ›institutionalisiert‹ einstuften, mit gebrochenem Geist, ohne Hoffnung und willenlos. Und ich wollte vermeiden, daß Gedanken an weitere Straftaten in ihm keimten.

Dann tauchte im Frühling 1984 ein Problem anderer Art auf.

Anson hatte begonnen, immer öfter von einem Mitinsassen namens Trey zu schreiben. Nach und nach quollen seine Briefe förmlich über von der Bewunderung für diesen neuen Gefährten, und schließlich bat er mich dann, die Hälfte seines monatlichen Taschengeldes direkt an seinen Freund zu schicken.

Da ich befürchtete, daß diese Bitte auf irgendwelchen erpresserischen Machenschaften oder Spielschulden beruhte, von denen ich nichts wissen sollte, schrieb ich Anson und bat ihn um eine Erklärung. Die Antwort fiel ganz anders aus, als ich es erwartet hatte.

»Trey«, schrieb Anson, »hat niemanden, der ihm hilft

oder dem er etwas bedeutet – außer mir. Er ist ein wunderbarer Mensch. Er ist schwul. Und ich bin verrückt nach ihm.«

Während ich seinen Brief las, breitete sich lähmende Taubheit in meinen Gliedern aus. Was Anson mir da mitteilte, war etwas, das ich mich weigerte zu akzeptieren, etwas, das so gar nicht in meine konservative Denkweise paßte. Konnte es tatsächlich sein, daß mein Sohn, wie er schrieb, beschlossen hatte, ›schwul zu werden‹?

Ich wußte von der hohen Zahl homosexueller Beziehungen, die sich zwischen Gefängnisinsassen entwickelten, hatte von den sexuellen Forderungen der Starken an die Schwachen gelesen oder davon gehört, ebenso wie von den Vergewaltigungen, die mit erschreckender Regelmäßigkeit vorkamen. Und doch hatte ich es vorgezogen, diesen Aspekt von Ansons Situation zu verdrängen, da er mir einfach zu abscheulich erschien, mich näher mit ihm auseinanderzusetzen. Mein Sohn hatte in seinem Leben zu keiner Zeit auch nur die geringste homosexuelle Neigung gezeigt, und ich hatte es vorgezogen zu glauben, daß er mit aller Macht die ihm im Gefängnis auferlegte sexuelle Enthaltsamkeit bis zu seiner Freilassung ertragen würde.

Ich fragte mich, ob es sich vielleicht um ein verzweifeltes Experiment handelte, das aus langen Monaten quälender Einsamkeit heraus entstanden war? War er irgendwie in die Beziehung, die er beschrieben hatte, hineingezwungen worden, oder war es möglich, daß er sich tatsächlich aus freien Stücken für die Homosexualität entschieden hatte?

Was auch immer seine Beweggründe waren, ich fühlte, wie mein Sohn mir entglitt, wie er in einer Welt ertrank, die zu verkorkst und hoffnungslos war, eine wahre Wiedereingliederung in die Gesellschaft zu ermöglichen. In den

Nächten, in denen ich von gräßlichen, schmutzigen Träumen heimgesucht wurde, betete ich um seine baldige Entlassung.

Als er nach beinahe drei Jahren Haft das erstemal vor dem Bewährungsausschuß erschien und ihm die bedingte Haftentlassung verwehrt wurde, teilte ich seine Enttäuschung. In einer Zeit, in der die Überbelegung der Gefängnisse in Texas ein vieldiskutiertes Problem darstellte und achtzig Prozent der Insassen bei der ersten Anhörung bedingte Haftentlassung gewährt wurde, wurde Ansons Haftstrafe verlängert.

Bislang hatte ich angesichts der Verfehlungen meines Sohnes nie das Gefühl gehabt, daß eine Auflehnung gegen die Rechtsprechung gerechtfertigt wäre. Es war eine simple Philosophie, die ich von meinen Eltern angenommen hatte: Wenn jemand gegen das Gesetz verstieß, mußte er den Preis dafür zahlen, punktum. Und solange alle Straffälligen auf die gleiche Art abgefertigt wurden, gab es auch wenig Raum für Diskussionen. Diesmal konnte ich jedoch nicht tatenlos zusehen. Ich empfand große Dringlichkeit, die von den entsetzlichen Bildern genährt wurde, die er durch seine Briefe vor meinem inneren Auge hatte entstehen lassen. Ich mußte irgendwie die Kontrolle über sein Leben übernehmen, ihn aus der verdorbenen, kranken Umgebung herausholen, der er schon viel zu lange ausgesetzt war.

»Ich muß ihn da rausholen«, sagte ich zu Pat.

»Wie?«

»Ich werde mit jemandem sprechen.«

Der Millionär und Autohändler W. O. Bankston führte ein bescheidenes Leben innerhalb der Machtstruktur von Dallas. Er sah sich lieber ein Footballspiel an, als an einem Festbankett der oberen Zehntausend teilzunehmen, behielt sein wohltätiges Engagement für Gemeindeorganisationen wie Big Brothers, Special Olympics, die Einrichtung eines Heims für ledige Mütter und die Anonymen Alkoholiker für sich, und zählte politische Macher wie gescheiterte Existenzen zu seinen Freunden.

Er war ein Mann, um den sich in Texas Legenden woben. Er war aus Brownwood, meiner Heimatstadt, nach Dallas gekommen, in einem Güterzug, ein bettelarmer, arbeitsloser junger Mann, der in der siebten Klasse von der Schule abgegangen war. Seine mangelnde Bildung und Geschäftserfahrung machte er jedoch mit seiner unglaublichen Gabe wett, aus allem Geld zu machen. Über einen Zeitraum von vierzig Jahren stieg er zu einem der Finanzgiganten der Stadt auf. Aber Bankston behielt stets Kontakt zu den Normalsterblichen.

Aus Gründen, zu denen er sich nie öffentlich äußerte, investierte er viel Zeit, Energie und Geld in die Unterstützung weniger vom Schicksal begünstigter Menschen, stets bereit, jenen, die vom rechten Pfad abgekommen waren, eine zweite Chance zu geben. Der Ex-Häftling brauchte nur seinen guten Willen zu bekunden, um auf Bankstons Gehaltsliste gesetzt zu werden. So hatte W. O. Ende der fünfziger Jahre den auf Bewährung entlassenen Floyd Hamilton eingestellt, der sich einen zweifelhaften Ruf als Mitglied von Clyde Barrows Bankräuberbande erworben hatte. Bankston verschaffte ihm einen Job als Wachmann in einem seiner Autohäuser. Ehemals einer der meistgesuchten Männer des FBI, arbeitete Hamilton sechzehn Jahre lang treu und loyal für Bankston.

Auf der einen Seite Verbündeter resozialisierter Gesetzesbrecher, war Bankston auch mit dem Sheriff, dem Bezirksstaatsanwalt und einer ganzen Latte von Richtern und Beamten des Bewährungsausschusses befreundet.

Seine lebenslange Liebe zum Sport hatte dazu geführt, daß wir einander kennengelernt hatten. Es hatte in Bankstons Leben einen Zeitpunkt gegeben, da ihm die Erfüllung seines größten Traums – die New York Yankees zu besitzen – knapp entgangen war. Das war Ende der vierziger Jahre gewesen, als das Angebot W. O. s und einer kleinen Gruppe von Geschäftsleuten aus Dallas um läppische fünfhunderttausend Dollar überboten wurde. Und während er zeitlebens ein New York Fan bleiben sollte, mit einem Platz in der Ehrenloge des Yankee-Stadions, richtete er sein Augenmerk auf die Profifootballmannschaft der Dallas Cowboys, nachdem der Stadt 1960 eine National Football League zuerkannt worden war.

Ein Vierteljahrhundert später, als sein langjähriger Freund Clint Munchinson Jr. erkrankte und erklärte, daß er einen Käufer für das Team suche, das sich den Spitznamen ›America's Team‹ errungen hatte, zögerte W. O. nicht lange. Ich hatte Bankston während der Verhandlungen zum Erwerb der Cowboys kennengelernt, die schließlich mit der gleichen Enttäuschung wie bei seinem Versuch endeten, die Yankees zu kaufen. Wir besaßen nicht nur Wurzeln in denselben westtexanischen Gemeinden, sondern entdeckten außerdem, daß wir viele gemeinsame Bekannte hatten und unsere Väter beide fast ihr ganzes Leben für die Eisenbahn gearbeitet hatten. Während meiner Recherchen und Berichterstattung war meine Faszination für die stille Macht, die er ausübte, stetig gewachsen.

Ich erfuhr, daß die Zuständigen des Texas Board of Pardons and Paroles* zu jenen gehörten, die ihm Gehör schenkten.

Ich saß in einem Büro, das mit gerahmten und unterzeichneten Photos der Cowboy-Stars, Prominenten der Unterhaltungsindustrie und landesweit bekannten Politikern geschmückt war. Ich fühlte mich ganz und gar nicht wohl in meiner Haut. Ich hatte es mein ganzes Leben lang vermieden, andere um Hilfe zu bitten, überzeugt, daß man Probleme für sich behalten und allein regeln sollte.

Und doch war ich als Bittsteller zu jemandem gekommen, von dem ich hoffte, daß er mich anhören würde.

Ich kam gleich auf den Punkt, berichtete von Ansons Konflikten mit dem Gesetz, erzählte von seinen Gefängnisaufenthalten und schließlich, daß man ihm kürzlich die bedingte Haftentlassung verweigert hatte. Ich ließ nur meine Sorge bezüglich Ansons neuverkündeter sexueller Neigung aus. »Ich habe keine Probleme mit der Länge der Haftstrafe, zu der er verurteilt wurde«, sagte ich, »aber ich denke, er hat seine Schuld abgebüßt.«

»Haben Sie eine Ahnung, warum ihm die bedingte Haftentlassung verwehrt wurde?«

Ich erklärte ihm, daß vermutlich die Schlägereien mit anderen Häftlingen sowie Streitigkeiten mit einigen Wärtern während der ersten Monate in der Strafvollzugsanstalt den Ausschuß negativ beeinflußt hätten. »Er ist alles andere als ein Musterhäftling gewesen, aber ich bin überzeugt davon, daß es schlimmer wird, je länger er dort

* Texanischer Begnadigungs- und Bewährungsausschuß; (Anm. des Übers.)

bleibt. Wenn er überhaupt eine Chance haben soll, sein Leben wieder in den Griff zu kriegen, dann muß er dort raus.«

Bankston verschränkte die Finger und drückte sie an sein Kinn, als suche er nach Anhaltspunkten für meine Aufrichtigkeit. »Das wird nicht einfach werden, wissen Sie«, sagte er. »Ich habe über Jahre Jungen wie den Ihren beobachtet. Manche schaffen es, die meisten aber nicht.«

Er fragte: »Sie würden ihm helfen, wenn er freikäme?«

Ich versicherte ihm, daß meine Frau und ich alles tun würden, um Anson zu unterstützen. Tatsächlich hatte ich vor längerem an den Bewährungsausschuß geschrieben und versprochen, daß er bei uns wohnen würde, bis er sich eine eigene Wohnung leisten konnte, daß ich ihm bei der Jobsuche helfen und ihm einen Wagen besorgen würde. Ich hatte mich außerdem erboten, persönlich die Verantwortung dafür zu übernehmen, daß er regelmäßig den ihm zugewiesenen Bewährungshelfer aufsuchte.

»Wissen Sie«, sagte Bankston, »wenn alles gesagt und getan wurde, spielt es im Grunde keine große Rolle mehr, wozu *Sie* bereit sind, oder wie viele Leute sich für ihn einsetzen, für ihn beten oder ihm Geld leihen. Solche Dinge sind zwar hilfreich, aber nicht ausschlaggebend.«

Ich wartete einige Sekunden schweigend, bis er seinen Gedankengang fortsetzte.

»Sehen Sie, es liegt nicht bei Ihnen«, sagte er. »Wenn ich nicht sehr irre, haben Sie vermutlich so ziemlich alles getan, was Ihnen nur eingefallen ist. Von nun an liegt es in seiner Hand. Er ist es, der den Entschluß fassen muß, sich in der Welt zurechtzufinden und etwas aus sich zu machen.«

Nachdem das gesagt war, beugte er sich vor, griff über den Schreibtisch nach dem Telefon und drückte den

Knopf, der ihn mit seiner Sekretärin verband. »Versuchen Sie doch bitte, meinen mexikanischen Kumpel beim Begnadigungs- und Bewährungsausschuß zu erreichen«, sagte er.

Er erhob sich, reichte mir die Hand, womit er das Ende unserer Begegnung signalisierte, und erklärte mit keinem Wort, um wen es sich bei seinem ›mexikanischen Kumpel‹ handeln mochte. »Ich hoffe, es klappt«, sagte er. »Sie sollten sich inzwischen so bald wie möglich mit Ihrem Jungen in Verbindung setzen und ihm einbleuen, das das Allerwichtigste wäre, daß er sauber bleibt.«

Zehn Tage später, an einem strahlendsonnigen Tag Ende August, ging ich ans Telefon und hörte Ansons Stimme. »Ich bin zu Hause«, sagte er.

Ich fuhr zum Busbahnhof und überlegte, wie ich W. O. für das danken konnte, was er mit einem einzigen Anruf erreicht hatte.

Nachdem ich Anson abgeholt hatte, erklärte ich ihm, daß wir auf dem Nachhauseweg noch bei jemandem vorbeifahren müßten.

»Es gibt da jemanden, dem du zu Dank verpflichtet bist«, erklärte ich.

Eine Heimkehr ist auch unter idealen Umständen eine etwas unbehagliche Angelegenheit. Erwartungen entsprechen nicht den Realitäten. Dinge, an die man sich exakt zu erinnern glaubt, sind plötzlich ganz anders, als man sie im Gedächtnis behalten hatte. Die erwartete Vertrautheit wird bald von der Notwendigkeit abgelöst, sich mit neuen Abläufen, neuen Gesichtern und einer neuen Welt vertraut zu machen. Für jene von uns, die nicht fortgewesen waren, waren die Veränderungen so langsam und subtil erfolgt, daß wir sie kaum als solche wahrgenommen hatten. Für jemanden, der drei Jahre in einer winzigen, farblosen Welt eingesperrt gewesen war, in der Veränderungen die Ausnahme sind, sind das Wachstum eines Baumes oder die Eröffnung eines neuen Fastfood-Restaurants an einer ehemals unbebauten Stelle krasse Abweichungen von erstarrten Erinnerungen.

Anson sog seine neugewonnene Freiheit mit gierigen Augen und beinahe kindlicher Begeisterung auf.

An seinen ersten Tagen in Freiheit wachte er früh auf und blieb manchmal stundenlang in Ashleys ehemaligem Zimmer, ehe er sein im Gefängnis erlangtes Bedürfnis, allein zu sein, überwand. Wenn wir nicht gerade den Stellenmarkt sondierten, Kleider einkauften und nach einem verläßlichen Gebrauchtwagen Ausschau hielten, war er eifrig bemüht, sich zu beschäftigen. Er mähte den Rasen, harkte Blätter, spülte und hielt sein Zimmer peinlich sauber.

Wenn wir in ein nahegelegenes Restaurant gingen, studierte er lange die Speisekarte, ehe er ein Gericht auswählte, das er ewig nicht mehr gegessen hatte. Schon allein die simple Freude, einen Nachmittag durch ein kleines Einkaufszentrum in der Nähe zu bummeln, entzückte ihn. »Ich möchte irgendwo hingehen, wo ich Menschen sehen kann, die das tun, was sie tun wollen und nicht das, was irgend jemand von ihnen verlangt«, sagte er.

Wenn er nach Hause kam, berichtete er mir regelmäßig von den erstaunlichen Preiserhöhungen bei Artikeln von Zigaretten bis hin zu Zahnpasta sowie von den modischen Veränderungen, die ihm in den Schaufensterauslagen aufgefallen waren.

Ich erkannte bald, daß das seine Art war, die Regeln des Lebens in Freiheit neu zu erlernen. Er meldete sich bei seinem Bewährungshelfer und fand Arbeit bei einer Baufirma, die ganz in der Nähe unseres Hauses eine riesige neue Kirche baute. An den Abenden saßen wir im Garten, sprachen von der Zukunft, diskutierten die Möglichkeiten, daß er Kurse am College belegte, und sprachen davon, ihn finanziell zu unterstützen, damit er sich eine eigene Wohnung suchen konnte.

Er sprach nur selten von der Zeit im Gefängnis; als würden die Jahre aus seinem Gedächtnis gelöscht werden, wenn er nicht an sie dachte. Er erwähnte Trey mit keinem Wort, unternahm keinen Versuch, sich mit ihm in Verbindung zu setzen, und nach einiger Zeit tat ich diese Episode seines Lebens als vorübergehenden Fehltritt ab. Wie Anson sagte, war es Zeit für einen neuen Anfang.

»Ich bin kein Kind mehr. Diesen Abschnitt meines Lebens habe ich vermasselt. Jetzt ist es an der Zeit zu sehen, wie ich mit dem Erwachsensein fertigwerde.«

Eine Zeitlang ging alles gut. Als er beim Bau nicht mehr gebraucht wurde, fand er einen Job bei einem gut etablierten Einrichtungshaus, das ein bescheidenes, aber akzeptables Gehalt und angemessene Sozialleistungen zahlte und keine Wochenendarbeit verlangte.

Und er begann, mit einem Mädchen namens Annette Robinson auszugehen.

Sie kannten einander seit der Schulzeit und waren sich an einem Wochenende im Einkaufszentrum wiederbegegnet. Es dauerte nicht lange, und sie verbrachten ihre gesamte Freizeit zusammen. Annette war blond und zierlich, zerbrechlich wie eine Porzellanpuppe, und lebte bei ihrer Großmutter, wenngleich sie behauptete, ein gutes Verhältnis zu ihren Eltern zu haben. Sie erzählte, daß ihr Vater als

Bootsmechaniker für den Millionär H. Ross Perot in Dallas arbeite. Ich konnte mich nicht an sie als Klassenkameradin von Anson erinnern, aber die Lehrer haben sie als schlechte Schülerin im Gedächtnis, nett, aber ständig in irgendwelche Tagträumereien vertieft. Nach ihrem Abschluß hatte sie einen Job als Kellnerin in einem Nachtclub in Dallas angenommen.

»Ich liebe sie, Dad«, vertraute Anson mir nach einigen Monaten an. Er erzählte, daß sie auf der Suche nach einer gemeinsamen Wohnung wären.

Vom Tag seiner Rückkehr an hatte ich einen elterlichen Eiertanz vollführt, fest entschlossen, die Fallstricke zu umgehen, die unsere Beziehung in den vergangenen Jahren so belastet hatten. Wenn er auch in mancher Hinsicht noch beunruhigende, unreife Charakterzüge aufwies und allzu oft unrealistische Anforderungen an sich und andere stellte, hatte ich beschlossen, ihn als den Erwachsenen zu betrachten, der er geworden war, und nicht mehr als das Kind, das ich noch viel zu oft in ihm sah. Ich sagte mir, daß es an der Zeit wäre loszulassen, Ratschläge für mich zu behalten, sofern er nicht explizit darum bat, und mich auch dann in gemäßigter Form zu äußern.

Auch war für ihn die Zeit gekommen, sich ins Erwachsenendasein hinauszuwagen und sich von der Sicherheit und Geborgenheit des elterlichen Zuhauses zu lösen. Ich sagte ihm, wenn er mit seiner Freundin zusammenziehen wollte, wäre ich bereit, ihm das nötige Startkapital zu besorgen.

Ich lieh ihm Geld für die erste Miete und die Kaution, während Pat einige notwendige Haushaltsutensilien – Geschirr, Töpfe, Pfannen, Besteck, Bettlaken und so weiter – für die kleine, aber gemütliche Wohnung besorgte, die sie gefunden hatten.

Eine eigene Wohnung zu beziehen erfüllte Anson mit einem Stolz und einer Freude, wie er sie lange nicht mehr gekannt hatte. Annette teilte seine Begeisterung für ihr neues Heim, umarmte Pat und dankte ihr für ihre Hilfe.

An einem Abend am Wochenende saßen Pat und ich, nachdem wir Anson und Annette gewissermaßen als Einzugsgeschenk mehrere Tüten Lebensmittel vorbeigebracht hatten, beisammen, genossen unsere wiedergefundene Privatsphäre und sprachen über die Ereignisse der letzten Zeit.

»Sie scheinen sehr glücklich zu sein«, bemerkte sie.

»Glaubst du, daß sie es schaffen?«

Sie zögerte eine Weile, ehe sie antwortete. »Ich glaube, sie haben eine Chance«, entgegnete sie schließlich.

Ich spürte, daß das nicht alles war. »Und?«

Sie strich mir mit der Hand über den Arm, eine zärtliche Geste, die sicherstellen sollte, daß ich auch zuhörte. »Es ist an der Zeit, daß wir uns zurückziehen und zusehen, daß sie diese Chance bekommen. Sie brauchen uns nicht ständig an ihrer Seite. Sie wissen, wo wir sind, falls sie uns brauchen.«

Ich mußte über ihre Verwendung des Plurals lächeln, da allzu offenkundig war, daß ihre Empfehlung sich direkt an mich richtete. »Dann werden *wir* uns eben unsichtbar machen, nicht wahr?«

Sie nickte zustimmend. »Ich glaube, das ist das beste.«

In den folgenden Wochen besuchten Anson und Annette uns gelegentlich, um hallo zu sagen oder mit uns zu grillen. Sie nahmen an unserem traditionellen Truthahnessen teil, und wir sahen uns anschließend einige Footballspiele an. Und während ich sorgsam darauf achtete, keine neugierigen Fragen zu stellen, versäumte Anson es nie, mir zu versichern, daß alles bestens wäre.

Erst Anfang Dezember entdeckte ich erste Anzeichen dafür, daß dem nicht so war.

Anson rief an und meinte, es wäre an der Zeit, daß er Annette seiner Mutter vorstellte. Er erklärte, daß sein Wagen nicht ganz in Ordnung wäre und er ihn ungern für die Fahrt nach Belton benutzen würde. Er fragte, ob ich ihm für den einen Tag meinen Wagen leihen könnte. »Wir fahren Sonntagmorgen hin und sind am Abend schon wieder zurück«, sagte er.

Daß er seine Mutter besuchen wollte, nachdem er so lange erbittert erklärt hatte, daß er sie niemals wiedersehen wolle, war eine Überraschung. Vielleicht waren sie einander ohne mein Wissen wieder nähergekommen; vielleicht hatte Anson im Rahmen seiner Bemühungen, sein Leben neu zu ordnen, die Kontraproduktivität seiner jahrelangen Ablehnung Bettys erkannt. Aber was immer seine Beweggründe sein mochten, ich beschloß, sie als positiven Schritt zu sehen und überließ ihm meinen Wagen.

Anson und Annette machten beide einen glücklichen und beschwingten Eindruck. Sie schienen sich beide auf die Fahrt zu freuen, als sie am Sonntagmorgen vorbeikamen, um den Wagen zu holen. Ich übergab Anson die Schlüssel und eine Kreditkarte. »Nur für den Fall, daß es unterwegs irgendwelche Schwierigkeiten gibt«, sagte ich.

Als sie spät an diesem Abend zurückkamen, hatten die Dinge eine drastische Wende genommen.

Ich sah mir gerade die Abendnachrichten an, als Anson hereinkam, ohne zu klopfen. Annette blieb hinter ihm stehen, einen besorgen Ausdruck auf dem Gesicht.

Ich erhob mich aus meinem Sessel und ging auf sie zu. »Wie war der Ausflug?«

»Ich hatte eine interessante Unterhaltung mit Mom«, zischte Anson, und ich konnte den alten Zorn in seiner Stimme hören.

»Ach ja?«

»Ja«, sagte er. »Ich habe eine ganze Menge erfahren. Zum Beispiel, was für ein verschissener Dreckskerl du wirklich bist.«

»Wovon sprichst du überhaupt?«

»Ich habe dir nie etwas bedeutet, stimmt's? Keine einzige verdammte Minute.« Während wir alle noch an der Tür standen, steigerte sein Zorn sich zu unkontrollierter, beinahe manischer Raserei.

Pat eilte herbei, verblüfft von dem Geschrei, während Anson fortfuhr, mir fluchend und schimpfend eine Myriade Versäumnisse an den Kopf zu werfen, die seine Mutter mir angedichtet hatte.

Anson zeigte anklagend mit dem Finger auf mich: Ich sei ein gräßlicher Ehemann und desinteressierter, liebloser Vater gewesen. Er sprach davon, daß ich mich, als er als Kind an Masern erkrankt war, trotz des tränenreichen Flehens seiner Mutter geweigert hätte, auch nur die geringste Anteilnahme zu zeigen. Er habe endlich erfahren, daß ich es offenbar nur darauf angelegt hatte, Betty unglücklich zu machen, wo ich nur konnte.

Seine Stimme steigerte sich zu einem durchdringenden, schrillen Ton, als er seine Tirade fortsetzte. »Der einzige Mensch, der dir je etwas bedeutet hat, bist du selbst. Du bist dein ganzes verdammtes Leben ein selbstsüchtiges Arschloch gewesen … du machst mich krank.«

Während er weitertobte, blickte ich zu Pat hinüber, die die Hände über den Mund gelegt hatte, sichtlich erschüttert von der erschreckenden Szene, die sich vor ihren Augen abspielte.

»Hör zu«, sagte ich und nahm ihm die Wagenschlüssel aus der Hand. »Ich weiß nicht, was das alles zu bedeuten hat, aber ich habe genug gehört. Du wirst jetzt auf der Stelle kehrtmachen und deinen Hintern aus meinem Haus bewegen. Sofort. Wenn du dich wieder beruhigt hast, kannst du wieder herkommen, und dann können wir vielleicht miteinander reden. Aber nie wieder in diesem Ton.«

Er funkelte mich zornig an, holte meine Kreditkarte aus seiner Hemdtasche und warf sie mir zu. »Du kannst mich mal ... Dad«, sagte er, bevor er in die Nacht hinausging.

Pat ließ sich mit versteinertem Gesicht in einen Sessel fallen. »Ich hatte in meinem ganzen Leben noch nie solche Angst«, sagte sie, als ich versuchte, sie zu beruhigen. »Mein Gott, er ist wahnsinnig. Ich dachte wirklich, er würde dich umbringen. Was um alles in der Welt mag seine Mutter ihm erzählt haben, das ihn derart in Rage gebracht hat?«

»Ich habe keine Ahnung«, entgegnete ich. Aber ich wußte, daß keine noch so große Menge Gift, die meine Ex-Frau versprüht haben mochte, allein für dieses krankhafte Verhalten verantwortlich sein konnte. Nichts, was sie hätte sagen können, konnte solche Raserei ausgelöst haben.

Pat hatte Anson nicht in die Augen gesehen, hatte nicht die Pupillen gesehen, die aussahen wie harte kleine Stecknadelköpfe.

»Er nimmt wieder Drogen«, sagte ich.

Ich hörte erst einen Tag nach Weihnachten wieder etwas von ihm, als er und Annette auf einen Sprung vorbeikamen, um uns mitzuteilen, daß sie früher am Nachmittag geheiratet hatten. Sofern Anson sich überhaupt an unsere letzte Unterhaltung erinnerte, ließ er sich dies nicht anmerken und machte auch keine Anstalten, sich zu entschuldigen.

Später sollte ich jedoch an jenen Abend als erstes Anzeichen dafür zurückdenken, daß der Achterbahnwagen auf eine weitere Talfahrt zusteuerte. Ich sagte mir, daß ich den Aufprall diesmal nicht mit ansehen wollte.

Er erfolgte nur wenige Monate später.

Erst verlor er seinen Job. Anson behauptete, er hätte gekündigt, weil sein Boß ihn schikaniert habe. Dann folgten finanzielle Schwierigkeiten, und er erfand jedesmal neue und bemerkenswert einfallsreiche Erklärungen dafür, daß er sich Geld borgen mußte: Annette sei mit geborgtem Geld in der Tasche auf dem Weg zum Supermarkt ausgeraubt worden; Annette wäre schwanger geworden, hätte eine Fehlgeburt erlitten, und der Krankenhausaufenthalt habe ihre letzten Geldreserven aufgebraucht.

Die Vergangenheit war von zu vielen Unwahrheiten geprägt gewesen, als daß ich Anson seine Geschichten geglaubt hätte. Es hatte in seinem Leben immer eine Konstante gegeben: Er war ein unverbesserlicher Lügner. Bestrebt, meine Enttäuschung und Frustration bei jedem neuerlichen Hilferuf zu meiden, wandte er sich nur dann an mich, wenn er sich keinen anderen Rat mehr wußte. Genau genommen waren wir in einem zerstörerischen Spiel gefangen, daß wir nur allzu gut beherrschten.

Anson verübelte mir meine Einmischung in sein Leben; er sehnte sich nach Unabhängigkeit, vermochte der Abhängigkeit von mir jedoch nicht zu entfliehen. Ich hingegen wünschte mir von Herzen, daß er endlich auf eigenen Füßen stand und seine Probleme allein löste. Aber wie ein Pavlovscher Hund eilte ich ihm jedesmal zur Hilfe, wenn er rief. Und jedesmal suchte ich nach einer Methode, die erfolgreicher sein könnte als die letzte.

Anstatt ihm das Geld für überfällige Miete zu geben, schickte ich die Schecks direkt an den Wohnungsverwalter. Anstatt ihnen Geld für Lebensmittel zu geben, begleitete Pat Annette in den Supermarkt und bezahlte an der Kasse.

Eines Nachmittags, nachdem sie die beiden zu Hause besucht hatte, kehrte Pat sichtlich beunruhigt zurück. Kühlschrank und Vorratskammer waren wieder völlig leer gewesen, abgesehen von einer einzigen Dose Katzenfutter. Sogar in härtesten Zeiten sorgte Annette dafür, daß das Kätzchen, das sie aus dem Tierheim geholt und Mikey getauft hatte, gefüttert und versorgt wurde. Schon das allein genügte, daß meine Frau sie ins Herz schloß.

Nach einem weiteren ihrer gemeinsamen Supermarkteinkäufe kehrte sie mit der Neuigkeit zurück, daß Anson verschwunden war. »Annette sagt, daß er nicht arbeitet und sich auch nicht mehr um einen neuen Job bemüht«, berichtete sie. Und daß er offenbar große Mengen Drogen konsumiert. Er nimmt sich das Geld, das sie verdient, und verschwindet für mehrere Tage.«

Galle rumorte in meinem Magen. »Dieser verfluchte Kerl«, schimpfte ich.

Aber es gab noch mehr: »Er hat sie außerdem geschlagen«, fuhr Pat fort. Die geprellten Rippen und der gebrochene Knöchel, die Annette sich einige Wochen zuvor zugezogen hatte, waren kein Unfall gewesen. Sie hatte erfahren, daß Anson sie in einem Wutanfall die Wohnungstreppe hinuntergestoßen hatte.

»Sie ist ganz allein, hat panische Angst, und das Geld reicht hinten und vorne nicht. Die Wohnung – du würdest es nicht glauben – sie ist völlig verdreckt, überall Berge von Abfall. Es ist einfach entsetzlich ...«

Die Sorge und Abscheu, die ich in der Stimme meiner

Frau hörte, beunruhigten mich, und ich fühlte eine neue Form der Scham für das Verhalten meines eigenen Sohnes. Daß Pat, die an diesem Verhalten nicht die geringste Schuld trug, einem Alptraum ausgesetzt wurde, machte mich traurig und war mir peinlich. Ich hatte alles versucht, sie von den beiden abzuschirmen, jedoch kläglich versagt.

»Tu mir einen Gefallen und geh nie wieder dorthin«, sagte ich.

»Ich muß aber«, entgegnete sie. »Ich habe Annette versprochen, ihr zu helfen, ihre Sachen zu ihrer Großmutter zu bringen. Sie verläßt ihn.«

Wieder einmal hatte Anson einen Menschen vertrieben, dem er etwas bedeutete.

Irgendwo da draußen strich er mit den gestrandeten Existenzen der Drogenszene von Dallas umher, wieder einmal ziellos auf der Suche. Wonach? Nach einer Zuflucht vor seinem erneuten Versagen? Nach dem künstlichen, flüchtigen Hoch, das er nur in Crack-Häusern und dunklen Gassen fand?

Ich erinnerte mich an die warnenden Worte von W. O. Bankston: »Es liegt nicht bei Ihnen ... es liegt in seiner Hand ...« Ich bedauerte, ihn um seine letztlich vergebliche Hilfe gebeten zu haben. Und ich hatte etwas mit Annette gemeinsam.

Auch ich war soweit aufzugeben.

Das Bewußtsein, daß Anson seine Frau körperlich mißhandelt hatte, lenkte meine Sorge in eine neue Richtung. Dies war ein ebenso umfassend dokumentiertes und in der Presse breitgetretenes Phänomen der modernen Gesellschaft und ein feiger Gewaltakt, der mich stark belastete; ein Akt, für den ich nicht das geringste Verständnis aufbrachte. Daß Anson fest entschlossen schien, seine Chancen im Leben mit den Füßen zu treten, sich mit seinem selbstzerstörerischen Verhalten selbst ins Abseits zu befördern, war eine Sache. Die körperlichen und seelischen Narben, die er bei anderen hinterließ, waren etwas völlig anderes.

Monate vergingen, ohne daß ich etwas von ihm hörte, und ich genoß die friedliche Stille, kam mit dem Buch, an dem ich schrieb, wieder gut voran. Als mir bewußt wurde, wie sehr ich mich nach etwas Frieden in meinem Leben gesehnt hatte, löste sich der Knoten in meinem Magen, und die nächtlichen Alpträume wichen erholsamem Schlaf.

In jenen Augenblicken, da die Sorge um den Verbleib meines Sohnes drohte, an die Oberfläche zu dringen, kämpfte ich sie nieder wie einen Erzfeind. *Es liegt nicht mehr in meiner Hand …*

Dann kam eines Abends ein R-Gespräch vom Dallas County Gefängnis. Anson war verhaftet worden, weil er diverse Strafzettel für zu schnelles Fahren nicht bezahlt hatte.

»Hör zu«, sagte er. »Ich weiß, daß du nichts von mir wissen willst, aber ich brauche deine Hilfe. Ich würde ja hierbleiben und die Strafzettel abarbeiten, aber ich muß zu Ann. Sie ist gerade aus dem Krankenhaus entlassen worden …«

»Ihr seid wieder zusammen?«

»Ja«, entgegnete er.

Ich fürchtete mich vor einer ehrlichen Antwort auf meine nächste Frage. »Und weswegen war sie im Krankenhaus?«

»Sie hatte eine Zyste an einem Eierstock, und die ist geplatzt. Es geht ihr wieder gut, sie fühlt sich aber noch ein bißchen schwach. Sie braucht mich. Wenn du die Strafzettel bezahlen würdest – ich glaube, insgesamt sind es hundertachtzig Dollar – lassen sie mich gehen. Ich bitte dich wirklich ungern darum ...«

Ob nun aus Erleichterung darüber, daß er nicht wegen eines schwerwiegenderen Deliktes festgenommen worden war, aus Sorge um Annettes Gesundheit oder auch nur aus der resignierten Schwäche heraus, die seit Jahren unsere Beziehung prägte, ich erklärte mich bereit, seine Strafzettel zu zahlen.

»Diesmal zahle ich es dir zurück, Dad. Versprochen«, sagte er.

Ich sagte nichts darauf.

Am nächsten Tag fuhr ich zum Gefängnis und zahlte die Strafzettel; da ich jedoch entschlossen war, eine gewisse Distanz zwischen uns zu wahren, wartete ich nicht bis zu seiner Entlassung.

Es war später Herbst, diese Jahreszeit, wenn die Tage kürzer wurden und spätnachmittägliche Dämmerung ganz plötzlich in tiefe Dunkelheit überging, bevor die Pendler, die in den Büros in der Innenstadt arbeiteten, zu Hause eintrafen. Die Nacht war hereingebrochen, bis die Formalitäten für Ansons Freilassung schleppend langsam erledigt worden waren.

Bei seiner Verhaftung hatte er sämtliche persönliche Habe, darunter auch seine Brieftasche und ein wenig Kleingeld aus seiner Hosentasche, Annette übergeben, bevor er in den Streifenwagen gestiegen war. Als er das Gefängnis verließ, ohne auch nur fünfundzwanzig Cent für einen Anruf zu besitzen, machte er sich zu Fuß auf den langen Weg zu ihrem neuen Zuhause – ein Zimmer in einem Motel im Osten von Dallas.

Als er den Stemmons Freeway entlangging, erregte das

beleuchtete Reklameschild eines Elektronikgroßhandels – ein neues Gebäude mit verschiedenen Verkaufsräumen und Büros, in denen die neuesten Elektronik- und Computertechnologien ausgestellt waren – seine Aufmerksamkeit. Die Schrifttafel kündigte ein Seminar über Computerzeichnen an.

Er blieb stehen und starrte einige Minuten auf die Reklametafel, plötzlich übermannt von verlorengeglaubten Träumen. Im Gefängnis hatte er mehrere Zeichenkurse belegt und mit dem zweitbesten Ergebnis aller Kursteilnehmer abgeschlossen. Nach seiner Entlassung hatte er sich um diverse Lehrstellen als technischer Zeichner in der Stadt beworben, jedoch vergeblich, und so war er schließlich beim Bau gelandet. Aber das war nur ein Job gewesen; Zeichnen hätte ein richtiger Beruf werden können. Er dachte kurz über die Seminargebühren von zweihundert Dollar nach, vergrub dann die Hände in den Taschen, um sie vor der eisigen Nachtkälte zu schützen, und ging weiter.

Für jemanden, der nicht einmal fünfundzwanzig Cent für ein Telefonat besaß, war das nur ein weiterer Traum weit außerhalb seiner Reichweite.

Aber die Wahrheit war, daß Ansons Leben zu sehr außer Kontrolle geraten, seine Gedankenprozesse von den Chemikalien zu verworren waren, als daß er zu echtem Ehrgeiz noch fähig gewesen wäre.

Ich sollte bald erfahren, in welchen Abgrund er diesmal gestürzt war.

Nach der Versöhnung mit Annette hatten die beiden kurze Zeit bei ihrer Großmutter gewohnt, bevor sie für fünfzig Dollar die Woche ein Zimmer im Tower Motel gemietet hatten, eine heruntergekommene Absteige aus weißem Stuck, die nur noch von Drogendealern, Prostituierten und verkrachten Existenzen bewohnt wurde.

Seinerzeit war es eins der nobelsten Motels in Dallas gewesen und hatte Touristen beherbergt, die auf dem Highway in Richtung Osten unterwegs gewesen waren. Dann war der Fremdenverkehr auf die neuen Freeways, Mautstraßen und die neue Interstate ausgewichen, die den motorisierten Touristen schnellere, bequemere Routen boten. Innerhalb kurzer Zeit hatten sich in der Nachbarschaft des Tower Motels übelriechende Spirituosengeschäfte, Strip-Bars und Pornokinos breitgemacht.

Mitte der fünfziger Jahre hatten die Stadtväter das erstemal erkennen müssen, in was für einen Sündenpfuhl das Tower sich verwandelt hatte. Beamte der Sittenpolizei führten in dem Motel eine Razzia durch, bei der Dutzende von Prostituierten verhaftet wurden. In Zeitungsberichten über die Razzia kam ans Licht, daß der Inhaber des Motels Trainer und Lehrer an einer renommierten Schule im Norden der Stadt war. Die negative Presse kostete ihn seinen Job.

Und doch war es dem Tower irgendwie gelungen zu überleben, als Kernstück eines Niemandslandes, das jene anzog, die auf billigen Sex oder einen schnellen Fix aus waren.

Tatsächlich war mir das Motel schon länger ein Dorn im Auge gewesen, bevor ich erfuhr, daß Anson sich dort eingemietet hatte. Vor Jahren, bei den Recherchen für eine Zeitschriftenreportage über die Tragödie jener Teenager, die von zu Hause wegliefen und ihr Leben wegwarfen, war ich des öfteren über den Namen dieses Motels gestolpert.

Zuhälter, die stets nach einem neuen hübschen Gesicht für ihren Stall Ausschau hielten, streiften durch die Busbahnhöfe, auf der Suche nach jungen Mädchen, die auf der Flucht vor der tödlichen Langeweile in ihrer Heimatstadt in Dallas eintrafen. Manche – gebrochen, verängstigt und allein – zogen bereitwillig ins Tower und boten ihre Körper auf dem Straßenstrich der Harry Hines Boulevard feil. Jene, die sich wehrten, wurden buchstäblich gewaltsam entführt, in einen wartenden Wagen bugsiert und zum Motel verfrachtet, wo sie unter Drogen gesetzt und vergewaltigt wurden, man ihnen Nahrung und Schlaf verweigerte und sie festhielt, bis sie die Prostitution als einzige Chance sahen, zu überleben.

Das war die Welt, in der mein Sohn seit Monaten lebte, völlig am Ende, von einem Drogenrausch zum nächsten. Bestrebt, seinen Aufenthaltsort und seine Identität vor neugierigen Polizeibeamten und jenen, denen er Geld schuldete, geheim zu halten, hatte Anson einem Bekannten für zwanzig Dollar einen gestohlenen Führerschein abgekauft, der auf den Namen William Thomas Holland III. ausgestellt war. Diesen Namen benutzte er dann auch bei allen, die ihn nicht kannten.

Er und Annette hatten sich als Mr. und Mrs. William Holland im Tower eingemietet. Die Mitbewohner kannten sie als Oben-ohne-Tänzerin in einem nahegelegenen Nachtclub; ihren Mann als einen übellaunigen erfolglosen Möchtegerndrogendealer mit verlebten Zügen.

In den fünf Monaten, die sie dort lebten, wurde Ansons Drogenabhängigkeit so schlimm, daß es ihn an manchen Tagen schon größte Anstrengung kostete, überhaupt aus dem Bett zu kommen.

Jedoch auch in den benebeltsten und verzweifeltsten Augenblicken des Drogenmißbrauchs gibt es gelegentliche, flüchtige Schübe rationalen Denkens, Momente, da der Süchtige Abstand gewinnt und seine eigene Selbstzerstörung aus der Distanz betrachtet und klar erkennt.

Eines Nachts, nach andauerndem heftigen Erbrechen

und Fieberschüben, erkannte Anson, in welch grauenhafter Situation er sich befand. Er brauchte Hilfe und stolperte von einer Tür zur nächsten, auf der Suche nach jemandem, der bereit war, ihn am nächsten Morgen zu seinem Bewährungshelfer zu fahren. Schließlich fand er einen Nachbarn, der versprach, ihn auf dem Weg zur Arbeit dort abzusetzen.

Am nächsten Tag saß Anson schon vor Tagesanbruch allein, von Übelkeit und Schüttelfrost geplagt, auf den Stufen zum Bewährungshelferbüro und wartete auf den Beginn der Bürozeiten. Es dauerte Stunden, ehe er in das winzige Büro seines Bewährungshelfers gewunken wurde.

Dort gab er offen zu, daß er ein Drogenproblem habe, das außer Kontrolle geraten wäre. »Ich bin so ausgelaugt, daß ich zu nichts mehr imstande bin«, sagte er. »Ich brauche Hilfe.«

Diese Bitte hatte der Bewährungshelfer in seiner kurzen, arbeitsreichen Laufbahn schon oft gehört. »Haben Sie schon mit Ihrem Vater gesprochen?«

Anson schüttelte energisch den Kopf. »Das ist mein Problem und nicht seins.«

Der Beamte zuckte die Achseln. »Wenn das so ist ... das Telefonbuch ist voll mit Nummern und Adressen von Drogenzentren, die für Probleme wie das Ihre zuständig sind«, entgegnete er. »Ich würde Ihnen dringend raten, sich unverzüglich an eine dieser Einrichtungen zu wenden.«

Das war das letztemal, daß Anson sich bei seinem Bewährungshelfer blicken ließ.

Später an diesem Tag trieb er etwas Crack auf, wurde high und verwarf den Gedanken, daß er Hilfe bräuchte, als absurd. Er sagte sich, daß es dumm gewesen war, seinen Bewährungshelfer aufzusuchen. Wenn er aufhören wollte mit den Drogen, war er dazu in der Lage, wann immer es ihm verdammt noch mal paßte. Er brauchte niemandes Hilfe.

Einige Wochen später stand er über den Kotflügel eines Pickups gebeugt, der vor seinem Motelzimmer parkte, und verfluchte den defekten Motor, als eine Beamtin des Dallas Police Department ihm auf die Schulter tippte.

»Ihr Pickup?« fragte sie.

Anson schüttelte den Kopf. »Nein, er gehört einem Freund von mir«, entgegnete er. »Ich habe ihm versprochen, zu versuchen, ihn wieder in Gang zu bringen.«

»Können Sie sich ausweisen?«

Anson nahm seine Brieftasche aus seiner Hüfttasche und reichte ihr den Führerschein. Ihr fiel nicht auf, daß das Originalphoto amateurhaft ausgetauscht worden war. »Ich hoffe, Sie kriegen ihn wieder hin«, sagte sie, bevor sie zu ihrem Streifenwagen zurückkehrte und davonfuhr.

Als er sich über den Motor beugte, um seine Arbeit wieder aufzunehmen, fiel ihm der Schraubenschlüssel aus der plötzlich eiskalten und feuchten Hand.

Der Pickup gehörte keinem ›Freund‹. Tatsächlich hatte er tagelang auf einem nahegelegenen Parkplatz gestanden, ohne daß der Besitzer sich hätte blicken lassen. Mit Hilfe eines Mitbewohners hatte Anson ihn zum Motel geschleppt, um zu sehen, ob es ihm gelänge, ihn ans Laufen zu bringen.

Eine halbe Stunde später kehrte die Polizeibeamtin zurück und rief ihm zu: »Wie sieht's aus?«

»Schlecht«, entgegnete Anson nervös.

»Hören Sie«, sagte die Beamtin, »ich habe mich mit einigen Leuten unterhalten, die in der Nachbarschaft wohnen.

Wie kommt es, daß alle Sie Anson nennen? Das ist doch nicht der Name, der auf dem Führerschein steht.«

Er zuckte nur die Achseln, in einer wie er hoffte, gleichgültig scheinenden Geste.

Bei ihren Gesprächen mit den Mietern des Motels hatte sie tatsächlich einiges mehr in Erfahrung gebracht als seinen richtigen Namen. So mißtrauisch, wie sie der Polizei gegenüber waren, wichen die Bewohner solcher Absteigen wie dem Tower Motel Fragen zur eigenen Person aus, indem sie eifrig Informationen über andere weitergaben.

Die Beamtin stellte nun Fragen, deren Antworten sie bereits kannte. »Woher haben Sie den Truck?«

Resigniert begann Anson, das geborgte Werkzeug zusammenzupacken, wobei er jedes einzelne mit dem ölverschmierten Rest eines alten T-Shirts sauberwischte, während er überlegte, was er antworten sollte. »Das ist nur ein alter Truck, den niemand mehr haben wollte«, sagte er schließlich.

»Sie haben ihn also gestohlen?« sagte die Beamtin.

In Anbetracht seiner diversen Autodiebstähle, die bis ins Teenageralter zurückreichten, wußte Anson, daß es zwecklos war zu leugnen. »Ja«, sagte er. »Das habe ich wohl.«

Am siebten Januar 1986 stand Anson vor einem Bezirksrichter und bekannte sich des Autodiebstahls und des Verstoßes gegen die Bewährungsauflagen für schuldig. Er wurde zu drei Jahren Haft verurteilt.

Pat war Annette behilflich, wieder zu ihrer Großmutter zu ziehen.

# Kapitel 8

Texas befand sich 1986 mitten in der Hundertfünfzigjahrfeier, einem ein Jahr andauernden stolzgeschwellten Marathon, der dazu ausersehen war, den Rest der Welt aufmerken zu lassen und ihm zu zeigen, daß der Staat mit seinen einhundertfünfzig Jahren noch ebenso lebendig und von sich überzeugt war wie eh und je.

Wir befanden uns schon ziemlich weit in der Dreihundertfünfundsechzig-Tage-Serie von Ereignissen, die diesen Meilenstein kennzeichneten: ein von Pferden gezogener Planwagentreck schob sich eine gewundene dreitausend Meilen lange Route von Stadt zu Stadt entlang (ein Ereignis, zu dem ich mich in einem Augenblick bald bereuter Schwäche bereit erklärt hatte, einen Dokumentarfilm zu schreiben und zu produzieren), es gab unzählige elegante Bälle, Rodeos, Jagden auf Klapperschlangen, Chili-Essen, Schafscherwettbewerbe, Rennen, Kunstfliegerdarbietungen und allerlei nachgestellte historische Ereignisse.

Die Organisatoren hatten sogar die Literaten des Landes durchforstet, um zu beweisen, daß Texas tatsächlich gebürtige Schriftsteller und Schriftstellerinnen vorweisen konnte. Es war alles ein großer Spaß, und Autoren aller Richtungen von Western bis Science-fiction, von Liebesromanen zu Kindermärchen wurden aufgerufen mitzumachen. Es wäre unsere patriotische Pflicht, erklärte man uns.

Und darum hielt ich mich an diesem strahlenden, aber kalten Nachmittag des 22. März 1986 auch in Sherman, Texas, auf, anläßlich des sogenannten ›Roundups‹ texanischer Autoren, einer Versammlung von Schriftstellern, die sich bereit erklärt hatten, Lesungen und Workshops durchzuführen, Bücher zu signieren, sich unter das Volk zu mischen und Fruchtpunsch zu nippen.

Während einer formlosen Frage-und-Antwort-Runde in einem Raum mit ehrgeizigen jungen Schriftstellern steckte ein großgewachsener, grimmiger Beamter des Sherman Police Department den Kopf zur Tür des Konferenzsaales herein und bedeutete mir wortlos, auf den Flur herauszukommen.

»Sind Sie Mr. Stowers?«

Ich nickte.

»Sir«, sagte er, »Sie sollen sofort zu Hause anrufen. Es handelt sich um einen Notfall.« Er weigerte sich höflich, aber bestimmt, mir mehr zu sagen.

In den wenigen hektischen Minuten, die ich brauchte, einen Münzfernsprecher zu finden, schossen mir alle möglichen Tragödien durch den Kopf, die sich zu Hause zugetragen haben konnten: ein Autounfall, ein Feuer im Kamin, den ich längst hätte reinigen müssen, ein weiterer Herzanfall bei meinem Vater.

Im ersten Augenblick stieg eine Welle der Erleichterung in mir auf, als ich nach nur einem Freizeichen Pats Stimme hörte; kräftig, gesund und wohlbehalten. Jedoch schon Sekunden später war es vorbei mit meiner Erleichterung.

»Anson liegt im Krankenhaus«, sagte Pat, und ich hörte die Sorge in ihrer Stimme. Sie erklärte mir, daß sie einen Anruf vom Gefängniskaplan von Tennessee Colony erhalten habe, der ihr mitgeteilt hatte, mein Sohn läge im Koma und wäre ins nahegelegene Tyler Medical Center gebracht worden.

Sie hatte gleich die Polizei von Sherman angerufen und gebeten, mich zu verständigen.

»Der Kaplan meint, du müßtest auf der Stelle hinfahren«, sagte Pat. Sie wartete einen Augenblick, daß ich antwortete, aber ich war wie betäubt und brachte keinen Ton heraus.

»Sein Zustand ist kritisch«, fügte sie schließlich hinzu. »Sie wissen nicht, ob er durchkommen wird. Der Kaplan meinte, du solltest dich besser beeilen.« Trotz meiner eigenen Verwirrung war mir bewußt, wie schwer es ihr fiel, mir diese Nachricht mitteilen zu müssen.

»Was ist passiert?«

»Eine Überdosis, heißt es.« Man hatte sie nur grob über die Einzelheiten des Geschehens informiert: Anson war in seiner Zelle bewußtlos auf dem Fußboden gefunden worden. Eine herbeigerufene Krankenschwester hatte ihn im ersten Moment für tot gehalten, aber nachdem sie ihm CPR verabreicht hatte, hatte sie schließlich doch noch einen schwachen Puls fühlen können. Während seines Flugzeugtransportes nach Tyler hatte das medizinische Personal des Gefängnisses zweimal geglaubt, ihn verloren zu haben. Pat meinte, ich solle nicht über Dallas, sondern auf direktem Wege nach Tyler fahren. »Wir treffen uns dort«, sagte sie.

Ich legte auf und stand eine Weile auf dem stillen Flur vor dem Auditorium. Erst dann wurde mir bewußt, daß ich die Unterlagen für meinen Vortrag während des kurzen Telefonats zu einer festen, feuchten Kugel zerknüllt hatte.

Auf plötzlich schwachen und zitternden Beinen ging ich hinaus auf den Parkplatz und versuchte, mich darauf zu konzentrieren, welche die kürzeste Route nach Tyler war.

Ich war bereits einige Meilen auf der Interstate gefahren, ehe mir einfiel, daß ich niemandem den Grund für meinen überhasteten Aufbruch erklärt hatte.

Unter normalen Umständen wäre eine Fahrt in die Kiefernwälder im Osten von Texas ein angenehmes Erlebnis gewesen. Auch bevor der Hartriegel blüht und die hügelige Landschaft sich in ein Meer verschiedener Schattierungen frühlingshaften Grüns verwandelt, ist dies eine der schönsten Gegenden des Landes mit kleinen Ortschaften und fruchtbarem Farmland, die ein Gefühl anheimelnder, friedlicher Nostalgie wecken.

An diesem Tag waren Orte wie Alba, Golden, Mineola und Lindale, wo Farmer in ihren besten Overalls in ihren Pickups im Schneckentempo in die Stadt fahren, um im Café einen Plausch zu halten, während ihre Ehefrauen im A&P einkaufen gehen, für mich jedoch nicht mehr als lästige Verzögerungen. Ich raste am Ufer des Lake Towkoni entlang und nahm seine weite, stille Schönheit nur ganz am Rande wahr.

Auf der Fahrt hämmerte ein einziger, erschreckender Gedanke durch meinen Kopf; ein Gedanke, der sich derart festgesetzt hatte, daß ich ihn nicht los wurde, wie sehr ich mich auch bemühte: Mein Gott, ich muß das Begräbnis meines eigenen Sohnes ausrichten.

In einem vergeblichen Versuch, die düsteren Gedanken zu vertreiben, bemühte ich mich, Erinnerungen an gute Zeiten wachzurufen, an jene Tage vor der zornigen Rebellion und den Drogen, den Gerichtssälen und Gefängnissen; Erinnerungen an jene Augenblicke, die Eltern als die kostbarsten im Gedächtnis bewahren: Spiele in der Little League, Geburtstagsfeiern, Heiligabende.

Es war jedoch vergebliche Mühe in Anbetracht der Furcht und Sorge, von der ich erfüllt wurde.

Ich verfluchte die Sinnlosigkeit und fuhr noch schneller.

Dennoch kamen mir die zwei Stunden, die ich brauchte, um mein Ziel zu erreichen, vor wie eine Ewigkeit.

Auf dem glänzenden gefliesten Flur vor der Intensivstation herrschte trotz der Anwesenheit mehrerer Familien, die sich im Warteraum drängten, Grabesstille. Ein älteres Ehepaar hielt sich bei der Hand und starrte blind aus dem Fenster im zweiten Stock, ganz in seine eigene Tragödie versunken. Gegenüber studierte ein junges Mädchen schweigend das Angebot eines Getränkeautomaten. Das einzige Geräusch war das eilige Quietschen der Gummisohlen einer Krankenschwester, die den Korridor entlanghastete.

Als ich die Doppeltür zur Intensivstation aufstieß, ein Hinweisschild ignorierend, auf dem stand, daß der Zutritt Besuchern verboten war, brauchte mir niemand das kleine Zimmer zu zeigen, in dem Anson lag. Über das rhythmische Piepen der Monitore und die gedämpften Unterhaltungen aus Richtung des Schwesternzimmers hinweg konnte ich eine mir unbekannte Stimme seinen Namen rufen hören.

Als ich das winzige Zimmer betrat, stand eine Schwester mit dem Rücken zu mir über das Bett gebeugt und rief: »ANSON, DU MUSST AUFWACHEN ... MACH DIE AUGEN AUF UND SIEH MICH AN. VERSUCH, DIE AUGEN ZU ÖFFNEN ... WACH AUF, ANSON ...«

Ich blieb in der Tür stehen und fühlte eisige Kälte in mir aufsteigen. Ein Mann, der auf der anderen Seite des Bettes stand und die khakifarbene Uniform der texanischen Strafvollzugsbeamten und dazu eine Pistole in einem Halfter an der Hüfte trug, machte die Krankenschwester mit einem Blick auf mich aufmerksam.

Sie sah flüchtig zu mir herüber, schweigend und ernst. Dann wandte sie sich wieder der Gestalt zu, die ich immer noch nicht sehen konnte, beugte sich vor und klatschte in die Hände, bevor sie erneut eindringlich auf Anson einredete. »ANSON, HÖR ZU. DEIN VATER IST HIER. WACH AUF UND SAG IHM GUTEN TAG …«

Hierauf winkte sie mich ans Bett und trat beiseite, damit ich ihren Platz einnehmen konnte. »Er ist ziemlich weit weg«, erklärte sie. »Wir müssen ihn dazu bringen, zu kämpfen, sich zu bemühen, aufzuwachen.«

Ich stolperte beinahe ans Bett und erhaschte den ersten Blick auf die blasse, reglose Gestalt. Wie er da vor mir lag, sah er so klein, so zerbrechlich und beinahe kindlich aus. Er war an ein Beatmungsgerät angeschlossen, und seine Atmung war flach und langsam. Neben dem Bett ein Ständer mit einer Infusionsflasche; über einen dünnen Schlauch wurde eine durchsichtige Flüssigkeit in seine Armvene geleitet. In seiner Nase steckten Sauerstoffschläuche.

»Reden Sie mit ihm«, drängte mich die Schwester.

Ich beugte mich vor, hielt das Gesicht dicht an sein Ohr und rief seinen Namen. »Hey, Anson, mein Junge, ich bin's. Ich bin da.«

»Lauter«, befahl die Krankenschwester.

Wir wechselten uns ab, schrien, flehten und versuchten nach Kräften, ihn von dem düsteren Ort, an den er sich geflüchtet hatte, zurückzuholen.

Am Abend kam ein stürmisches Gewitter auf. Blitze tanzten über den Himmel und tauchten den Raum immer wieder in grelles Licht. Dann ertönte plötzlich ein so ohrenbetäubender Donnerschlag, daß die Fensterscheibe erbebte. Anson zuckte bei dem Knall zusammen, und dann fühlte ich, wie seine Hand sich fester um die meine schloß.

Eine Stimme, lauter und fordernder als meine, war zu ihm durchgedrungen.

Die nächsten Stunden saß ich an seiner Seite und beobachtete die winzigen Anzeichen dafür, daß er langsam Fortschritte machte. Mehrmals bewegten sich seine Finger kaum merklich. Seine Lider zuckten flüchtig, als versuchte er aufzuwachen, aber offenbar war diese Anstrengung noch zu groß. In Abständen gab er ein leises, gequältes Stöhnen von sich.

Und doch fühlte ich mich zum erstenmal seit Pats Anruf wieder etwas optimistischer. Als sie wenig später hereinkam, konnte ich ihr mit Überzeugung versichern, daß Anson es schaffen würde.

Ich saß den Rest der Nacht an seinem Bett, und eine wirre Folge von Bildern ging mir durch den Kopf. Dort, in diesem schwach erleuchteten Zimmer, dachte ich zurück an eine andere Fahrt ins Krankenhaus, vor langer Zeit, als die Jungen und ich noch in Texas Hill Country gewohnt hatten.

An einem Frühlingsnachmittag waren Anson, damals elf, und Ashley, sieben, nachdem der Schulbus sie nach Hause gebracht hatte, zu einer Erkundungstour in den nahegelegenen Wald aufgebrochen, während ich das Abendessen vorbereitete.

Später, als ich am Küchentisch saß und wartete, daß sie zurückkamen, sah ich Anson aus einem Zederngehölz ganz in der Nähe des Hauses heraustreten, seinen jüngeren Bruder auf den Armen. Ich lief ihnen entgegen und sah, daß ihre T-Shirts blutdurchtränkt waren von einem gezackten Riß in Ashleys Arm. Beide Jungen waren in Tränen aufgelöst.

Anson erklärte, daß sie über einen Zaun geklettert waren, wobei Ashley ausgeglitten war und sich im Stacheldraht verfangen hatte.

Wir brachten ihn ins nächste Krankenhaus und warteten besorgt, während der Arzt die Wunde nähte.

Im Wartezimmer kaufte ich Anson etwas zu trinken, setzte mich zu ihm und versicherte ihm, daß sein Bruder bald völlig wiederhergestellt sein würde.

»Wie weit hast du ihn getragen?« fragte ich.

»Ich weiß nicht. Eine ziemlich weite Strecke.«

Ich drückte ihn an mich, so stolz wie nie zuvor.

Nun fragte ich mich, wie jemand, der sich einst so sehr um einen anderen gesorgt hatte, sein eigenes Leben derart geringschätzen konnte.

Lange Zeit saß ich da und blickte auf ihn herab, und meine Furcht wich überwältigender Trauer. Seine Arme waren mit häßlichen, tiefroten Tätowierungen bedeckt, die der ganzen Welt bis an sein Lebensende verraten würden, daß er im Gefängnis gewesen war.

Wie sehr ich die grausamen, zornigen Dinge verabscheute, die er sich selbst angetan hatte, beinahe so sehr wie den Umstand, daß er mit Handschellen an eine Seite des Bettes gekettet war.

Ich blickte auf und sah den Gefängniswärter am Fenster stehen. Er schien sich unbehaglich zu fühlen, und sein Gesicht drückte beinahe Bedauern aus.

Als könnte er meine Gedanken lesen, blickte er auf die Handschellen. »Es tut mir leid«, sagte er, »aber das ist Vorschrift.«

Ich nickte, sagte jedoch nichts.

Der Regen, der mich bei meiner Ankunft empfangen hatte, setzte wieder ein und trommelte sacht eine düstere Melodie an die Fensterscheibe des winzigen Motelzimmers, das ich bezogen hatte. In einer Ecke flackerte der stumme Fernsehschirm, die einzige Lichtquelle in der spätabendlichen Dunkelheit.

Das heruntergekommene Motel gleich gegenüber des Krankenhauses war zwar denkbar ungemütlich, aber immerhin günstig gelegen. Ich war sicher, daß sich nur sehr wenige Gäste über den modrigen Geruch in den Zimmern beschwerten oder darüber, daß es weder ein Café noch Zimmerservice gab. Es war nicht mehr als eine Zwischenstation für besorgte Angehörige von Klinikpatienten.

Nach zwei Tagen und Nächten auf der Intensivstation, in denen ich verfolgt hatte, wie Anson langsam wieder zu Bewußtsein kam, hatten die Krankenschwestern, die meine ständige Anwesenheit und meine ermüdende Litanei von Fragen leid gewesen waren, mit einem Minimum an Diplomatie vorgeschlagen, daß ich mir ein bequemeres Nachtlager suchte.

Pat, die geblieben war, bis die Ärzte uns versichert hatten, daß Anson über dem Berg wäre, hatte seine Mutter verständigt und war dann nach Hause zurückgefahren, nachdem sie sich den Krankenschwestern angeschlossen und mich gedrängt hatte, mir etwas zu suchen, das zum Schlafen bequemer war als ein Krankenhausstuhl.

Wenngleich ich physisch und geistig erschöpft war, kam ich in meinem Motelbett ebensowenig zur Ruhe wie im Krankenhaus. Schließlich zog ich einen Stuhl ans Fenster, setzte mich und sah schweigend zu, wie der Regen auf die menschenleere Straße niederprasselte.

Eine tiefe Melancholie ergriff von mir Besitz. Die vergangenen zweiundsiebzig Stunden waren von eisiger Angst vor dem Tod erfüllt gewesen. Jetzt mischten sich neue Gefühle hinein. Der Erleichterung, daß Anson endlich aus dem Koma erwacht war, folgte eine Lawine tiefgreifender Fragen und ein dringendes Bedürfnis nach Antworten.

In der Dunkelheit des Motelzimmers sprachen sie laut zu mir.

Nichts in meinen bisherigen Erfahrungen hatte mir eine befriedigende Erklärung dafür geliefert, weshalb jemand versuchte, sich das Leben zu nehmen. Das Konzept des Selbstmordes war mir ebenso fremd wie tote Sprachen. Ich hatte nicht den leisesten Schimmer, welche Abgründe der Verzweiflung, des Schmerzes und der Selbstverachtung jemand erreichen mußte, bevor er den Willen zum Leben verlor. Und doch lag mein Sohn in einem Zimmer, dessen erleuchtetes Fenster ich von meinem einsamen Beobachtungsposten aus sehen konnte, und kämpfte darum, eben eine solche Entscheidung zu überleben.

Warum? Was hatte ihn zu einer solchen Tat getrieben?

Nachdem er wieder zu sich gekommen war, beharrte Anson entschieden darauf, daß er nie die Absicht gehabt habe, sich das Leben zu nehmen. Er erklärte, daß sein Zellengenosse an langanhaltenden Angstzuständen gelitten und regelmäßig ein Antidepressivum namens Sinequan verabreicht bekommen habe, das ihm vom Arzt verschrieben worden war. Der Zellengenosse hatte Anson beschrieben, wie ›benebelt‹ er sich von den Medikamenten fühle, und ihm zwei der Tabletten gegeben.

Anson beharrte darauf, daß sein Koma nicht mehr als eine Nebenwirkung seines Experiments mit dem Sinequan gewesen sei.

Wie sehr ich mir wünschte, ihm zu glauben, mich der Erleichterung hinzugeben, daß mein Sohn nicht hatte sterben wollen. Als ich Ansons Version jedoch einem seiner behandelnden Ärzte erzählte, zuckte er nur unverbindlich mit den Achseln, eine Geste, die Bände sprach. Er hatte schon zu viele Suizidversuche erlebt, um die Symptome nicht zu erkennen.

Wir sprachen nicht mehr darüber. Man hatte mir versichert, daß Anson, sobald er wieder im Gefängnis war, sehr genau beobachtet und einer gründlichen psychiatrischen Untersuchung unterzogen werden würde. Für den Augenblick beschloß ich, mich auf die Tatsache zu konzentrieren, daß die unmittelbare Gefahr vorüber war.

Seine Laune hob sich zusehends, als ich ihm erzählte, daß Pat Annette in den Bus setzen und ich sie am frühen Abend abholen und zu ihm ins Krankenhaus bringen würde. Die Aussicht, seine Frau zu sehen, bewirkte einen plötzlichen Energieschub, und ein schwacher, aber unübersehbarer Glanz kehrte in seine Augen zurück. In Erwartung ihres Besuches bat er mich, ihm einen Kamm, Rasierzeug, Zahnpaste und eine Zahnbürste zu besorgen.

Eine der Schwestern erbot sich, ihm die Haare zu schneiden.

Nachdem Annette eingetroffen war, war meine Anwesenheit nicht länger erforderlich. Die Ärzte hegten keinen Zweifel mehr daran, daß Anson sich vollständig erholen würde und ordneten seine Verlegung von der Intensivstation in eins der Krankenhauszimmer an. Der Gefängniswärter erklärte sich einverstanden, Annette zu gestatten, bei ihm zu bleiben.

Ich verabschiedete mich, nahm Anson das Versprechen ab, regelmäßig anzurufen und mich über den Verlauf seiner Genesung auf dem laufenden zu halten, und richtete meine Gedanken auf die Heimfahrt.

Als ich zur Tür ging, rief Anson nach mir und winkte mich zurück an sein Bett. Er streckte die Hand aus, musterte mich einige Sekunden schweigend und sagte dann leise: »Ich schaffe es.«

Es ist eine unbeschreibliche Frustration damit verbunden, mit Dingen konfrontiert zu werden, die sich der eigenen Kontrolle entziehen. Während ich immer noch große Verantwortung für Anson empfand, das Bedürfnis, zu versuchen, ihn in eine positivere, produktivere Richtung zu lenken, war es tatsächlich so, daß ich nur sehr wenig Einfluß auf sein tägliches Leben hatte. Diese Aufgabe hatten die Behörden des texanischen Strafvollzugssystems übernommen. Sie schrieben ihm vor, wann er wach zu sein oder zu schlafen hatte, wann er essen, was er anziehen, wo er sich aufhalten sollte, was er tun durfte und was nicht.

Jahre zuvor hatte ich den Auftrag erhalten, eine Reportage über einen Mann namens O'Neal Browning zu schreiben, der in einem texanischen Gefängnis einsaß. O'Neal war als junger Mann zu lebenslanger Haft verurteilt worden, weil er seinen Vater mit einer Axt erschlagen hatte. Während seiner Zeit im Gefängnis war Browning als einer der Stars beim Huntsville Prison Rodeo, einer alljährlichen Veranstaltung mit mehreren tausend Besuchern, zu gewissem Ruhm gelangt. Als ich ihn kennenlernte, hatte er den Titel All-Round Cowboy bei dieser Veranstaltung bereits siebenmal gewonnen – ein Rekord. Browning genoß die Anerkennung, die ihm zuteil wurde. Das Rodeo war zum Mittelpunkt seines Lebens geworden. Im Gefängnis war er jemand geworden.

Als ihm der Rest der Strafe erlassen wurde, schlug er sich in Dallas mit Gelegenheitsjobs durch – er arbeitete als LKW-Fahrer, als Landschaftsgärtner und ritt für einen Rancher der Gegend Pferde zu – und versuchte, sich in das Leben draußen hineinzufinden.

Als das Datum des Rodeos im Oktober näherrückte,

konnte Browning an nichts anderes mehr denken als an seinen vergangenen Ruhm. Um an einer weiteren Meisterschaft teilnehmen zu können, überfiel er einen Spirituosenladen, woraufhin er sich umgehend der Polizei stellte.

O'Neal Browning fühlte sich offensichtlich innerhalb des Strafvollzugs wohler als draußen in der richtigen Welt. Der unterschwellige Ton von Ansons kurzen Briefen verriet stets zornige Frustration: *Ich bin diesen Mist langsam echt leid* ... oder ... *hier gibt's nichts Neues, nur eine weitere öde Woche.*

Zu seinen Problemen kam hinzu, daß Annettes Korrespondenz sich auf eine gelegentliche kurze Nachricht reduziert hatte; worüber er sich bald in jedem seiner Briefe beklagte. Nachdem er aus dem Krankenhaus entlassen und ins Tennessee Colony zurückgebracht worden war, hatte ich mich erboten, Annette jederzeit, wann immer sie es wünschte, für ein Wochenende zum Gefängnis zu fahren. Nach einigen wenigen Besuchen ließ ihr Interesse jedoch merklich nach. Obwohl Anson mich immer wieder bat, sie zu weiteren Besuchen zu drängen, unternahm ich in dieser Hinsicht nichts.

Und ich erwähnte ihm gegenüber auch nicht, daß Annette mir anvertraut hatte, daß sie erwäge, sich scheiden zu lassen.

Ich war der Überzeugung, daß ihre Ehe sich einem raschen Ende näherte, und während ich sie ermutigt hatte, ihre Prioritäten auf ihr eigenes Wohlbefinden und ihr eigenes Leben zu konzentrieren, machte ich mir große Sorgen, wie Anson damit umgehen würde, daß sie nicht auf ihn warten würde, wenn er endlich entlassen wurde.

Ehrlich gesagt, ertappte ich mich dabei, daß ich den Tag fürchtete, an dem der Bewährungsausschuß meinen Sohn erneut auf freien Fuß setzte. Trotz Ansons wortreicher Versicherungen, daß er seine Lektion gelernt und seine Fehler erkannt habe, wollte sich meine Hoffnung einfach nicht in echten Optimismus verwandeln. Die Chancen standen einfach zu schlecht. Wie soll jemand ohne Schulabschluß und mit ellenlangem Strafregister in die Gesellschaft zurückfinden? Welcher Arbeitgeber riskiert es schon, einem tätowierten Ex-Knacki und Junkie mit wenig beeindruckendem beruflichen Werdegang einen vernünftigen Job anzubieten? Wo paßt jemand hin, der derart gegen die Regeln des Miteinander rebelliert?

Dies waren Fragen, die ich nur gelegentlich zuließ, während ich beschloß, den Rat zu befolgen, den ich Annette gegeben hatte. Es war an der Zeit, daß ich mich auf mein eigenes Leben konzentrierte.

Von Ansons Schwierigkeiten einmal abgesehen, war es mir nie besser gegangen. Jegliche Zweifel, die ich bezüglich einer neuerlichen Heirat gehegt haben mochte, waren längst zerstreut. Pat verlieh mit ihrer liebevollen und unterstützenden Art jedem neuen Tag einen ganz besonderen Glanz, und ich näherte mich der Fertigstellung von *Offene Geheimnisse* mit nie gekannter Zuversicht.

Es ist dumm, ich weiß, aber ich bin mein ganzes Erwachsenenleben hindurch dem Glück mit nagendem Mißtrauen begegnet. Tief in meinem Inneren ist eine paranoide Stimme, die mich vor einer übergeordneten Macht warnt, die stets dafür sorgt, daß sich in meinem Leben Glück und Unglück die Waage halten. Ich weiß, daß das eine lächerlich pessimistische Einstellung ist, eine Überzeugung ohne jegliche gesunde, logische Grundlage, die mich immer wieder persönliches Wohlbefinden oder beruflichen Erfolg mit Argwohn beäugen läßt.

Im Unterbewußtsein habe ich gute Nachrichten stets mit unterschwelliger Furcht empfangen, daß auf das Positive bald wieder Negatives folgen müsse. Aus Gründen, die ich weder gutheiße noch verstehe, verbringe ich unverhältnismäßig viel Zeit damit, darauf zu warten, daß irgend etwas passiert.

Das Erscheinen von *Offene Geheimnisse* wurde von lobenden Kritiken und rasanten Verkaufszahlen begleitet. Das Buch stieg unaufhaltsam in den örtlichen Bestsellerlisten auf, die wöchentlich in den Zeitungen von Dallas erschienen, und es hieß, Hollywood wäre an dem Stoff interessiert. Dann bekam ich aus New York Nachricht, daß das Buch zu den fünf Finalisten in der Anwartschaft auf den renommierten Edgar-Allan-Poe-Preis gehörte, der jährlich von Mystery Writers dem besten auf Tatsachen beruhenden Krimi verliehen wird. Aber noch wichtiger war, daß die Menschen, von denen das Buch handelte und denen ich mich während meiner Recherchen so verbunden gefühlt hatte, das Buch zu meiner Erleichterung ebenfalls positiv aufgenommen hatten.

An einem Samstagnachmittag Ende Januar 1987, als Pat und ich in einem Buchladen in einem Einkaufszentrum an einer Autogrammaktion teilnahmen, schauten die Mutter und Tante eines der Opfer, über die ich geschrieben hatte, überraschend vorbei. Wir unterhielten uns kurz, und dann ging Pat mit ihnen zum Lunch und überließ mir die schwierige Aufgabe, in möglichst lässiger Pose hinter einem Stapel Bücher zu sitzen und zu versuchen, den Kunden glaubhaft zu machen, daß ich kein Bettler auf dem Präsentierteller war.

Auf dem Nachhauseweg erzählte Pat mir später, daß Nancy ihr anvertraut hatte, daß ihr kürzlich mehrere Brusttumore operativ entfernt worden seien. Glücklicherweise habe eine Biopsie ergeben, daß die Geschwülste gutartig gewesen wären und keine Gefahr bestünde.

Hiernach schwieg Pat für den Rest der Fahrt. Sobald wir zu Hause waren, verschwand sie im Bad. Minuten später kam sie blaß und sichtlich verängstigt wieder heraus.

»Ich habe einen Knoten ertastet«, sagte sie.

Meine erste Reaktion war die zu hoffen, daß ihre ›Entdeckung‹ nicht mehr war als das Ergebnis übertriebener Angst, die Nancys Geschichte in ihr geweckt hatte, reine Einbildung. Ich wußte jedoch, daß Pat weder zu Hysterie noch zu Überreaktionen neigte. Wenn sie glaubte, einen Knoten in der Brust gefühlt zu haben, hatte ich allen Grund zu glauben, daß da ein Knoten war.

Der Rest der Woche zog sich schleppend dahin. Erst am Montag würde sie zu ihrem Arzt gehen können, und ich konnte kaum etwas sagen oder tun, die panische Angst zu mildern, die uns befallen hatte. Erstickende Deprimiertheit begleitete die schier endlose Warterei.

Als kenne sie die Antwort bereits, die sie bald von ihrem Arzt hören würde, durchliefen Pats Emotionen alle Stadien von Tränen der Angst bis hin zu Wutausbrüchen, wie ich sie an ihr noch nie erlebt hatte. Sie aß und schlief nicht mehr, wie betäubt vor Angst vor der Diagnose Krebs. Ich gab mir alle Mühe zu begreifen, wie jemand, der so gesund und lebendig wirkte, der so fit war und derart auf seine Gesundheit achtete, für eine so gnadenlose Krankheit in Frage kommen sollte. Meine Bemühungen, der Situation eine positive Seite abzugewinnen, waren halbherzig und wenig überzeugend. Ich versuchte, sie davon zu überzeugen, daß sie schlimmstenfalls so wie Nancy erfahren würde, daß es sich bei dem Knoten um eine gutartige Geschwulst handelte. Bald würden wir mit Erleichterung und Belustigung auf diese Episode zurückblicken.

Innerhalb weniger Tage wurden jedoch unsere schlimmsten Befürchtungen bestätigt. Der Tumor in ihrer rechten Brust war nicht nur tatsächlich vorhanden, sondern außerdem bösartig. Die Lymphknoten waren ebenfalls bereits von der tödlichen Krankheit befallen. Für die zweite Februarwoche wurde ein Mastektomie angesetzt.

Es gibt keine Worte, das überwältigende Gefühl der Hilflosigkeit zu beschreiben, das einen befällt, wenn man mitansehen muß, wie jemand, den man liebt, den Qualen ausgesetzt ist, die der Krebs mit sich bringt. Es gibt nichts, was man sagen oder tun könnte, um die nackt Angst zu lindern, die mit der plötzlichen, erschreckenden Konfrontation mit der eigenen Sterblichkeit einhergeht. Obwohl sie einen starken Willen besaß, war Pat niedergeschmettert von dem Wissen, daß die ärztliche Diagnose die sehr reale Möglichkeit ihres baldigen Todes einschloß. Keine Aufzählung von Statistiken, denen zufolge neunundsiebzig Prozent aller Frauen, die an diesem Krebstyp erkrankten, geheilt wurden, konnte sie wirklich trösten. In der einen Minute entschlossen und optimistisch, wurde sie in der nächsten von lähmender Furcht befallen. In der häßlichen Geschichte dieser Krankheit gab es nichts, was die Garantien bot, nach denen sie sich so verzweifelt sehnte.

Ich hatte mit überwältigender Frustration zu kämpfen. Ich machte ihr wiederholt leere Versprechungen, daß alles gut werden würde, daß unser Leben nach der Operation wieder seinen normalen Lauf nehmen würde. Ich bemühte mich ständig um Ablenkung – Kino, Baseball-Spiele, lange Spaziergänge – irgend etwas, das Pat, sei es auch nur für kurze Zeit, ihre Todesangst vergessen machte. Aber ich hatte mit meinen Bemühungen nur sehr bescheidenen Erfolg.

Alle Versuche, zu so etwas wie Normalität zurückzufinden, scheiterten kläglich. Ich setzte meine Arbeit an einem neuen Buch fort, jedoch ohne wirkliches Interesse oder Dringlichkeitsgefühl. Zum erstenmal seit Jahren rückten die Probleme meines Sohnes weit in den Hintergrund. Es war, als hätte die Außenwelt plötzlich aufgehört zu existieren.

Die Operation, die an einem kalten, bewölkten Tag durchgeführt wurde, brachte eine neue Flut unerwarteter Gefühle mit sich. Unmittelbar nach dem Eingriff traten Gefühle auf, die sich am ehesten als Euphorie bezeichnen lassen. Der Krebstumor war entfernt; eine willkommene Distanzierung von der gefürchteten Krankheit war erreicht worden. Trotz ihres geschwächten postoperativen Zustandes strahlte Pats Gesicht Erleichterung aus.

Ich versuchte, ihr glaubhaft zu versichern, daß das Schlimmste überstanden wäre. In Wahrheit fing es erst an.

Die Ärzte teilten uns mit, daß die Operation erfolgreich verlaufen sei. Und wenngleich sie keine hundertprozentige Garantie bieten konnten, daß der Krebs nicht eines Tages wiederauftreten würde, war die Prognose gut. Sie erklärten uns, daß die nächsten fünf Jahre die kritischsten sein würden. Brach die Krankheit innerhalb dieses Zeitraumes nicht wieder aus, standen die Chancen bestens, daß das Leiden endgültig besiegt war.

Insgeheim fragte ich mich, ob die übermächtige Furcht, unter der Pat in den Tagen bis zur Operation gelitten hatte, auch die kritischen Jahre überschatten würde, die vor uns lagen. War sie dazu verdammt, ewig schweißgebadet aus Alpträumen hochzufahren, so verängstigt, daß sie kaum noch Luft bekam? Wie sollte auch der stärkste Mensch mit dieser Furcht im Nacken ein normales Leben führen können? Konnten ihr starker Glaube, ihre Willenskraft und ihre sture Entschlossenheit bewirken, daß die Furcht verblaßte und eines Tages wie durch ein Wunder völlig verschwand? Würde unser Leben jemals wieder so sein wie früher?

Ich bemühte mich nach Kräften, langfristige Sorgen beiseitezuschieben und mich auf die unmittelbaren Probleme zu konzentrieren.

Obwohl sie alles andere als eitel war, war Pat immer stolz gewesen auf ihre sportliche, jugendliche Figur. Und nun war aufgrund dieser plötzlichen Erkrankung eine unaussprechliche Verstümmelung notwendig geworden. Noch bevor die Verbände entfernt wurden, spürte ich sehr deutlich, daß es ihr überaus schwer fiel, über die Entstellung zu sprechen.

Die Faszination der amerikanischen Männer für Frauenbrüste hat Modedesignern, Zeitschriftenherausgebern und Filmproduzenten im Laufe der Geschichte Millionen eingebracht. Überflüssig zu erwähnen, daß dieses Interesse der weiblichen Bevölkerung nicht verborgen geblieben ist.

Und so kam Pats Frage, als sie sie schließlich stellte, für mich nicht überraschend: Wie würde ich darauf reagieren, wenn ich sie zum erstenmal sah?

Die Frage wurde eines Abends kurz nach ihrer Entlassung aus dem Krankenhaus beantwortet. Ich kam ins Schlafzimmer und sah sie vor dem großen Spiegel stehen, den Morgenmantel fest um sich gewickelt. Sie weinte unkontrolliert.

Ich hielt sie in den Armen, bis sie sich beruhigt hatte, und schob ihr dann langsam den Morgenmantel von den Schultern. Sie berührte sacht meine Hand – eine reflexartige Geste des Widerstandes – aber nur eine Sekunde, dann ließ sie den Arm wieder sinken. Mit geschlossenen Augen und gequältem Gesicht stand sie angespannt und steif da, als bereite sie sich innerlich auf eine Inspektion im militärischen Stil vor, während der Morgenmantel zu Boden glitt.

Einige Sekunden betrachtete ich die von Ödemen umgebenen, tiefroten Narben, dort, wo ihre Brust gewesen war, und einen Augenblick lang wollte ich einen Gott verfluchen, der etwas so Schmerzliches und Unwürdiges gestattete. Wie sollte ich helfen, das Selbstvertrauen meiner Frau wiederaufzubauen, ihr versichern, daß sie immer noch sehr fraulich und begehrenswert war, immer noch der liebenswerteste Mensch, der mir je begegnet war?

Nach einer Weile schlug sie die Augen auf und blickte zu mir auf.

»Und?«

»Du wirst vielleicht einige Zeit beim Gehen Schlagseite haben«, sagte ich mit einem flüchtigen Achselzucken, »aber ansonsten wird alles gut, denke ich.«

Sie lächelte und lachte dann über meinen linkischen Versuch, witzig zu sein. Der Klang ihres Gelächters, das ich so lange nicht mehr gehört hatte, war wie Musik in meinen Ohren. Wir unterhielten uns über ihre Pläne, sich zu einem späteren Zeitpunkt einer plastischen Operation zu unterziehen.

Eine weitere Hürde auf dem Weg zur Genesung war genommen worden.

Blieben mehrere qualvolle Chemotherapiebehandlungen in dreiwöchigen Abständen. Ihr war nicht nur nach jeder Bestrahlung zwölf Stunden lang entsetzlich übel, sondern sie fühlte sich außerdem jeglicher Energie beraubt. Aufzustehen, um die Zeitung zu lesen und eine

Tasse Tee zu trinken, war für sie derart anstrengend, daß sie sich gleich darauf wieder hinlegen mußte. Die einzige Wirkung der Medikamente gegen die Übelkeit schien darin zu bestehen, für mehrere Tage nach jeder Anwendung ihr Gedächtnis auszulöschen. Sie schmeckte nichts mehr, und die plötzlichen Konzentrationsstörungen, die die Medikamente hervorriefen, machten Lesen zu einer frustrierenden Angelegenheit.

Was ihre Angst außerdem verstärkte, war der Umstand, daß ihr die Haare ausfielen.

Dennoch bestand sie darauf, als der Frühling immer näher rückte, daß wir unsere Reise nach New York planten, um an dem Bankett anläßlich der Verleihung des Edgar-Allan-Poe-Preises teilzunehmen.

»Du wirst gewinnen«, sagte sie immer wieder, »und ich will dabei sein.«

Und so besorgte sie sich eine Prothese und eine Perücke, während ich die Reisevorbereitungen traf.

Obwohl Pat noch nie in New York gewesen war, stimmte sie mir ohne größere Proteste zu, daß wir die Besichtigung des Big Apple und Kostproben seines Unterhaltungsangebotes auf einen späteren Zeitpunkt verschieben sollten. Sie sagte, daß sie ihre bescheidenen Energiereserven für das Bankett aufsparen wolle.

Und so trafen wir am frühen Nachmittag besagten Tages in New York ein und fuhren mit dem Taxi auf direktem Wege ins Hotel. Die Reise war sehr ermüdend gewesen, und Pat legte sich gleich schlafen. Da ich sie nicht stören wollte und nervös war wegen der Feier an diesem Abend, schlenderte ich durch die Straßen Manhattans.

An diesem Abend im Ballsaal des Sheraton Center erwies sich Pats Prophezeiung als richtig. Der Edgar-Allan-Poe-Preis ging an *Offene Geheimnisse*.

Als wir wieder zu Hause waren, erhielt ich einen Anruf von Bob Walton, einem alten Freund und Redakteur des *Dallas Observer*, der mich fragte, ob ich für ihn einen kurzen Artikel über die Preisverleihung schreiben könne.

So eigennützig es auch erscheinen mag, schrieb ich folgendes:

*Die Obdachlose sprach uns an, als wir vor dem Sheraton Centre aus dem Taxi stiegen – offensichtlich war nicht zu übersehen, daß wir von außerhalb waren. Unter der Last ihrer Tagesausbeute gebeugt, bahnte sie sich mit dem Ellbogen einen Weg auf uns zu, rief meine Frau an, um sie auf sich aufmerksam zu machen und sagte: »Hey, Liebchen, solltest lieber vorsichtig sein und deine Tasche nicht einfach über die Schulter hängen, sonst wird sie dir noch geklaut.« Nachdem sie ihren guten Rat kundgetan hatte, hastete sie schlurfend über die Seventh Avenue davon.*

*Das war ein passender Empfang im Big Apple, dem selbsternannten Zentrum des zivilisierten Universums.*

*Auf einer Touristenskala von eins bis zehn rangierte ihre Warnung gleich mehrere Punkte über der Beinahe-Schlägerei zwischen zwei Taxifahrern am LaGuardia-Flughafen. Offenbar war beiden sehr an der Ehre gelegen gewesen, einen gewissen Literaturpreisnominanten zu fahren.*

*Um keine falsche Bescheidenheit aufkommen zu lassen, sollte angemerkt werden, daß der Zweck unserer Reise der war, uns anläßlich der einundvierzigsten Edgar-Allan-Poe-Preis-Verleihung unter etwa eintausend der bekanntesten Autoren und Filmemacher zu mischen, Mitglieder der Mystery Writers of America. Der Name, der bei diesem Streit zwischen den Taxifahrern des öfteren fiel, war der eines Mannes, der zu den fünf Nominierten der Kategorie bester Tatsachenkrimi rangierte und sich die*

Chance nicht entgehen lassen wollte, sich in die Großstadt zu begeben, um zu sehen, ob vielleicht etwas von dem Talent von Leuten wie Dick Francis, James Elroy und Mary Higgins Clark auf ihn abfärbte.

Natürlich hatte er seinen Verwandten und Freunden bescheiden versichert, daß allein die Nominierung der Ehre genug sei und sie nicht erwarten sollten, daß er auf das Podium gerufen wurde, um eine Trophäe entgegenzunehmen und allen zu danken, die ihm diesen Triumph ermöglicht hatten.

Was der geschmeichelte Nominierte beschlossen hatte, war, einfach zu entspannen und die Show von der Art, wie sie nur New York auf die Beine stellen kann, auf sich wirken zu lassen. Entgegen der Überzeugung seiner Reisegefährtin war er vermutlich der einzige Teilnehmer des Edgar-Derbys, der eine Kopie sämtlicher Bücher, gegen die er antrat, bei sich hatte, um sicherzugehen, mit einer signierten Ausgabe jenes Buches heimzufahren, dem die Jury den Vorzug geben würde.

»Keine Sorge, du hast ebenso große Chancen, den Preis zu gewinnen, wie all die anderen«, versicherte ihm seine loyale Frau, Gott segne sie, nachdem sie um die Kreditkarten und eine Wegbeschreibung zur Fifth Avenue gebeten hatte. Der Nominierte verzichtete darauf, sie daran zu erinnern, daß sein Buch das einzige im Rennen war, das nicht von einem New Yorker Verlag herausgegeben und auch nicht aufwendig vermarktet worden war. Die New York Times Book Reviews hatten offenbar noch nie etwas von Offene Geheimnisse gehört, das im übrigen auch nicht aus der Feder eines geläufigen Namens der Kategorie True Crime stammte. Auch hätte er darauf hinweisen können, daß zwei der nominierten Werke (Incident at Big Sky und The Poison Tree) bereits erfolgreich als Fernsehfilme ausgestrahlt worden waren, ein drittes dreizehn glorreiche Wochen auf der Bestsellerliste der Times gestanden hatte und für das Kino verfilmt werden sollte und das vierte (Unveiling Claudia) von seinem persönlichen Vorbild Daniel Keyes stammte, einem preisgekrönten Romanschreiber und Universitätsprofessor.

Nein, am besten war es, die Show zu genießen und sich zu freuen, daß das Buch aus über vierzig Konkurrenten für die Endausscheidung ausgewählt worden war. Der für den Preis Nominierte war entschlossen, die Atmosphäre und den Luxus des Zimmerservice zu genießen und zu hoffen, daß die Verkündigung des Gewinners rasch und möglichst schmerzlos erfolgte.

Es versteht sich von selbst, daß New York der einzige Ort in der freien Welt ist, der sich zu einer erklärten Schwäche für jene bekennt, die über die dunklen Seiten der Menschen schreiben. Man braucht nur einen Blick in die Tageszeitungen zu werfen, und jeder Kriminalschriftsteller fühlt sich gleich in seinem Element. Nur die seriöse Times brachte einen Artikel über das bevorstehende Bankett, während die reißerischen Boulevardblätter sich lieber mit schlagzeilenträchtigen Ereignissen befaßten.

Auf Seite dreiunddreißig der Daily News war zu lesen: ZERSTÜCKELTER LEICHNAM IDENTIFIZIERT. Der zwei Absätze lange Artikel berichtete von einem Mann namens Robert Fox, der mehrfach wegen schweren Diebstahls und Einbruchs verurteilt und nun tot aufgefunden worden war. Das heißt, nur einzelne Teile von ihm waren gefunden worden, Kopf und Hände. Es wurden Polizeibeamte zitiert, die meinten, sein Tod könnte mit Drogen in Zusammenhang stehen. Im Newsday stand die Schlagzeile: POLIZEI IDENTIFIZIERT ZERSTÜCKELTEN LEICHNAM. Eine Frau aus West-Manhattan war ermordet worden, und Teile ihrer Anatomie waren in Yonkers, New Castle und Port Chester aufgetaucht.

Soviel zu den Nachrichten. Eine Cocktailparty wartete, um die Nominierten im Mysterious Book Store zu ehren, einem wunderbaren kleinen Buchladen, der ausschließlich Werke der Kriminalsparte führt. Keine Romanzen, keine Western, keine Autoren wie Larry McMurtry oder Jackie Collins.

*Als der Nominierte sich dem Buchladen näherte, sah er einen jungen Mann in Jeans und T-Shirt die achtundvierzigste Straße hinunterrennen und geschickt Taxen, Passanten und den Müllbergen ausweichen. Ihm dicht auf den Fersen waren zwei behelmte Arbeiter von einer nahegelegenen Baustelle. Das Schlußlicht bildeten zwei Beamte des New York Police Departments.*

*Als die Läufer näherkamen, warf sich einer der Arbeiter mit einem mächtigen Satz auf den Flüchtenden. Umstehende applaudierten, während der Arbeiter den Mann bis zum Eintreffen der Polizei festhielt. Und obwohl er sich weit außerhalb seines Zuständigkeitsbereiches befand, folgte der Nominierte seinem Reporterinstinkt und fragte den Beamten, der dem auf dem Boden Liegenden Handschellen anlegte, was es denn mit der Verfolgungsjagd auf sich gehabt habe. Er erfuhr, daß der Verhaftete gleich um die Ecke ein Juweliergeschäft überfallen hatte.*

*Das Ganze war eine großartige Vorstellung; wieder einmal ein positiver Beweis dafür, daß New York weiß, wie man Kriminalautoren von außerhalb unterhält.*

*Dann war da natürlich noch das Bankett selbst. Es entsprach genau dem, was man sich von einem solchen Ereignis erwartet. Der Nominierte bekam Gesprächsfetzen über allerlei aktuelle Projekte mit, hörte zu, wie über verschiedene hirnlose Agenten und Herausgeber gelästert wurde und schnappte Einzelheiten von Inhalten mindestens eines halben Dutzends von Kriminalromanen auf, an denen gerade gearbeitet wurde. Auch wurde ausgiebig darüber spekuliert, wer wohl in diesem Jahr den Sieg davontragen würde. Wie sehr er auch die Ohren spitzte, hörte der Nominierte nicht ein einziges Mal seinen eigenen Namen.*

*Die Dinnerparty vor der eigentlichen Preisverleihung zog sich ewig hin. Der Smalltalk am Tisch des Nominierten wich angespanntem Schweigen, als das eigentliche Programm begann. Jemand erhob sich und überreichte den Preis für den besten Kino- und Fernsehfilm, für den besten Kriminalroman und den besten Sonstnochwas, bevor dann endlich der Augenblick der Wahrheit gekommen war.*

*Bis heute kann sich der Nominierte nur vage daran erinnern, daß die Moderatorin die Namen der nominierten Autoren von wahren Kriminalfällen verlas. Es spielte keine Rolle, daß sie seinen Namen falsch aussprach. Was sich in dem Umschlag befand, den sie quälend langsam öffnete, war plötzlich unendlich viel interessanter als das Rätsel der Pyramiden.*

*Nachdem* Offene Geheimnisse *zum Sieger des Abends erklärt worden war, hastete der Nominierte mit einer Geschwindigkeit, die den Juwelendieb vom Nachmittag vor Neid hätte erblassen lassen, von seinem Tisch zum Podium. Er stammelte sich durch eine Dankesrede, die er im Bad seines Hotelzimmers verfaßt hatte, und kehrte zu seinem Tisch und seiner Frau zurück, die ihn mit Habe-ich-es-dir-nicht-gesagt-Miene empfing.*

*»Was ist das für ein Gefühl?« fragte sie.*

*»Gott, ich liebe New York«, entgegnete er.*

Als lockerer Bericht verfaßt, als Warnung, daß solche Preise selbstverständlich gern in Empfang genommen würden, aber nicht allzu ernst genommen werden sollten, starrte der Artikel von Unterlassungen, so daß ihm einiges an Authentizität fehlte.

Am Morgen nach der Preisverleihung wachte ich beim ersten Tageslicht abrupt auf, und mein erster Gedanke war, daß das Ganze nur ein Wunschtraum gewesen war. Ich setzte mich im Bett auf und blinzelte quer durch den Raum, um mich davon zu überzeugen, daß die Porzellanstatuette des legendären Poeten tatsächlich auf dem Sekretär stand.

Erleichtert zog ich mich an und schlüpfte hinaus, um Pat bis zu einer normaleren Uhrzeit schlafen zu lassen.

In diesen grauen Stunden der Morgendämmerung ist es still in New York; die Stadt erholt sich von der nächtlichen Betriebsamkeit und ist noch nicht ganz soweit, den neuen Tag zu beginnen. Mir begegneten nur wenige Passanten, als ich die Seventh Avenue entlangging, an einem Zeitungsstand an der Ecke die *New York Times* kaufte und etwas weiter einen Kaffee in einer Styroportasse.

Ich spazierte zum Central Park und wählte eine der verlassenen Bänke. Dort saß ich und las meine Zeitung, nur von den bettelnden Tauben und vereinzelten frühmorgendlichen Joggern gestört.

Ich saß seit etwa einer halben Stunde dort, als plötzlich und unerwartet eine Welle tiefster Verzweiflung in mir aufstieg; ein düsterer, bedrückender Gast, der überschattete, was eigentlich der glücklichste Augenblick in meinem Schriftstellerleben hätte sein sollen.

Anstatt die Anerkennung auszukosten, die mein Buch mir erst Stunden zuvor eingebracht hatte, dachte ich an Pat, die krank und in unruhigem Schlaf ganz in der Nähe in einem Hotelbett lag, und an Anson weit weg in einem Gefängnis, völlig unberührt von meinem Triumph.

Der kupferstrahlende frühe Morgen von inneren Gewitterwolken verhangen, erhob ich mich langsam, um ins Hotel zurückzukehren. Das Glücksgefühl ob des Preises wurde von eisiger, bedrückender Furcht verdrängt, alles zu verlieren.

## Kapitel 9

Die Zeit ist tatsächlich der Natur bestes Heilmittel. Nachdem Pat die Chemotherapie abgeschlossen hatte, ließ sie sich eine neue Brust modellieren und kam langsam wieder zu Kräften. Ihr Haar wuchs nach, endlich machten sich erste Anzeichen der alten Energie und Zuversicht bemerkbar, und ihr Schlaf wurde weniger oft von der Furcht gestört, daß der gefürchtete Krebs zurückkehren könnte.

Ein zerbrechlicher, willkommener Optimismus kehrte in unser Leben zurück.

Die Arbeit an dem neuen Buch machte gute Fortschritte: es war die Geschichte eines jungen V-Mannes des Drogendezernates, der als Schüler einer höheren Stufe getarnt eine Highschool in einer texanischen Kleinstadt besucht hatte. Nach nur zwei Monaten hatten die einschlägigen Kreise an der Schule geargwöhnt, daß er ein Spitzel war, und den einundzwanzigjährigen George Raffield zu einem abgelegenen Feld in der Nähe von Midlothian, Texas, gelockt, wo er angeblich einem Drogendealer vorgestellt werden sollte. Statt dessen wurde er von einem sechzehnjährigen Schüler der zweiten Klasse, dem Sohn eines Polizeibeamten aus Dallas, erschossen.

In meinem Buch hoffte ich, die Auswirkungen des Verbrechens auf eine kleine, ländliche Gemeinde zu untersuchen, in der Anson Jahre zuvor das erstemal ernsthaft mit dem Gesetz in Konflikt geraten war, nachdem er mit einem gestohlenen Wagen in einen Unfall verwickelt gewesen war. Ich wollte mich weniger auf den Mord an sich konzentrieren, sondern vielmehr auf die Narben, die dieses Verbrechen bei den Einwohnern von Midlothian hinterlassen hatte. Als Titel hatte ich *Innocence Lost* vorgesehen – Verlorene Unschuld.

Aufgrund von Pats Krankheit und den Recherchen für mein neues Projekt waren meine Besuche bei Anson im Gefängnis immer seltener geworden. Aber wir hielten dennoch brieflich und telefonisch Kontakt.

Anson steckte derweil in eigenen Schwierigkeiten; Probleme, bei denen ich ihm keine konkrete Hilfe bieten konnte.

Im Frühling 1988 reichte Annette die Scheidung ein, und sofort klang in Ansons Briefen die alte Mischung aus Zorn und Selbstmitleid durch, verpackt in allerlei wirres Zeug. Sofern er überhaupt echten Enthusiasmus für eine Zukunft draußen aufbrachte, konnte ich hierfür kein Anzeichen feststellen.

Tatsächlich begann ich, als das Datum seiner Anhörung vor dem Bewährungsausschuß näherrückte, seine bedingte Haftentlassung zu fürchten. Obwohl er inzwischen sechsundzwanzig Jahre alt war, betrachtete ich ihn immer noch als stark gestörtes Kind, dem jedes Verständnis für die grundlegenden Überlebensanforderungen der Gesellschaft an den Erwachsenen fehlte. Dies alles stellte mich vor ein neuerliches Dilemma.

Wir hatten zwar nicht darüber gesprochen, aber ich wußte, daß Anson davon ausging, daß wir ihn wieder bei uns aufnehmen würden und er in dem Zimmer wohnen könnte, das wir ihm nach seiner vorangegangenen Entlassung zur Verfügung gestellt hatten. Wie beim erstenmal würde er von uns erwarten, daß wir ihm einen Wagen und einen Job besorgten und ihm bei der Unzahl von Kleinigkeiten behilflich waren, die eine Wiedereingliederung in die Außenwelt erforderte: die Erneuerung des Führerscheins, die Beschaffung neuer Kleider, die Vereinbarung von Terminen mit einem neuen Bewährungshelfer. In gewisser Weise ist der Übergang vom Häftling zum – bedingt – freien Menschen in etwa so, als würde ein Außerirdischer versuchen, amerikanischer Staatsbürger zu werden. Der Prozeß ist mit endlosem bürokratischen Papierkram einerseits und öffentlicher Gleichgültigkeit andererseits verbunden.

Die Gesellschaft rollt für einen entlassenen Sträfling keinen roten Teppich aus. Und wenn es mir auch widerstrebte, es einzugestehen, war auch ich diesmal nicht dazu in der Lage.

Sein letztmaliger Aufenthalt bei uns war von einem ständigen Gefühl des Unbehagens begleitet gewesen. Ich rechnete Pat hoch an, daß sie kein Wort sagte, wenn auch offensichtlich war, daß sie sich in Ansons Anwesenheit unbehaglich fühlte. Sie war mit seiner selbstzerstörerischen Vergangenheit vertraut, hatte seine urplötzlichen Wutausbrüche miterlebt und seine ständigen Lügen bald durchschaut. Nachdem sie eines Morgens, als sie sein Zimmer betreten hatte, um die Bettwäsche zu wechseln, ein Springmesser in seinem Nachttisch gefunden hatte, hatte sie heimlich unseren Hausarzt aufgesucht und sich Beruhigungsmittel verschreiben lassen.

Und später, nachdem Anson geheiratet hatte, war es Pat gewesen, die als erste von den ehelichen Problemen gehört und die häßlichen Spuren körperlichen Mißbrauchs an Annette gesehen hatte. Sie hatte also allen Grund anzunehmen, daß von meinem Sohn eine potentielle körperliche Gefahr ausging.

Ich konnte sie guten Gewissens nicht noch einmal diesen Ängsten aussetzen. Ich konnte unmöglich riskieren, daß ihre Genesung durch den Streß von Ansons Anwesenheit gefährdet wurde. Auch muß ich gestehen, daß ich keine Lust auf die ewigen Streitereien verspürte, die seine Anwesenheit unweigerlich mit sich bringen würde. Ich sagte mir, daß es höchste Zeit wäre, daß mein Sohn sein eigenes Leben führte – allein.

Pat hatte mir ihre Sorge widerstrebend gebeichtet – »Ich weiß einfach nicht, ob ich das noch einmal durchstehe«, hatte sie gesagt – und war sichtlich erleichtert, als ich ihr mitteilte, daß Anson nicht wieder bei uns wohnen würde.

Ich weiß wirklich nicht, wie sie reagiert hätte, wenn ich mich dafür ausgesprochen hätte, ihm noch eine letzte Chance zu geben. Sie hatte mich lange Zeit in meinen Bemühungen um Anson unterstützt, mehr als jeder andere, und sie wußte, wie sehr ich darunter litt, daß ich immer wieder versagt hatte. Auf der anderen Seite hatte sich unser Zusammenleben durch den Krebs leicht, aber doch spürbar verändert. Da sie zum erstenmal gezwungen gewesen war, ihrer eigenen Sterblichkeit ins Auge zu sehen, hatte sie mehrfach zum Ausdruck gebracht, wie fest entschlossen sie war, sich künftig auf das Positive zu konzentrieren, alles zu versuchen, damit wir in den Tagen, Monaten oder Jahren, die uns noch blieben, glücklich miteinander waren.

Ich weigerte mich zwar, die Möglichkeit, daß uns aufgrund ihrer Krankheit nicht mehr viel gemeinsame Zeit blieb, überhaupt in Betracht zu ziehen, aber ihre Philosophie war mir sehr willkommen. Das Wohlergehen meiner Frau und unser gemeinsames Leben waren mir wichtiger als alles andere.

Und doch machte mir das die Entscheidung nicht leicht.

Ich sagte mir, daß Anson vielleicht von einer behutsamen Wiedereingliederung in die Gesellschaft profitieren würde und es sinnvoll sein könnte, daß er erst in ein sogenanntes Rehabilitationszentrum zog, in dem eine dreimonatige Beratung ebenso Pflicht war wie die Teilnahme an einem Drogenaufklärungsprogramm. Ein besseres Verständnis der potentiellen Gefahren, denen ein Haftentlassener früher oder später begegnete, würde seine Chancen bei diesem neuen Start sicher um einiges verbessern. Und ich hoffte, daß sich dies positiv auf seine Abhängigkeit von mir auswirken und ihm Zeit verschaffen würde, die Berufs- und Weiterbildungsmöglichkeiten zu prüfen, die ihm offenstanden.

In der Dallas County Residential Facility nutzten Häftlinge auf Bewährung die neunzig Tage, einen Job zu finden, etwas Geld zu sparen, Kontakt zu den Anonymen Alkoholikern oder den Anonymen Drogensüchtigen aufzunehmen und sich eine Bleibe zu suchen. Natürlich herrschte dort eine sehr strenge Disziplin, aber die Bewohner konnten die Einrichtung verlassen, um auf Jobsuche zu gehen, sie durften Besucher empfangen und durften das Zentrum bei guter Führung über das Wochenende verlassen.

In der Theorie mochte es ja gut klingen, ein Plan, der auf Logik und einem gesunden Prinzip beruhte. Tatsächlich war ich jedoch längst überzeugt, daß solche Rehabilitationszentren reine Zeit- und Steuergelderverschwendung waren. Ich beschloß jedoch, meine Zweifel Pat gegenüber zu verschweigen.

Erst vor einigen Monaten hatte ich mir das Zentrum angesehen, in das Anson höchstwahrscheinlich nach seiner Entlassung geschickt werden würde, und eine umfangreiche und kritische Zeitschriftenreportage über die Zustände in dem alten zweigeschossigen Backsteingebäude in einer heruntergekommenen Gegend von Dallas geschrieben. Die sechzig Männer, die zum Zeitpunkt meiner Recherchen dort wohnten, waren Mörder und Vergewaltiger, Räuber und Drogendealer. Einige von ihnen hatten bereits dreimal in Texas im Gefängnis gesessen, bevor der Bewährungsausschuß sie in die Maple Avenue 3040 geschickt hatte.

Ich interviewte zahlreiche Bewohner des Rehacenters, die offen darüber sprachen, daß Drogen und Alkohol problemlos zu beschaffen wären. Ich sah Männer im chemisch herbeigeführten Rausch, die stundenlang völlig weggetreten im Aufenthaltsraum saßen und blind auf den Fernsehschirm starrten, bis es Zeit für die nächste Mahlzeit oder die nächste betäubende Injektion Psychopharmaka wie Thorazin, Halodol, Prolixin oder Nadine war, die ihnen von einem Angestellten verabreicht wurde. Zwei der Insassen gestanden freimütig, daß sie erst einige Tage zuvor einen Überfall auf einen kleinen Supermarkt ausgeführt hatten. Und man sprach immer noch von einem Mord, den ein Bewohner namens Kenneth Thompson im vergangenen März begangen hatte. Geistig verwirrt und unter Medikamenteneinfluß hatte Thompson das Rehabilitationszentrum verlassen und einen prominenten Rechtsanwalt und seine Frau brutal ermordet. Die Polizei hatte das Ehepaar in seinem Bett gefunden, mit nicht weniger als hundertzwanzig Stichwunden am ganzen Körper. Thompsons Motiv: die Anzüge, die er an dem Anwalt gesehen hatte, hatten ihm gefallen, und er hatte sie für sich haben wollen.

Ich saß eines Nachmittags im Büro der Verwalterin Beverly Daberko, als sie einen Anruf von einer psychiatrischen Klinik in Wichita Falls entgegennahm und zornig die Aufnahme eines Patienten ablehnte, der erst Tage zuvor versucht hatte, sich das Leben zu nehmen, indem er sich selbst angezündet hatte. Vorher hatte er versucht, sich umzubringen, indem er große Mengen Ammoniak geschluckt hatte. »Man erwartet von uns, daß wir Wunder vollbringen«, hatte sie mir müde erklärt.

Tatsächlich war das Rehabilitationszentrum inzwischen kaum mehr als eine Erweiterung des Strafvollzugs. »Wir stellen die Betten, an denen es in den Gefängnissen fehlt«, gab sie zu.

Und das war das Umfeld, dem ich gewissermaßen meinen Sohn anvertrauen würde; ein Gefängnis ohne Schlösser an den Türen, aber eben doch ein Gefängnis. Statistiken belegen, daß zwanzig Prozent der Betroffenen ins Gefängnis zurückgeschickt wurden, noch bevor die dreimonatige Übergangszeit vorbei war.

Ansons Reaktion war voraussehbar.

Ich hatte ihm einen langen Brief geschrieben, in dem ich versuchte, ihm meine Gedanken zur bevorstehenden Bewährungsanhörung zu erklären, ihm versicherte, daß ich immer noch bereit wäre, ihm zu helfen, ein neues Leben zu beginnen, und ihn drängte, dem Rehabilitationszentrum eine Chance zu geben.

Seine Antwort war eine knappe Notiz: »Danke, daß du mir die Gelegenheit geben willst, durch das Arschloch des TDC herauszukommen«, schrieb Anson. Er erinnerte mich an die negativen Bemerkungen, die ich ihm gegenüber im Anschluß an meine Recherchen in besagter Einrichtung in Dallas gemacht hatte. Ich hätte ihm, wie er es ausdrückte, »einen Arschtritt verpaßt«.

Dieses Spielchen war im Laufe der Jahre zur Routine geworden: Mein Sohn lud die Schuld an seinen Problemen auf meinen Schultern ab, und ich reagierte in erster Instanz prompt mit Zweifeln und Schuldgefühlen. Diesmal waren diese Gefühle jedoch nicht von langer Dauer. Was, fragte ich mich, gibt ihm das Recht, mein Leben wieder einmal völlig auf den Kopf zu stellen? War es fair, daß ich immer wieder den Problemlöser spielen mußte, um mir dann Vorwürfe anzuhören, wenn etwas nicht so lief, wie er es sich vorstellte? Ich war diese Einseitigkeit plötzlich leid; ich war wütend auf Anson wegen seines Verhaltens, und auf mich selbst, weil ich zuließ, daß es mich so negativ beeinflußte. Und ich stellte fest, daß der Ärger mir gut tat.

Dieser Brief war das letzte, was ich für Monate von ihm hörte.

Tatsächlich machte er sich nicht einmal die Mühe, mir das Datum seiner Entlassung mitzuteilen.

Am Nachmittag des 29. August 1988 traf Anson auf dem Greyhound Busbahnhof im Zentrum von Dallas ein, mit der Auflage, seinen Bewährungshelfer aufzusuchen und sich innerhalb von vierundzwanzig Stunden im Rehazentrum einzufinden, wenn er nicht verhaftet und ins Gefängnis zurückgeschickt werden wollte. In seiner Tasche war das, was von dem ›Pfortengeld‹, übrig war, das man ihm bei seiner Entlassung aus dem TDC ausgezahlt hatte.

Das Gesetz schreibt vor, daß jeder Häftling, der auf Bewährung aus der Haft entlassen wird, an dem Tag, an dem er das Gefängnis verläßt, Zivilkleidung und zweihundert Dollar in bar erhält. Wie schon zuvor suchte Anson als erstes einen Billigkleiderladen in der Nähe der Bushaltestelle auf und kaufte sich Jeans und ein T-Shirt, um die schlechtsitzende Hose und das Sporthemd, die er vom Gefängnis erhalten hatte, zu ersetzen. Ein Paar Cowboystiefel hoben die Rechnung auf fünfundsechzig Dollar. Nachdem er fünfunddreißig Dollar für die Busfahrkarte bezahlt hatte, blieb ihm nur noch die Hälfte seines Pfortengeldes.

Tatsächlich hatte er es besser gemacht als viele andere

entlassene Häftlinge. Es kommt nicht selten vor, daß frisch aus der Haft Entlassene ihr gesamtes Geld innerhalb weniger Stunden nach Verlassen der Strafanstalt bis auf den letzten Cent ausgeben. Kleidung, eine teure Mahlzeit und eine Stunde mit einer Prostituierten, die gern bereit ist, einen Ex-Häftling wieder mit den Freuden des Beischlafs vertraut zu machen, können zweihundert Dollar schnell aufbrauchen.

Eine der beliebtesten und häufig erzählten Geschichten beim Gefängnispersonal ist die eines Ex-Häftlings, der innerhalb einer Stunde nach seiner Entlassung völlig pleite war. Als ihm bewußt wurde, daß er kein Geld mehr für eine Fahrkarte nach Hause hatte, beschloß er, einen Pickup kurzzuschließen, der in der Innenstadt von Huntsville parkte. Er war in dem gestohlenen Truck nicht einmal bis zur Stadtgrenze gekommen, als er angehalten und wegen Autodiebstahls ins Gefängnis gebracht wurde. Seine langersehnte Freiheit hatte ganze zwei Stunden gedauert.

Anson, der nach drei Jahren Haft das erstemal wieder den süßen Geschmack der Freiheit kostete, tat nichts so Drastisches. Und doch hatte er, als er in Dallas eintraf, offensichtlich nicht die Absicht, sich an die Bewährungsauflagen zu halten. Er wurde von Freunden eines Mitreisenden mitgenommen und ließ sich zu dem Club fahren, in dem Annette arbeitete. Er kaufte sich Stoff und überredete Annette, mit ihm in ein Motel zu gehen. Drei Stunden nach seiner Haftentlassung war er high.

In den folgenden Tagen erzählte er ihr von einem schlecht durchdachten Plan, den er sich in den Tagen vor seiner Entlassung ausgedacht hatte. Anstatt sich der Hausordnung und den Anweisungen des Personals des Rehabilitationszentrums sowie der neugierigen Schnüffelei seines Bewährungshelfers auszusetzen, wollte er nach

Mexiko verschwinden und dort ein neues Leben anfangen. Er hatte genug von Leuten, die ihn bevormundeten, ihm ungebeten gute Ratschläge erteilten und ihm sagten, was er tun dürfte und was nicht.

Seine Idee klang nach einem kindischen Teenagerabenteuer, und Annette konnte ihn schließlich davon überzeugen, daß es keine so gute Idee war. Sie drängte Anson, dem Rehazentrum eine Chance zu geben – immerhin waren es nur neunzig Tage – bevor er davonlief und gleich wieder mit dem Gesetz in Konflikt geriet.

Eine Woche später meldete er sich schließlich bei seinem Bewährungshelfer und zog ins Rehazentrum. Sofern sich jemand Gedanken wegen seines verspäteten Erscheinens machte, erwähnte er es nicht. Die Wahrheit war, daß das überlastete System weder über genügend Zeit noch über genügend Personal verfügte, um sich um den Verbleib einer verlorenen Seele zu kümmern.

Jedoch dauerte es nur zwei Wochen, bis Anson gegen die dortige Hausordnung verstieß. Eines Abends, im Anschluß an einen Besuch von Annette, waren die beiden zu ihrem Wagen gegangen, der einige Blocks entfernt parkte. Obwohl er keine halbe Stunde weg war, wurde Anson bei seiner Rückkehr mitgeteilt, daß sein Freigang am Wochenende gestrichen werde, weil er das Gebäude nach der Sperrstunde verlassen habe.

Das genügte als Vorwand. Zornig packte er seine Sachen und verließ die Einrichtung. Am nächsten Tag rief er seinen Bewährungshelfer an und behauptete, man hätte ihn ›rausgeworfen‹.

Der Bewährungshelfer fragte nur, ob Anson eine Bleibe hätte.

»Ich ziehe zu meiner Ex-Frau«, entgegnete Anson.

Einige Tage später schaute der Bewährungshelfer vorbei, unterhielt sich kurz mit Anson und Annette und prüfte routinemäßig die neuen Wohnverhältnisse.

Ich wußte damals von alledem nichts. Tatsächlich hatte ich mich damit abgefunden, daß ich erst von Anson hören würde, wenn Schwierigkeiten auftauchten und er meine Hilfe brauchte. Sein Zorn auf mich verbot alles außer einem Hilferuf. Und auch der würde nur im äußersten Notfall erfolgen, sagte ich mir.

Anson wußte, daß jeder Kontakt zu mir ganz sicher verhaßte Fragen zu seinem Befinden, Ratschläge, die zu hören er nicht interessiert war, nach sich ziehen würde. Wir hatten gewissermaßen eine kommunikative Sackgasse erreicht: Er wollte nicht, daß ich mich in sein Leben einmischte, während ich unbedingt wissen wollte, was er machte, mir jedoch geschworen hatte, die Distanz zwischen uns zu erhalten.

Dann rief er eines Abends, einige Wochen nach seiner bedingten Haftentlassung, schließlich doch bei mir an. Er erzählte knapp von seinem ursprünglichen Plan, nach Mexiko zu fliehen, und davon, daß Annette ihn überredet hätte, bei ihr zu bleiben. Sie wären wieder zusammen, sagte er, und es liefe bestens. Er habe einen Job in einer Autolackiererei am Harry Hines Boulevard gefunden, einer Gegend von Dallas, in der größtenteils heruntergekommene Motels, Spirituosenläden und Oben-ohne-Bars angesiedelt waren.

Ich hörte ihm zu und wartete darauf, den wahren Grund für seinen Anruf zu erfahren.

Schließlich kam Anson auf den Punkt. Annette war mit der Abzahlung für ihren Wagen in Rückstand geraten, so daß der Wagen eingezogen worden war. Ob ich ihnen das Geld leihen könne, den Wagen auszulösen.

Trotz meiner wachsenden Verärgerung darüber, daß ich

offenbar nur noch als praktisches, schnelles Kreditinstitut betrachtet wurde, erklärte ich mich einverstanden, ihnen das Geld zu borgen, wenngleich ich sehr wohl wußte, daß dies wieder einmal ein irrationaler und vermutlich auch unkluger Versuch war ... Ja, was bezweckte ich eigentlich? Wollte ich mich in das Leben meines Sohnes zurückkaufen?

Anson gab mir die Adresse der Lackiererei, und wir vereinbarten ein Treffen am nächsten Morgen.

In jenen Zeiten stiller Verzweiflung, vor denen Thoreau uns vor so langer Zeit von seiner Hütte in Walden Pond aus gewarnt hat, ist die Wahrnehmung eines Mannes oft drastisch gestört. Wir gestatten es unserem inneren Auge, uns das vorzugaukeln, was wir sehen wollen und alles andere auszuschalten. Hoffnungen verwandeln sich auf wunderbare Weise in falsche Realitäten, die einem für allzu kurze Zeit ein beruhigendes, willkommenes Gefühl des Trostes vermitteln. Anson fegte gerade in einem olivfarbenen Overall eine der Lackierhallen, als ich eintraf. Er sah müde und abgemagert aus, aber die Gefängnisblässe war einer gesunden Bräune gewichen. Das Haar trug er inzwischen länger und ordentlich gescheitelt. Er fing gerade an, sich einen Schnurrbart wachsen zu lassen.

Er begrüßte mich mit einem Lächeln und einem festen Händedruck, und wir unterhielten uns kurz; wir fühlten uns beide in Anwesenheit des anderen nicht ganz wohl. Anson sprach von seiner Arbeit, führte mich herum und machte mich mit seinem Boß bekannt. In weniger als einer Viertelstunde waren unsere Smalltalkbemühungen erschöpft. Ich gab ihm das Geld und ging zurück zum Parkplatz.

»Hör zu«, sagte Anson, als ich in den Wagen stieg. »Ich weiß es zu schätzen, daß du uns unter die Arme greifst. Sobald ich etwas Fuß gefaßt habe, zahle ich es dir zurück.«

Ich wußte nur zu gut, daß er das niemals tun würde.

Er versprach, sich zu melden, und wandte sich ab. »Ich gehe jetzt besser wieder an die Arbeit.«

Wir hatten uns beide während dieser kurzen Unterredung unbehaglich gefühlt, aber das war ja nichts Neues. Ich wußte längst nicht mehr, wann ich das erstemal meinen Sohn mit dem Gefühl verlassen hatte, daß zu vieles unausgesprochen geblieben war, daß zu lange ignorierte Punkte förmlich nach einer Lösung schrien, zu der es doch nie kommen würde. Aber wie um alles in der Welt sollte das auch möglich sein, wo wir beide nicht mehr in der Lage zu sein schienen, die einfachsten Regeln von Aufrichtigkeit und Vertrauen zu befolgen, die die Grundlage eines bedeutungsvollen Dialoges waren? Unsere Gespräche waren nur noch hohles Gerede, das Augenblicke voller Unbehagen ausfüllte, bis wir beide wieder unseres Weges gehen konnten.

Hiervon abgesehen war ich erleichtert, daß er einen Job gefunden hatte und die Arbeit ihm Freude zu machen schien. Ich fuhr mit dem ersten Anflug von Optimismus fort, den ich seit langem empfunden hatte, wenn es um meinen Sohn ging.

Was ich gesehen hatte, war jedoch nur eine Illusion; meine positiven Gefühle begründeten wieder einmal auf meiner naiven Bereitschaft, die Dinge nicht so zu sehen, wie sie tatsächlich waren, sondern, wie sie es zu sein schienen.

Seinen ›Job‹ in der Lackiererei hat es nie gegeben. Der Manager, ein Freund von Anson, hatte sich bereit erklärt, jedem, der sich nach ihm erkundigte, zu sagen, er wäre dort angestellt. Und tatsächlich war Anson an den Tagen, da sein Bewährungshelfer die obligatorischen Kontrollen durchführte, auch jedesmal dort und gab vor zu arbeiten.

Dasselbe Theater zog er auch erfolgreich bei mir ab. Wenn ich dort anrief und nach ihm fragte, wurde mir gesagt, Anson wäre ›mit einer Lieferung unterwegs‹. Sein ›Boß‹ versicherte mir, daß er ihm, sobald er zurück wäre, ausrichten würde, daß er zurückrufen solle. Dann rief er Anson an, der es nie versäumte, irgendwann später anzurufen und mir in allen Einzelheiten zu berichten, wie beschäftigt er gewesen war.

Tatsächlich hatte er begonnen, für einen Drogendealer Lieferungen zu übernehmen.

In den Wochen nach seiner Entlassung sah ich meinen Sohn nur dieses eine Mal, und doch dachte ich regelmäßig an ihn. In den ungewöhnlichsten Augenblicken, manchmal während der Arbeit, beim Rasenmähen oder sogar wenn ich ein Buch las oder abends fernsah, überkam mich plötzlich die Sorge um ihn, und ich ertappte mich dabei, daß ich mir wünschte zu wissen, wo er steckte und ob es ihm gutging. Die Gedanken kamen ganz plötzlich, wurden selten durch ein Gespräch oder eine andere logische Situation hervorgerufen, und häufig belasteten sie mich stundenlang.

Und dann waren da die Träume, in denen ich ihn in der Ferne sah, gewöhnlich an einem belebten Ort, und versuchte, ihn auf mich aufmerksam zu machen. Immer vergeblich.

Da ein so großer Teil meiner Arbeit sich inzwischen mit der Psychologie kriminellen Verhaltens befaßte, war es mir unmöglich, nicht gelegentlich die Charakterzüge jener, von denen meine Bücher handelten, mit jenen meines eigenen Sohnes zu vergleichen.

Das war eine sehr beunruhigende Übung, die allzu oft in mein Bewußtsein drang. Ich hatte Kriminellen zugehört, die über ihr ruiniertes Leben nachgedacht hatten. Ihr Abstieg hatte mit kleineren Straftaten begonnen, die sich nach und nach immer mehr gesteigert hatten, bis sie schließlich im Gefängnis gelandet waren. Hilfsbereite Psychologen und Psychiater hatten mir geduldig ihre Erkenntnisse und klinischen Erklärungen mitgeteilt. Ich hatte gehört, wie sie die Schuld der Armut, unzähligen sozialen Ungerechtigkeiten und den vielen Arten elterlichen Mißbrauchs zuschrieben. Polizeiveteranen und Staatsanwälte, von denen viele nach Jahren in ihrem Beruf resigniert hatten, waren schnell bereit, alle Gesetzesbrecher in einen Topf zu werfen: schlechte Menschen ohne jegliche positiven Eigenschaften.

Und doch, sei es, weil ich nicht gewillt war, zu genau hinzusehen, oder weil ich mich schlichtweg weigerte, die offensichtliche Wahrheit zu sehen, konnte ich beim besten Willen keine Ähnlichkeit zwischen meinem Sohn und jenen kriminellen Fremden erkennen, die mir begegnet waren und über die ich geschrieben hatte.

Mein Sohn war nicht wie sie. Das war unmöglich. Und doch kam ich nicht umhin, mich zu fragen, warum sein Leben eine so katastrophale Wende genommen hatte.

Jahre später sollte er mir anvertrauen, daß jeder Umzug in den Jahren, in denen ich noch als Journalist gearbeitet hatte, für ihn eine Qual gewesen war. »Ich hatte nie viele richtige Freunde«, sagte er, »und wenn ich die wenigen, die ich wirklich gern hatte, zurücklassen mußte, war das wirklich hart für mich. Schließlich sagte ich mir ›zum Teufel damit‹ und versuchte gar nicht mehr, neue Freunde zu finden, weil ich mir sagte, daß wir ja doch früher oder später wieder wegziehen würden. Also beschloß ich, mich weitgehend von anderen fernzuhalten.«

Abgesehen von jenen idyllischen, sorglosen Jahren in Comfort konnte er sich nicht erinnern, irgendwann in seiner Jugend glücklich gewesen zu sein. Und das ist rückblickend interessant in Anbetracht meiner Beobachtungen, daß die Gesellschaft, ihre Sitten und Werte, in den Fünfzigern meiner Jugend weit strenger gewesen ist.

Anson erklärte mir, daß seine späteren sportlichen Betätigungen nicht mehr als vergebliche Versuche gewesen wären, mir eine Freude zu machen. »Ich habe mich nicht sehr für Sport interessiert und war zweifelsohne auch nicht sportlich begabt. Ich kann mich nicht erinnern, daß du mich gedrängt hättest, dem Footballteam beizutreten oder Baseball zu spielen, aber ein so großer Teil deines Lebens schien sich um den Sport zu drehen, daß die Botschaft mir ziemlich deutlich schien. Ich wußte, daß es dich freuen würde, wenn ich sportliches Interesse zeigte. Also habe ich es vorgetäuscht, und sei es nur, um dir dadurch, daß ich es versuchte, zu beweisen, daß ich es als Sportler niemals zu etwas bringen würde.«

Er gab zu, daß die Drogen eine Flucht vor seinem persönlichen Versagen und unerfüllten Erwartungen gewesen wären. »Nur wenn ich high war, hatte ich keine Probleme und fühlte mich richtig gut«, sagte er.

In der ersten Novemberwoche meldete Anson sich mit einer weiteren Bitte an mich. Als er ins Gefängnis gekommen war, hatte ich seine Kleidung und seine persönliche Habe in Kisten gepackt und auf den Speicher gestellt. Seit seiner Entlassung hatte ich ihn mehrmals gefragt, ob er die Sachen haben wolle, aber bislang hatte er immer dasselbe geantwortet: Er würde sie abholen, wenn er einmal Zeit hätte.

Jetzt schien er es plötzlich eilig zu haben.

»Kannst du die Sachen heute nachmittag vorbeibringen?« fragte er.

»Sicher. Was ist denn los?«

»Hör zu, Dad, glaub mir, es ist besser, wenn du es nicht weißt.«

»Ich möchte es aber wissen.«

»Denk einfach an meinen ursprünglichen Plan, okay? Mehr verrate ich nicht.« Dann beschrieb er mir den Weg zu einem Billardcafé im Norden der Stadt, wo wir uns um vier Uhr nachmittags treffen sollten.

Warum diese Geheimniskrämerei? Wäre es nicht einfacher, wenn ich die Sachen zu seiner und Annettes Wohnung brachte? Oder an seinen Arbeitsplatz? Und was hielt ihn davon ab, vorbeizukommen und sie selbst abzuholen? Wieder einmal hatte ich das ungute Gefühl, daß sich etwas Unerfreuliches anbahnte.

»Steckst du in irgendwelchen Schwierigkeiten?«

Er leugnete entschieden, aber in seiner Stimme lag ein angespannter Tonfall, der seine Worte Lügen strafte.

Noch einige Zeit, nachdem ich aufgelegt hatte, saß ich da und fragte mich, was im Leben meines Sohnes nun wieder vorgefallen sein mochte. Ich berichtete Pat von unserem knappen Gespräch und machte deutlich, daß er weder wollte, daß ich zu ihm nach Hause kam, noch, daß ich über seine Pläne Bescheid wußte.

»Was hat das alles zu bedeuten?« fragte Pat, sichtlich

beunruhigt von der Situation, in die Anson mich wieder einmal brachte.

»Ich glaube, er hat vor abzuhauen. Vermutlich nach Mexiko.«

»Warum?«

»Ich habe nicht die leiseste Ahnung.«

Ein zorniger Ausdruck erschien auf dem Gesicht meiner Frau, während sie den Kopf schüttelte. Zum erstenmal wandte sie sich offen gegen Anson; zum erstenmal brach ihre Verbitterung ihm gegenüber hervor. »Warum tut er dir das immer wieder an?« fragte sie. »Gott, wie ich das hasse. Wann ist es endlich genug? Warum kann er nicht einfach verschwinden und dich endlich in Frieden lassen?«

Hierauf erhob sie sich und verließ eilig mein Arbeitszimmer, wie ich vermute, selbst überrascht von ihrem plötzlichen Ausbruch. Ein paar Minuten später hatte sie einen großen Koffer geholt und packte schweigend Ansons Sachen.

In der Hast unseres Gespräches hatte er mir den Weg falsch beschrieben. An der Kreuzung, die er mir angegeben hatte, befand sich kein Billardcafé, sondern ein Supermarkt. Ich fuhr auf den Parkplatz und wartete fast zwei Stunden.

Ein unbehagliches Gefühl begleitete mein Warten. Falls Anson tatsächlich vorhatte, vor irgendeinem Gesetzeskonflikt zu fliehen, würde man dann möglicherweise meine Hilfe als strafbare Begünstigung bewerten? Immerhin war es mir bekannt, daß die Bewährungsauflagen es ihm verboten, Dallas County ohne Genehmigung zu verlassen. Verstieß er gegen diese Vorschrift, konnte das für ihn bedeuten, daß man ihn ins Gefängnis zurückbrachte. Und während er darauf bedacht gewesen war, mich darüber im unklaren zu lassen, weshalb er seine Kleider plötzlich so dringend benötigte, bedurfte es nur geringer Phantasie, sich auszumalen, was er vorhatte. Wieder wurde ich in etwas Gesetzwidriges hineingezogen und fühlte übermächtige Frustration, die sich langsam in puren Zorn wandelte.

Als ich es leid war, zu warten, rief ich kurz nach sechs Pat an, um ihr zu berichten, daß Anson nicht erschienen war, und zu fragen, ob er sich inzwischen gemeldet hatte. Hatte er nicht. »Komm einfach nach Hause«, bat sie mich inständig.

Ich hörte erst später an diesem Abend wieder von Anson. Er rief an und meinte, ihm wäre zu spät aufgegangen, daß er mir eine falsche Adresse genannt hatte. »Es tut mir leid, daß ich dir so große Umstände mache«, entschuldigte er sich. Dennoch bräuchte er die Sachen sofort, erklärte er mir. »Könntest du sie zum Apartmentkomplex bringen?«

»Anson«, sagte ich. »Ich habe wirklich die Nase voll von diesem Mist. Bringen wir es hinter uns. Sag mir einfach, wie ich hinkomme.«

Er erklärte mir den Weg zu seiner und Annettes Wohnung. »An der Ecke steht ein großes Schild, auf dem Timberline Apartments steht«, sagte er. »Da treffen wir uns.«

Ich sagte, ich würde in einer Stunde dort sein.

Er trug Jeans und ein dunkles T-Shirt und lehnte an dem Schild, das die Zufahrt zu einem großen Wohnkomplex kennzeichnete. In der Nähe wehte Rauch von einem Grill von einem Balkon ins schwindende Tageslicht, und Gelächter von einem Softballfreundschaftsspiel hallte über den gepflegten Rasen. Es war eine viel gepflegtere Adresse, als ich erwartet hatte.

Ich lenkte den Wagen an den Straßenrand und lud kommentarlos den schweren Koffer aus, während Anson auf mich zukam. Ich hatte mir unterwegs geschworen, daß ich keine Fragen stellen und nicht länger bleiben würde als unbedingt nötig.

Wir standen uns in der spätherbstlichen Dämmerung gegenüber wie Fremde und sahen einander einige Sekunden lang wortlos an. Es war Anson, der schließlich das Schweigen brach. »Dad, ich weiß wirklich zu schätzen, was du getan hast.«

Zwischen uns herrschte unerträgliches Unbehagen, und ich wollte so schnell wie möglich weg. Was gab es schon zu sagen? Sollte ich ihn noch einmal vergeblich anflehen, den selbstzerstörerischen Kurs aufzugeben, den er eingeschlagen hatte? Sollte ich auf Wiedersehen sagen und ihm für die absurde Reise, die ihm vorschwebte, alles Gute wünschen?

Die Stimmung lockerte sich vorübergehend auf, als Annette lächelnd hinzukam, Anson unterhakte und hallo sagte. Ich hatte sie seit Monaten nicht gesehen, seit wir das letztemal gemeinsam zum Gefängnis gefahren waren. Sie schien wohlauf und glücklich.

»Schaffst du es vielleicht, den Jungen bei der Stange zu halten?« fragte ich, darauf bedacht, daß sie meine Frage eher als Scherz denn als Neugier auffaßte. Sie lächelte und verdrehte die Augen.

»Manchmal«, entgegnete sie.

Das war ein gutes Schlußwort. Wir verabschiedeten uns, und sie gingen in Richtung des Wohnblocks davon.

Ich fühlte Traurigkeit in mir aufsteigen, während ich an den Kotflügel des Wagens gelehnt dastand und zusah, wie Anson sich mit dem schweren Koffer abmühte, bis sie von den rasch länger werdenden Schatten des Gebäudes verschluckt wurden.

Auf der Heimfahrt konnte ich nicht ahnen, daß ich Annette nie wiedersehen würde. Oder daß dies das letzte Mal gewesen sein sollte, daß ich Anson als freien Mann sah.

# Kapitel 10

Ob die Idee, mit Drogen zu handeln, Anson bei seiner Entlassung aus dem Gefängnis gekommen war, als spontaner Einfall wie die meisten seiner Ideen, oder ob er es von langer Hand geplant hatte, wußte ich nicht.

Erst viel später war es mir möglich, die einzelnen Sequenzen zusammenzusetzen, die neue Schwierigkeiten heraufbeschworen. Unter den Gefängnisinsassen, mit denen er die meiste Zeit zusammen gewesen war, war auch ein Häftling gewesen, der wegen Betreibens seines Amphetaminlabors verurteilt worden war. Er hatte Anson die lukrativen Seiten dieses Geschäftes dargelegt und ihm erklärt, daß ein Startkapital, in dem die Kosten für die Laborausrüstung und die Chemikalien enthalten waren, von etwa fünftausend Dollar ausreichte. Dem gegenüber stand ein Gewinn von fünfundsiebzigtausend bis hunderttausend Dollar pro fertiger Lieferung. Der Häftling verriet ihm die Rezepte für synthetische Drogen mit Straßennamen wie ›Speed‹, ›Crack‹, ›Go-fast‹ und ›Crystal‹.

Daß das Unternehmen des betreffenden Häftlings mit seiner Verhaftung und Verurteilung geendet hatte, schien Anson nicht zu schrecken.

Das einzige Problem sah er darin, das notwendige Kapital aufzubringen, um ins Geschäft einzusteigen. Und so hatte ein Mitbewohner des Rehabilitationszentrums ihm vorgeschlagen, er solle als Kurier für Drogendealer arbeiten. Als ›Mule‹ oder ›Runner‹ könne er das Geschäft nicht nur als Insider kennenlernen und wertvolle Kontakte knüpfen, sondern außerdem innerhalb verhältnismäßig kurzer Zeit das nötige Kleingeld verdienen, wenn man sein Geld sparte.

»Das heißt, daß man selbst die Finger von dem Zeug lassen muß«, ermahnte ihn sein Ratgeber.

Aber hierzu war Anson nicht in der Lage.

Er wurde gewöhnlich in kleinen Mengen jener Drogen bezahlt, die er auslieferte – in Amphetaminen, die er selbst weiterverkaufen konnte – und er hatte es sich schon bald zur Gewohnheit gemacht, seine ›Gewinne‹ selbst zu schlucken.

Es dauerte nicht lange, und seine Pläne verschwanden in einem ständigen Drogennebel. Er schlief nur noch selten und aß kaum noch. Wenn er nicht gerade auf der Straße seinem neuen Geschäft nachging, saß er stundenlang in der verdunkelten Wohnung, sah fern oder ging nervös auf und ab. Krankhafter Verfolgungswahn, eine der Hauptnebenerscheinungen bei Amptetaminmißbrauch, wurde zu seinem ständigen Begleiter, und er wurde mit jedem Tag übellauniger und aufbrausender. Schon bei der leisesten Provokation rastete er völlig aus. Eines Abends geriet er nach einer beiläufigen Bemerkung eines anderen Mieters zu Annette derart in Rage, daß er sich einen Baseballschläger griff und den Mann mehrere Block weit verfolgte, wobei er wüste Beschimpfungen und Drohungen ausstieß, bis er sich schließlich wieder beruhigte und die Verfolgung aufgab. Da er das Bedürfnis hatte, sich zu schützen, kaufte er sich eine .357er Magnum von einem Nachbarn, der einmal als Wachmann gearbeitet hatte.

Parallel gerieten er und Annette aufgrund seines Drogenkonsums ständig in Streit, und diese Auseinandersetzungen wurden immer öfter handgreiflich. In diesem Abwärtssog gefangen verlangte sie mehrmals, daß er ging, aber er weigerte sich. Wenngleich sie nicht mehr verheiratet waren, war Annette ein typisches, tragisches Beispiel der geprügelten, mißhandelten Ehefrau geworden, die nicht mehr in der Lage war, dem nicht enden wollenden Alptraum zu entfliehen.

Ende Oktober 1988 lernte Anson einen Mann namens Lenny Hill kennen. Hill war Ende dreißig, stilvoll gekleidet und kam regelmäßig in den Club, in dem Annette arbeitete. Es dauerte nicht lange, und sie freundeten sich an. Sie saßen stundenlang im Club beisammen, unterhielten sich über Karten und Musik und diskutierten über ihre Lieblingsautoren, wobei sie der endlosen Folge Oben-ohne-Tänzerinnen, die zu ohrenbetäubender Musik auf der Bühne tanzten, darunter auch Annette, kaum Beachtung schenkten.

Nach einiger Zeit vertraute Hill Anson an, daß er beabsichtige, künftig einige Kunden seiner gutgehenden Autowerkstatt mit Amphetaminen zu beliefern. Und als Anson meinte, er könne ihm vielleicht behilflich sein, bekundete Hill beiläufig Interesse daran, mehr über das große Geld zu erfahren, das man angeblich im Drogengeschäft verdienen konnte.

Anson glaubte fest daran, jemandem begegnet zu sein, der eine positive Wende in seinem Leben herbeiführen konnte. Er war beeindruckt von den geschäftlichen Erfolgen seines neuen Freundes und erklärte ihm bald in allen Einzelheiten seinen Plan, ein Methlabor einzurichten, ein Vorhaben, das nur geringes Startkapital erforderte, das er jedoch erst noch auftreiben müsse. Hill zeigte sich an Ansons Plänen interessiert und stellte bald mehr und mehr Fragen über den potentiellen Gewinn einer solchen Unternehmung, wie lange es dauern würde, bis man Profit macht und wie hoch das rechtliche Risiko wäre. Anson hatte auf jede Frage eine rasche, überzeugende Antwort parat.

Hill begann, von der Möglichkeit einer Partnerschaft zu sprechen, in der er das Startkapital einbringen würde. Im Gegenzug sollte Anson sich verpflichten, ihm fünf bis zehn Pfund Amphetamine im Monat zu liefern. Am Ende des Abends waren sie sich einig.

Aber erst wollte Hill sofort eine gewisse Menge erwerben, um die Nachfrage seiner Geschäftspartner zu befriedigen. Anson, der ganz berauscht war von den Perspektiven, die sich vor ihm auftaten, erklärte sich bereit, ihn dem Dealer vorzustellen, für den er arbeitete.

Ansons Bekannter aus dem Rehazentrum hatte vorgeschlagen, er solle Kontakt zu einer Frau Anfang dreißig mit Namen Mary Harrison aufnehmen, wenn er daran interessiert wäre, ins Geschäft einzusteigen. Als er sie kennenlernte, war Ansons erster Eindruck der, daß ihr Äußeres nicht auf eine erfolgreiche Drogenhändlerin schließen ließ. Sie war übergewichtig und ungepflegt, trug Jeans und ein Männerhemd, war ungeschminkt und hatte das lange gelbblonde Haar zu einem Pferdeschwanz gebunden. Sie, ihr Lebensgefährte und zwei andere Männer hatten sich zusammengetan und waren innerhalb kurzer Zeit zu recht erfolgreichen Drogenlieferanten aufgestiegen.

Bevor Anson sich bereit erklärt hatte, die Drogen auszuliefern, die sie herstellten, war diese Aufgabe des öfteren Marys vierzehnjährigem Sohn zugefallen. »Das war das sicherste«, erklärte sie, »weil ein Jugendlicher nicht ins Gefängnis muß, falls er verhaftet wird.«

Jedoch wollte sie nicht, daß ihr Sohn bei der Erschließung neuer Märkte dabei und den potentiellen Gefahren ausgesetzt war, die von der immer hochwertigeren Ware ausging, mit der sie begonnen hatte zu handeln.

Anson war die willkommene Lösung. Die einzigen Bedenken, die Mary und ihre Partner hegten, waren die, daß Anson ständig high zu sein schien, ein ›Speed-freak‹. Sie waren untereinander übereingekommen, daß sie es mit ihm versuchen wollten, ihn aber sehr genau im Auge behalten würden. Tauchte das geringste Anzeichen dafür auf, daß sein Drogenkonsum irgendeine Gefahr für sie alle darstellte, würden sie die Geschäftsbeziehungen sofort abbrechen.

Mary hatte an dem Abend, als Anson und Lenny Hill bei ihr auftauchten, keine Amphetamine zur Hand. Jedoch versprach sie, vor zwölf Uhr mittags des darauffolgenden Tages zu liefern. Sie vereinbarten einen Preis von neunhundert Dollar die Unze.

»Wenn der Stoff von guter Qualität ist, ist das ein gutes Geschäft«, meinte Hill. Er sagte, er bräuchte zwei Unzen als ›Muster‹. Wenn seine Freunde dann zufrieden wären, würde er ein Pfund bei ihr kaufen.

Am nächsten Tag trafen Hill und Anson sich mit Mary und ihrem Freund auf einem Parkplatz in der Nähe ihrer Wohnung, und der Handel wurde abgewickelt.

Anson bekam als Provision für die Vermittlung des neuen Kunden eine halbe Unze Speed, mit dem er sofort sein Glück feierte, endlich einen Investor gefunden zu haben, der ihm bald sein eigenes Geschäft einrichten würde.

Aber die Euphorie sollte nur von kurzer Dauer sein.

Anson ging jeden Abend in den Club, traf jedoch Lenny Hill dort nicht an, und es hatte ihn auch niemand gesehen.

Er war wie vom Erdboden verschluckt. Hinzu kam, daß Mary Harrison offenbar immer weniger Auslieferungsjobs für ihn hatte.

Anstatt sich dem erwarteten Reichtum zu nähern, geriet Anson schon bald in eine prekäre finanzielle Situation, und seine eigenen Drogenvorräte schwanden rasch dahin. Verzweifelt stellte er Mary schließlich zur Rede. Gottverdammt, er habe hart für sie und ihre Partner gearbeitet. Er hatte für einen Hungerlohn gute Arbeit geleistet. Was zum Teufel denn los wäre?

Was Mary ihm verschwieg, war, daß Hill sie aufgesucht und erklärt hatte, noch mehr Stoff bei ihr kaufen zu wollen – aber unter der Bedingung, daß Anson von ihren Geschäften ausgeschlossen wurde. »Der Typ ist mir zu labil«, erklärte Hill. »Er ist die meiste Zeit high und trägt ständig diese verdammte .357er mit sich herum. Wenn er mitmischt, bin ich draußen. So einfach ist das.«

Geschäft ist Geschäft, sagte sich Mary. In ihrer Branche wie in allen anderen hatte der Kunde immer recht. Sie versprach, Anson sofort durch einen Partner namens Dennis Harp zu ersetzen.

Das war kurz bevor Anson mich angerufen und mich gebeten hatte, ihm seine alten Kleider zu bringen. Enttäuscht, daß er es nicht einmal in diesem Geschäft zu etwas gebracht hatte, hatte er tatsächlich Pläne geschmiedet, nach Mexiko zu verschwinden.

Ich bezweifle, daß er eine genaue Vorstellung davon hatte, was er durch diese Flucht erreichen wollte. Aber in Anbetracht dessen, was dann geschah, wünschte ich bei Gott, er wäre gegangen.

In den ersten Novembertagen eskalierten die Streitereien zwischen Anson und Annette zu beinahe ständigen Wortgefechten und Handgreiflichkeiten. Die Nachbarn beschwerten sich über Geschrei und Türenschlagen im Apartment Nummer zweihundertachtzehn zu allen Tages- und Nachtzeiten. Besorgte Freunde von Annette beschworen sie, Anson zu verlassen.

»Anson ist verrückt«, beharrte eine ihrer Freundinnen, »und du bist verrückt, wenn du bei ihm bleibst. Lauf weg, ruf die Polizei und laß ihn verhaften ... tu, was immer notwendig ist ... aber laß dich um Himmels willen nicht von ihm verprügeln.«

Jene Mitbewohner, die Anson kannten, waren längst darauf bedacht, ihm und seinen Wutausbrüchen aus dem Weg zu gehen. Wenn sie ihn mit gefalteter Zeitung unter dem Arm hohläugig und unrasiert über das Gelände irren sahen, als hätte er die Orientierung verloren, wandten sie sich hastig ab und flüchteten sich in die Sicherheit ihrer Wohnung. Der ehemals lächelnde Ex-Sträfling, der stets eine unglaubwürdige, aber interessante Geschichte zu erzählen gehabt hatte, war gemein und grimmig geworden, stets auf Streit aus.

»Man konnte ihm förmlich ansehen, daß die Drogen ihn auffraßen«, sagte einer der Mieter, der sich anfangs gut mit Anson verstanden hatte. »Der Stoff hat ihn grausam und krankhaft paranoid gemacht. Er wurde jedem gegenüber mißtrauisch und war wütend auf die ganze Welt. Manchmal konnte ich nicht anders, als ihn ein wenig zu bemitleiden.« Auch dieser Nachbar hatte sich Sorgen um Annette gemacht.

Und doch war es Annette gewesen, die ihm die Flucht nach Mexiko ausgeredet hatte. Sie nahm schon seit Jahren keine Drogen mehr. Sie versicherte ihm immer wieder, daß auch er davon loskommen könne, wenn er nur professionelle Hilfe in Anspruch nahm. Wasch dich und such dir einen Job, flehte sie ihn an. Sie sah in Anson etwas, das allen anderen verborgen blieb, etwas verborgenes Gutes, daß sie an der irrationalen Hoffnung festhalten ließ, daß sie doch noch eine gemeinsame Zukunft haben könnten.

Während alle anderen ihre Furcht und Abneigung Anson gegenüber offen aussprachen, glaubte sie lieber an seine falschen Versprechungen, daß er sein Leben umkrempeln würde, und an die leeren Entschuldigungen für seine Mißhandlungen. Die Komplexität einer solchen Haßliebe entzieht sich dem Verständnis Außenstehender. Sie hatte es aufgegeben, es ihren verständnislosen Freunden erklären zu wollen.

Nachdem Anson versprochen hatte, daß er sich nach den Möglichkeiten einer Entziehungskur erkundigen würde, schenkte sie ihm einen brandneuen Anhänger des Heiligen Christophorus an einer Goldkette. Es war ein Zeichen der Hoffnung, ein Zeichen für einen neuen Anfang.

Aber dazu kam es nicht.

Es dauerte nicht lange, und er begann wieder, sie zu schlagen, diesmal noch brutaler als zuvor. Trotz seines Geldmangels nahm Ansons Drogenkonsum nicht ab. Trinkgelder, die Annette im Club verdiente, verschwanden aus ihrer Handtasche, sobald sie eingeschlafen war, und innerhalb weniger Stunden stand er wieder unter Strom, ein blanker Nerv von Energie, der realen Welt entrückt. Der Gedanke an eine Entziehungskur war längst vergessen.

Am Morgen des 16. November fand Annette nach dem Aufstehen Anson im Wohnzimmer vor dem dröhnenden Fernseher – wieder einmal hatte er eine schlaflose Nacht hinter sich.

Sofort wallten Zorn und Frustration in ihr auf, und sie schrie ihn an und forderte ihn auf, zu verschwinden. Sie hasse ihn, er wäre nur ein gemeiner Dieb, ein süchtiger Niemand. Sie wünschte, sie hätten ihn niemals aus dem Gefängnis herausgelassen.

Innerhalb von Sekunden war Anson auf den Beinen, ebenfalls rasend vor Wut. Er stieß sie gegen den Türrahmen. »Geh wieder ins Bett, geh mir aus den Augen. Laß mich verdammt noch mal in Ruhe.«

Sie schlug ihn kraftvoll ins Gesicht, packte das Armband seiner Uhr, riß sie von seinem Handgelenk und schleuderte sie zu Boden. Er hob die Uhr auf und warf sie nach ihr. Es klirrte, als sie an der Wand zersprang, aber das nahm er nur am Rande wahr. »Ich verschwinde von hier«, brüllte er. Sie könne von Glück sagen, daß er sie nicht windelweich prügle.

Als er zur Tür ging, kreischte Annette: »Du jämmerlicher Hurensohn …« – und lief quer durch das Zimmer, um ihn aufzuhalten.

Anson stieß sie von sich und trat, nur mit kurzen Turnshorts bekleidet, hinaus in die eisige Morgenluft.

Vier Stunden lang streifte er durch die Straßen des Viertels, barfuß und ohne Hemd. Die Blicke verdutzter Passanten, die nichts von seinem drogen- und zornbedingten Schutz vor den Elementen ahnten, bemerkte er nicht. Er fühlte nichts und sah nichts außer dem bitteren Rest seiner Wut.

Er war noch da, als er in die Wohnung zurückkehrte; war noch da, als Annette zu einer erneuten Tirade ansetzte und ihm an den Kopf warf, daß sie ihn nie wieder sehen wolle. Wenn er sein Leben zerstören wolle, solle er sich nicht aufhalten lassen, aber sie wäre es leid, sich von ihm zugrunde richten zu lassen.

»Und dein Leben ist kaputt, das kannst du mir glauben«, sagte sie.

»Irgendwann in den nächsten Tagen steckt man dich wieder in den Knast. Diesmal hast du es wirklich vermasselt.«

Anson, verwirrt von dem, was sie sagte, schwieg eine Weile und wartete, daß sie fortfuhr.

»Dein guter Kumpel Lenny Hill ist vom Drogendezernat, ein verdammter Bulle«, schrie sie. »Er wird dich für lange Zeit hinter Gitter bringen.«

Anson packte sie an den Schultern und drückte sie gegen die Wohnzimmerwand. »Woher weißt du das?« fragte er. »Woher zum Teufel willst du das wissen?«

»Ich weiß es eben.«

Sie erzählte ihm nicht, daß eine Freundin aus dem Club ihr von Gerüchten erzählt hatte, daß es bald eine Drogenrazzia geben und Anson unter den Verhafteten sein würde. Der Schluß, daß Hill der Spitzel war, war naheliegend gewesen. Tagelang hatte Annettes Freundin sie angefleht, sich von Anson zu trennen, damit sie nicht mit hineingezogen wurde.

Wie vor den Kopf gestoßen davon, daß er von einem V-Mann hereingelegt worden war, daß er sich so leicht hatte hereinlegen lassen, ließ Anson sich gegen einen Sessel sinken. Der Verfolgungswahn, unter dem er seit so langer Zeit litt, erreichte eine neue, durchdringende Dimension, pochte in seinem Schädel, und sein Magen zog sich zusammen. Von all seinen Ängsten war die, wieder in eine Gefängniszelle gesteckt zu werden, die größte. Und wenn Annette die Wahrheit sagte, konnte dies sehr bald Realität werden.

Einen Moment lang starrte er schweigend die Frau an, die er geliebt und gehaßt hatte und die nun hämisch grinsend das Eintreten seines schlimmsten Alptraums verkündete.

Und mit jeder Unze Kraft, zu der er noch fähig war, schlug er ihr die Faust seitlich ins Gesicht.

Als sie zu Boden sank, stürzte er sich auf sie, außer sich vor Wut, und traktierte sie mit unkontrollierten Schlägen, prügelte wie ein Wahnsinniger auf etwas ein ... worauf eigentlich? Auf eine hilflose junge Frau, die fünfzig Pfund leichter war als er selbst? Auf seinen Selbsthaß? Auf eine gnadenlose Welt, die ihm, wie er meinte, ein mieses Blatt nach dem anderen ausgeteilt hatte?

Aus Mund und Nase blutend und beinahe besinnungslos blickte Annette zu ihm auf. »Warum bringst du mich nicht einfach um?« sagte sie mit einer Stimme, die kaum mehr war als ein Flüstern.

Anson hob sie hoch, trug sie ins Schlafzimmer und warf ihren schlaffen Körper unsanft aufs Bett. Fluchend setzte er seinen brutalen Angriff fort, bis der letzte Tropfen Energie in seinem Körper verbraucht war. Hinterher hatte er keine Ahnung, wie lange sein Tobsuchtsanfall gedauert hatte. Es war, als wäre jedes Gespür für Zeit und Raum in ein stockdunkles Vakuum geschleudert worden, in dem es weder Laute noch Gefühle gab.

Völlig ausgelaugt vor Erschöpfung und plötzlich von Schwindel befallen, ging er nach draußen und setzte sich auf die Betonstufen vor der Wohnung. Er atmete die Winterluft tief und gleichmäßig ein, um wieder klar im Kopf zu werden und das Hämmern in seiner Brust auf ein normales Tempo zu reduzieren. Einen Augenblick fürchtete er, sein Herz würde zerspringen.

Er starrte auf seine schmerzenden Hände, auf denen das Blut bereits gerann, und auf seine verfärbten, aufgeschrammten Knöchel.

Eine halbe Stunde verstrich, ehe er wieder hinein und ins Schlafzimmer ging. In der Wohnung herrschte eine unnatürliche Stille, wie er sie noch nie erlebt hatte.

Auf dem Bett lag Annettes zerschundener Körper, das ehemals hübsche, beinahe kindliche Gesicht blutverschmiert, die leeren Augen blind an die Decke starrend.

Um ihren Hals war noch das Band geschlungen, mit dem er sie erdrosselt hatte. Ganz in der Nähe lag der Eispickel, den er ihr ins Ohr gerammt hatte.

Als er dastand und den grauenhaften Anblick in sich aufnahm, lag seine Entlassung aus dem Gefängnis gerade sechsundsiebzig Tage zurück.

Es dauerte mehrere Tage, ehe ich mich dazu überwinden konnte, auch nur daran zu denken, zum Gefängnis zu fahren, um Anson zu sehen.

Nachdem ich von Annettes Tod erfahren hatte, wurde ich von Dämonen heimgesucht, mit denen ich nie erwartet hätte, mich auseinandersetzen zu müssen. Die Tat, die mein eigen Fleisch und Blut begangen hatte, erfüllte mich mit solcher Abscheu, ging soweit über die Grenzen der Wirklichkeit hinaus, daß meine Tage von kalter, surrealer Beschaffenheit waren. Es gab keinen Ort, an dem ich mich vor der monströsen Wahrheit hätte verstecken können, nichts, was mir Zuflucht vor einer Welt geboten hätte, der ich mich nicht mehr gewachsen fühlte.

Die Nächte waren sogar noch schlimmer, erfüllt von rastlosen, häßlichen Gedanken, die trotz meiner Bemühungen, sie abzuwehren, immer wieder in mein Bewußtsein drangen. Gleich, wie sehr ich mich auch bemühte, die Bilder der Szene, die sich in den Timberline Apartments abgespielt hatte, ließen sich einfach nicht verscheuchen.

In jenen leeren, frühen Morgenstunden, wenn alle Vernunft und jedes rationale Denken sich in nichts auflösen und die Stille die kleinsten Dinge zu Horrorgeschichtenausmaß aufbauscht, wünschte ich mir, Anson hätte mich und nicht Annette getötet.

Fragen quälten mich unablässig: Wie hätte ich diese nicht wiedergutzumachende Tragödie verhindern können? Hatte meine Weigerung, ihn nach seiner Entlassung bei mir aufzunehmen, dieses Horrorszenario nicht erst ins Rollen gebracht? Warum hatte ich nicht engeren Kontakt gehalten und Anson nicht nachdrücklicher gedrängt, sich helfen zu lassen? Ich dachte oft an Annettes Familie, wollte mich mit ihr in Verbindung setzen, aber mir fehlten einfach die Worte, den Angehörigen zu versichern, daß sie mit ihrer Trauer nicht allein waren.

Pat mobilisierte Kräfte, von denen sie sicher nie erwartet hätte, sie eines Tages anwenden zu müssen, und einige Freunde schauten auf kurze, unbehagliche Besuche vorbei. Obwohl keiner von ihnen so recht wußte, was er sagen sollte, wurden sie ganz zweifellos von allerbesten Absichten geleitet.

Ironischerweise ist mir der Besuch zweier Polizeibeamter bis zum heutigen Tag am deutlichsten im Gedächtnis haften geblieben.

Während meiner Recherchen für mein Buch über den ermordeten V-Mann hatte ich den Polizeichef von Midlothian, Roy Vaughn, sowie auch Lieutenant Billy Fowler recht gut kennengelernt. Unsere Beziehung hatte sich rasch über das Autor/Interviewpartner-Verhältnis hinaus entwickelt und war zu einer wahren Freundschaft geworden. Sie waren beide Veteranen des Dallas Police Departments, und da sie noch nicht bereit gewesen waren, in den Ruhestand zu treten, hatten sie ihre Polizistenlaufbahn in der gemächlicheren Atmosphäre ländlicher Gemeinden fortgesetzt. Dann war ihr friedliches Leben plötzlich durch den Mord an dem jungen V-Mann erschüttert worden, den Vaughn angeworben und Fowler ausgebildet hatte.

Anfangs war ich verblüfft davon, wie nahe den beiden diese sinnlose Tragödie ging. Sie waren harte Männer, die den Großteil ihres Erwachsenenlebens mit den schlimmsten gesellschaftlichen Greueltaten konfrontiert worden waren, und doch weinten sie offen, als sie vom Tod des jungen Mannes erzählten, für den sie sich väterlich verantwortlich gefühlt hatten.

Damals war es ihre persönliche Tragödie, die uns einander nähergebracht hatte. Und in der Nacht nach Ansons Verhaftung war es meine eigene Tragödie, die sie zu mir führte.

Ich war wohl kaum der erste Verwandte eines Mörders, mit dem sie im Laufe ihrer beruflichen Laufbahn zu tun gehabt hatten, und sie zögerten nicht lange, mit mir über ihre Erfahrungen und Erkenntnisse zu sprechen.

»Im Augenblick fühlst du weit mehr Schuld, als du solltest«, sagte Fowler. »Du suchst nach jemandem, dem du die Schuld geben kannst, nach irgendeinem anderen als deinem Jungen, und da bist du das nächstliegende Ziel. Wenn ich mich nicht sehr irre, machst du dir im Augenblick selbst das Leben zur Hölle. Das ist eine ganz normale Reaktion, aber Tatsache ist, daß du das nicht tun solltest. Du trägst *nicht* Schuld an dem, was passiert ist. Wenn du das durchstehen willst, mußt du dich erst zu dieser Erkenntnis durchringen.«

Er sprach noch eine Warnung aus: »Lauf nicht gleich los und engagiere einen Anwalt, der seine Verteidigung übernimmt. Überlaß das dem Gericht. Sie werden einen Pflichtverteidiger bestimmen, der ebenso qualifiziert ist wie jeder

Anwalt, den du dir leisten könntest. Ich habe erlebt, daß Familien ihre ganzen Ersparnisse geopfert, ihr Heim verkauft und sich Geld geborgt haben, bis sie endgültig am Ende waren, und das alles für nichts und wieder nichts. Es hat sie in den Ruin getrieben. Tatsache ist, daß du nicht viel tun kannst, um deinem Sohn zu helfen. Denk also an die, für die du sehr wohl etwas tun kannst.«

Vaughn stimmte dem zu. »Es gibt viele Leute«, fuhr er fort, »sehr viele Leute ... viele deiner Freunde ... denen du im Augenblick leid tust. Sie machen dich nicht verantwortlich für diese Tragödie. Himmel, wenn sie selbst Kinder haben, werden sie sich sagen: ›Gott bewahre mich vor einem solchen Schicksal ...‹ Niemand, der auch nur einen Funken gesunden Menschenverstand besitzt, gibt dir die Schuld. Also tu du es auch nicht.«

Aber das war leichter gesagt als getan. Es würde einige Zeit in Anspruch nehmen.

Aber wenigstens überzeugte mich ihr Besuch davon, daß es ebenso sinnlos wie feige war, sich zu verstecken und in Einsamkeit vor sich hin zu brüten. Die Leute wußten, was passiert war. Sie hatten es in der Zeitung gelesen, in den Nachrichten gehört, sich mit anderen darüber unterhalten und sich eine Meinung gebildet.

Pat schien ebenso überrascht wie erleichtert, als ich schon wenige Tage nach Ansons Verhaftung duschte und mich anzog, um in die Büros der Dallas Cowboys zu fahren. Zu den Teilzeitaufgaben, die ich seit meinem Weggang von den *Morning News* übernommen hatte, gehörte die Redaktion des vom Club wöchentlich herausgegebenen Informationsblattes. Im Grunde war es eine Ein-Mann-Aufgabe, die einen langen Tag und eine ebenso lange Nacht erforderte, um die Artikel verschiedener freiberuflicher Autoren zu überarbeiten, die Photos auszuwählen, die gedruckt werden sollten, das Layout zu gestalten und die Themen für die Ausgabe der nächsten Woche zu bestimmen.

Als ich dort eintraf, war der erste Mensch, dem ich auf dem Flur begegnete, Doug Todd, der freundliche, stets zu Scherzen aufgelegte Werbechef des Teams. Er eilte auf mich zu, einen Ausdruck aufrichtiger Sorge auf dem Gesicht. »Was zum Teufel tun Sie hier?«

Ich borgte mir eine seiner schlagfertigen Entgegnungen und wählte eine, die er selbst Jahre zuvor von einem sorglosen Quarterback der Cowboys namens Don Meredith geklaut hatte. »Jeder muß ja irgendwo sein«, sagte ich.

Ich machte mich mechanisch und konzentriert an die Arbeit, wobei mir überdeutlich bewußt war, daß jene um mich herum nicht wußten, was sie sagen sollten. Glücklicherweise entschieden sich jene, die an meinem Schreibtisch stehenblieben, für die Sicherheit und den Trost flüchtigen, gemessenen Smalltalks. Schweigen zog sich durch meinen Tag, als hütete ich ein Geheimnis, das niemand hören wollte.

Es war bereits spät am Abend, als ich schließlich nach Hause fuhr. Wenigstens hatte ich mir selbst bewiesen, daß ich noch funktionstüchtig war. Das war immerhin ein Anfang.

Meine nächste Unternehmung sollte allerdings weniger leicht sein.

Ein abendlicher Besuch im Lew Sterrett Justice Center – der Hauptstrafvollzugsanstalt in Dallas – bringt eine unangenehme Konfrontation mit allen Arten sozialer Misere mit sich. Reihen freudloser – größtenteils schwarzer – Gesichter schieben sich auf mehrere Schalter in der

Lobby zu, um kleine Geldbeträge auf die Konten inhaftierter Angehöriger einzuzahlen. Auf der anderen Seite des schmucklosen, in grelles Licht getauchten Foyers handeln müde Rechtsanwälte Kautionen für Klienten aus, deren Vergehen ihren Arbeitstag über die Abendbrotzeit hinausgezogen haben. An den Wänden sitzen Frauen, einige kaum mehr als Teenager, andere gerade mal Anfang zwanzig, mit müden Gesichtern und in Begleitung unruhiger Kinder, die geduldig darauf warten, daß ihr Mann oder Freund entlassen wird. Die durchdringenden Gerüche des Kaffeeautomaten, der billigen Parfums und des einsamen Eimers mit Ammoniakreiniger verschärfen den Angriff auf die Sinne. Obwohl es sich um eine relativ neue Einrichtung handelt, haftet dem Gebäude ein Schmutz an, den auch der großartigste Reiniger nicht beseitigen kann. Es ist dreckig, deprimierend und hallt wieder vom Schmerz jener, die gezwungen sind, es zu betreten.

An der Routine hatte sich nichts geändert. Das Geduldsspiel begann mit einem Gang den betonierten Flur hinunter zum hinteren Teil des Gebäudes zu einem kleinen Tisch, an dem ein gelangweilter Deputy saß, der Besucherformulare verteilte, die ausgefüllt werden mußten. In einem Kästchen lagen ein halbes Dutzend Bleistiftstummel für jene, die keinen Stift bei sich hatten.

Nachdem er meine Daten geprüft und unnötig lange meinen Führerschein gemustert hatte, blätterte er gemächlich in den Computerausdrucken mit den Insassen und ihren jeweiligen Zellennummern.

»Treten Sie zurück und warten Sie, bis Sie aufgerufen werden«, sagte der Deputy, ohne sich auch nur die Mühe zu machen, von seinen Unterlagen aufzublicken.

Eine halbe Stunde verstrich, ehe ich zum Fahrstuhl gerufen wurde, der hinauf in den Zellentrakt führte, und die immer noch wachsende Menge brummiger Besucher hinter mir ließ, die den Flur säumten und darauf warteten, daß sie ihrerseits aufgerufen wurden.

Das Warten setzte sich fort, als ich in eine kleine Zelle dirigiert wurde, in der ein Plastikstuhl vor einer Glasscheibe stand, hinter der sich eine exakte Kopie des winzigen Raums befand, in dem ich saß. An beiden Wänden befanden sich schwarze Telefonhörer, über die wir miteinander sprechen würden.

Endlose Minuten verstrichen, während derer ich darauf wartete, daß Anson in den gegenüberliegenden Raum geführt wurde, und mich fragte, was ich sagen sollte, was mich erwartete. Das Atmen fiel mir zunehmend schwerer, als könnte ich meine Lungen nicht mit genügend Luft füllen, wie sehr ich mich auch anstrengte.

Das plötzliche Zischen, als die Tür auf der Gefängnisseite sich öffnete, riß mich aus meinen Gedanken, und ich wurde von einer Welle der Nervosität befallen, während ich vergeblich versuchte, eine lässige Pose einzunehmen.

Ein ausgemergelter Fremder nahm mir gegenüber Platz. In einem viel zu großen orangefarbenen Overall, den alle des Mordes angeklagten Insassen trugen, starrte Anson mich aus leblosen Augen an und nickte zur Begrüßung, während er nach dem Telefonhörer griff.

»Ich hätte nicht gedacht, daß du kommen würdest«, sagte er. Seine Stimme klang so spröde, wie ich sie noch nie gehört hatte.

Meine Augen brannten, als ich gegen die Tränen ankämpfte, die ich um jeden Preis vor ihm verbergen wollte. Was sollte ich sagen? Wie sollte ich diese schwierige Rolle spielen, auf die mich nichts und niemand vorbereitet hatte? Sollte ich ihn daran erinnern, daß ich immer gekommen war? Wie viele Male? Wie viele Gefängnisse in wie vielen Jahren in wie vielen Städten? Verdammt, war ich nicht immer für ihn dagewesen, auch dann, wenn er alles getan hatte, mich von sich zu stoßen?

Es dauerte einige Sekunden, ehe ich etwas sagte. »Du bist immer noch mein Sohn.«

Er ließ den Kopf sinken und starrte auf den Betonfußboden.

»Möchtest du darüber reden?«

»Eigentlich nicht«, entgegnete er. »Ich würde alles in der Welt darum geben, es ungeschehen zu machen … aber das kann ich nicht.« Er hatte bereits ein volles Geständnis abgelegt und würde nicht um einen Prozeß bitten, teilte er mir mit. Sein Pflichtverteidiger habe ihm gesagt, daß er wohl zu sechzig Jahren verurteilt werden würde, wenn er sich von vornherein schuldig bekannte. »Aber genau das werde ich tun«, fügte er hinzu. »Ich gehe dahin zurück, wo ich hingehöre.«

Ein beunruhigender Gedanke schoß mir durch den Kopf. Ich erkannte, daß seine Entscheidung genau dem entsprach, was ich hatte hören wollen. Der Gedanke, daß es einem raffinierten Anwalt gelingen könnte, eine Jury dazu zu bewegen, Anson freizupauken, widersprach allem, woran ich glaubte. Mit den Jahren war ich skeptisch geworden, was die Fairneß des Rechtssystems anbelangte. Ich hatte zu viele Verteidiger gesehen, die nur ein hochdotiertes Spiel gespielt hatten, um ihre Mandanten frei zu bekommen, gleich, wie abscheulich deren Taten sein mochten.

Ich weiß, daß dies eine vereinfachende Haltung war, aber ich hielt an der in meiner Baptistenerziehung wurzelnden Überzeugung fest, daß ein Verbrechen bestraft werden mußte. Mein eigener Sohn bildete da keine Ausnahme.

»Weißt du, ich kann nicht viel für dich tun …«

Anson hob eine Hand und drückte sie gegen die Glasscheibe.

»Dad, ich erwarte nicht von dir, daß du irgend etwas unternimmst. *Ich will nicht*, daß du etwas unternimmst. Diesmal sind uns beiden die Hände gebunden.«

Er schwieg eine Minute, als suche er nach Worten, die er vergessen hatte. Seine von dunklen Ringen umgebenen Augen füllten sich mit Tränen. »Ich habe sie geliebt«, sagte er schließlich. »Ich habe sie geliebt … aber ich habe sie gräßlich behandelt … und dann habe ich sie getötet. Das macht nicht viel Sinn, nicht wahr?«

Ich schüttelte den Kopf. »Nein, macht es nicht.«

Wir unterhielten uns noch einige Minuten, in denen im Grunde keiner von uns etwas Bedeutsames sagte. Ich fragte ihn, ob er zum Schlafen käme, ob er essen könne, und versprach ihm, daß ich ihm einige Bücher schicken und dafür sorgen würde, daß Geld auf sein Gefängniskonto eingezahlt wurde. Und daß ich ihn bald wieder besuchen würde.

Als ich aufstand, um zu gehen, zeigte er auf den Hörer, den ich bereits wieder eingehängt hatte, und bedeutete mir, noch einmal abzunehmen. »Ich möchte dich um einen Gefallen bitten«, sagte er.

»Und worum geht es?«

»Meine Kleider und meine Privatsachen sind unten im Aufbewahrungsraum. In der Hosentasche ist ein Anhänger des Heiligen Christophorus an einer Goldkette. Ich habe mit dem Wärter gesprochen, und er hat zugesagt, ihn mir zu geben, wenn ihn jemand raufbringt. Mir liegt wirklich viel an dem Anhänger.«

Ich versprach ihm, die Kette heraufzubringen, als auch schon ein Wärter auf seiner Seite in der Tür erschien, um ihn in seine Zelle zurückzubringen.

In diesem Augenblick hatte ich jedoch das Gefühl, daß es nichts Wichtigeres gäbe, als das Gebäude so schnell wei möglich zu verlassen, wegzukommen von den Gitterstäben, den zufallenden Türen und den gedämpften, fernen Stimmen – darunter auch die meines Sohnes – jener, die hinter ihnen eingesperrt waren.

Als ich wieder im Erdgeschoß war, kämpfte ich den Impuls nieder, zur Tür und hinaus in die frische Nachtluft zu laufen, um Abstand von etwas zu gewinnen, von dem ich wußte, daß ich es für immer verloren hatte.

Als ich zum Parkplatz ging und mir unser kurzes Gespräch noch einmal durch den Kopf gehen ließ, gesellte sich ein unwillkommener, aber vertrauter Gefährte zu mir; ein Gefühl, mit dem ich seit Jahren lebte. Es war ein düsterer, heimtückischer Feind, dem ich mich stellen mußte, wenn ich auch weder seinen Ursprung noch seinen Sinn jemals wirklich durchschaut hatte. Wie immer kam er ganz plötzlich ohne Vorwarnung. Mein Magen verkrampfte sich, und ich spürte einen Druck auf der Brust. Eisige Kälte strömte durch meinen Körper.

Ich hatte diesem Gefühl verschiedene Namen gegeben, von Zorn bis Deprimiertheit, aber der wahre Name des Feindes war Furcht. Nackte, gnadenlose Furcht, die ich nie so ganz verstanden hatte und von der ich nie gewußt hatte, wie ich sie bekämpfen sollte. Es war nicht die Art von Angst, wie sie ein Soldat im Krieg empfinden muß. Und es war auch keine Furcht von der Art, wie sie eine unsichtbare Gefahr hervorruft. Der Mann, der in einer üblen Gegend eine dunkle Gasse entlanggeht, würde nicht verstehen, was zu definieren mir so schwer fiel. Ebenso wenig wie das verirrte Kind oder der Geschäftstycoon, dessen Finanzimperium plötzlich bröckelt. Meine Furcht war immer etwas Spezielles gewesen, das sich jedweder Erklärung entzog.

Als ich jedoch in die frühwinterliche Dunkelheit hinausging, nur von den Wölkchen begleitet, die mein Atem in der kalten Luft bildete, gab der gefürchtete Feind sich endlich zu erkennen. Warum er hierzu ausgerechnet diesen Augenblick wählte, vermag ich nicht zu sagen. Die Erkenntnis kam so plötzlich, in ihrer Natur so fundamental, daß ich stehenblieb und mich fragte, warum ich es nicht längst erkannt hatte.

Ich fürchtete weder persönliche Gefahr noch beruflichen Ruin oder meinen eigenen Tod. Ich fürchtete mich vor Dingen, die sich meiner Kontrolle entzogen, vor Dingen, die ich, wie sehr ich mich auch bemühte, weder verhindern noch ändern konnte.

Nachdem der Feind endlich sein Gesicht gezeigt hatte, spürte ich den sanften Hauch der Erleichterung und die ersten Anfänge von etwas, das sich, wie ich wußte, zu neuer Zuversicht entwickeln würde. Irgendwo in noch weiter Ferne erwartete mich die Hoffnung auf ein wiederhergestelltes Selbstvertrauen und eine Welt, in der die Perspektiven wieder zurechtgerückt waren.

Ich wußte, daß der Kampf weder kurz noch leicht sein würde. Aller Wahrscheinlichkeit nach würde er andauern, solange mein Verstand und mein Gedächtnis arbeiteten.

Ich fuhr nach Hause und ließ ein zerstörtes Leben zurück. Und ich schwor mir, die zerbrechlichen Teile meines eigenen Lebens Stück für Stück wieder zusammenzusetzen.

## Nachwort

Fünf Jahre sind seit jenem Frühling vergangen, da ich in einem kleinen, beinahe leeren Gerichtssaal in Dallas saß und hörte, wie mein Sohn sich des Mordes ersten Grades schuldig bekannte. Die Verhandlung war gnädig kurz, sie dauerte nicht länger als zehn Minuten. Ich war erleichtert, daß das flüchtige Aufflackern des Interesses der Presse erloschen war. Es waren keine Reporter anwesend, die sich Notizen machten und Fragen vorbereiteten, auf die ich immer noch nicht antworten wollte.

Als er abgeführt wurde, zurück in die Gefängniszelle, in der er bis zu seiner Verlegung in die Strafvollzugsanstalt untergebracht war, blieb Anson kurz stehen und blickte zu Pat und mir herüber, den einzigen Zuhörern im Saal. Ich konnte nicht hören, was er sagte, die Worte jedoch von seinen Lippen ablesen. »Danke, daß ihr gekommen seid«, sagte er.

Und hiermit war ein Kapitel unseres Lebens abgeschlossen.

Ansons zerstörte Zukunft versprach nun nichts anderes mehr als Jahr auf Jahr lähmende Monotonie des Gefängnisalltags. Wie viele Partien Schach oder Karten konnte man spielen, wie viele Bücher lesen, wie viele Stunden fernsehen, um jeden einzelnen dieser eintönigen Tage totzuschlagen?

Er würde fast fünfundvierzig Jahre alt sein, bevor er für eine Bewährung überhaupt in Frage kam. Das war ein ganzes Leben entfernt, zu weit weg, es auch nur in Betracht zu ziehen, so außer Reichweite, daß es nicht einmal als Hoffnung dienen konnte, an die er sich in den dunklen Nächten und endlosen Tagen, die vor ihm lagen, klammern konnte.

Als Pat und ich an jenem Tag vom Gericht nach Hause fuhren, schwiegen wir beinahe auf der ganzen Fahrt. »Er sah so klein aus«, sagte sie schließlich. »Ich weiß, daß es eigenartig klingt, aber während er vor dem Richter stand, konnte ich die ganze Zeit an nichts anderes denken als daran, wie klein er aussah. Es war, als sähe ich ihn das erstemal.«

Sie beugte sich zu mir und legte mir sanft eine Hand auf die Schulter. »Soweit alles in Ordnung mit dir?«

Ich nickte nur; mir fehlten die Worte, ihr die seltsame Mischung von Gedanken zu erklären, die mir durch den Kopf schossen. In gewisser Weise war Annettes tragischer, viel zu früher Tod nicht der einzige gewesen. Mit seinem grauenhaften Verbrechen hatte Anson die Grenze zu jener Unterwelt überschritten, in der alles Gute verrottete und starb. Den Sohn, den ich einst gekannt und um den ich mich so lange Zeit gesorgt hatte, gab es nicht mehr.

Als wir wieder zu Hause waren, blieben wir eine Weile im Garten stehen und genossen die frische Luft der realen Welt, atmeten tief den süßen Duft des Geißblattes ein, den die sanfte Brise mit sich trug, und sahen den Eichhörnchen zu, die in den Bäumen im Nachbargarten umhertollten.

»Ich war stolz auf ihn«, sagte ich, meine Gedanken laut aussprechend.

Der verständnislose Ausdruck auf dem Gesicht meiner Frau verlangte nach einer Erklärung.

»Das, was Anson heute getan hat, war etwas, wozu er den Großteil seines Lebens nicht in der Lage war, etwas, worauf zu hoffen ich bereits aufgegeben hatte. Er hat endlich die Verantwortung für sein Tun übernommen. Er hat nicht gelogen, nicht versucht, die Schuld auf jemand anders oder irgendwelche Umstände abzuwälzen. Er hat seine Schuld eingestanden und seine Strafe hingenommen.«

Mir war bewußt, daß in meine Beobachtung eine beunruhigende Ironie verwoben war. Warum hatte es der schlimmsten nur denkbaren Situation bedurft, das hervorzubringen, was ich als das Beste in meinem Sohn betrachtete?

Langsam kehrte wieder eine gewisse Normalität in unser Leben ein. Die Depressionen, unter denen ich so lange gelitten hatte, begannen nachzulassen, wenn auch erst, nachdem ich etwas getan hatte, von dem ich geschworen hatte, daß ich es niemals tun würde. Wenngleich ich anfangs skeptisch war, suchte ich schließlich doch professionellen Rat und sprach zum erstenmal in meinem Leben mit einem wildfremden Menschen über meine innersten Gefühle. Die Antidepressiva, die er mir verschrieb, verhalfen mir zum ersten erholsamen, tiefen Schlaf seit Wochen.

Pat schleifte mich zu Nachmittagsvorstellungen in Kinos und überredete mich zu langen Abendspaziergängen entlang derselben Strecke, die wir nach ihrer Krebstherapie gegangen waren. Ich konnte nicht anders, als mich über den plötzlichen Rollentausch zu wundern. Jetzt war sie es, die optimistisch von der Zukunft plauderte, von Gott und der Welt sprach, bloß nicht von der einen Sache, die so schwer auf uns beiden lastete. Freunde riefen an – einige von ihnen, wie ich vermutete, auf Drängen meiner Frau – und luden uns zum Mittagessen ein.

Als die Weihnachtszeit nahte, schufen wir in unserem Heim eine festliche Wärme, die alles Bisherige übertraf.

Das war das Jahr, in dem wir den Vorgarten endlich ordentlich gestalten würden, beschloß sie und betraute prompt mich mit dieser Aufgabe. Bald sahen die Passanten im Dunklen fröhlich blinkende Lichter, die verkündeten, daß bei den Stowers alles bestens war. Mein Vater, ein Barschangler, von dessen Sorte es wenige gab, rief an, um mich daran zu erinnern, daß die größten Exemplare immer im Winter anbissen, und bestand darauf, daß ich ihn ein paar Tage besuchte.

Und ich begann wieder zu arbeiten, versuchte, mich auf die Wirklichkeit von Abgabeterminen und Rechnungen zu konzentrieren, die bezahlt werden mußten.

Zu meiner Überraschung kam schließlich eine Zeit, da die Gedanken an Anson so sehr in den Hintergrund rückten, daß ich manchmal mehrere Tage nicht über sein Schicksal nachgrübelte. Zu den bemerkenswertesten Geschenken Gottes an die Menschheit gehörte, wie ich erkannte, die Gabe, sich immer wieder aufzurichten, Schicksalsschläge hinzunehmen und weiterzumachen.

Jahrelang hatte ich mit herzlich wenig Erfolg versucht, zu tun, was alle liebenden Väter versuchen. Aber kein noch so großes Maß an Unterstützung und Disziplin, Rat oder Warnung hatte Anson von seinem selbstzerstörerischen Kurs abbringen können. Nichts von dem, was ich getan hatte, hatte sein Selbstwertgefühl steigern oder ihn von der Güte der Welt überzeugen können. Ich war nie in der Lage gewesen, mit ihm das kostbare Geschenk des Glücklichseins zu teilen.

In solchen Zeiten ist es ganz natürlich, daß man zu Schuldzuweisungen neigt. Manche nehmen diese Last willig, ja sogar eifrig auf sich und tragen sie wie ein selbstzugefügtes, eingebranntes Zeichen ihres Versagens mit sich herum. Andere weisen rasch jegliche Verantwortung und Schuld weit von sich. Ich wußte nie, welche Haltung ich einnehmen sollte, während meine unsicheren Gefühle sich ständig veränderten und sich drehten wie der Sommerwind.

Es war Pat, die eine Warnung aussprach, die mich schließlich aufhorchen ließ. »Wenn du es zuläßt, wird es dich ebenso sicher zerstören, wie es Anson zerstört hat. Und was würde das bewirken, außer den Tragödien, die sich bereits ereignet haben, eine neue hinzuzufügen? Es gibt noch andere Menschen, die deiner Sorge bedürfen und Wert auf dich legen. Du hast noch einen Sohn, der dich liebt und dessen größtes Bestreben es ist, dir alles recht zu machen, damit du stolz auf ihn bist. Meine Jungs halten große Stücke auf dich. Und, weiß Gott, ich brauche dich.«

Sie sah mich lange an. »Laß los«, sagte sie. »Was geschehen ist, war nicht deine Schuld.«

Ich wünschte mir so sehr, ihr glauben und ihren Rat befolgen zu können. Auch hoffte ich, daß ihre Erkenntnisse nicht nur der Sorge einer liebenden Frau entsprangen, die ihrem Gefährten Trost spenden wollte.

»Laß mich dich etwas fragen«, fuhr sie fort. »Wenn du auf deine Beziehung zu Anson zurückblickst, auf die Art, wie du ihn erzogen hast, auf die Dinge, die du gesagt, getan und zu tun versucht hast, was würdest du anders machen? Wenn du die Zeit zurückdrehen und noch einmal von vorn anfangen könntest, was würdest du verändern wollen?«

Diese Frage hatte ich mir selbst oft gestellt; tatsächlich hatte ich bei jeder neuen Krise, die im Laufe der Jahre aufgetreten war, darüber gegrübelt. Und doch hatte ich aus irgendeinem Grund nie eine zufriedenstellende Antwort gefunden. Aber nun, da jemand anders diese Frage stellte, schien es mir etwas völlig anderes zu sein, etwas, das eine ehrliche Antwort verlangte.

»Ich weiß es wirklich nicht«, entgegnete ich. »Tatsächlich würde ich es vermutlich wieder genauso machen, weil es mir damals richtig erschien. Wenn es einen besseren Weg gab, habe ich ihn nicht erkannt. Und auch heute, rückblickend, wüßte ich nicht, was ich anders hätte machen können. Die Wahrheit ist, daß es nur wenige Dinge gibt, die ich vermutlich in der Lage wäre besser zu machen, wenn ich eine zweite Chance bekäme.«

»Du hast also dein Bestes gegeben«, erwiderte sie. »Mehr kann niemand tun – nicht einmal du.«

Und so kam es, daß ich langsam eine gewisse Distanz von den Geschehnissen gewann und mich an den sichereren Mittelweg hielt. Es war an der Zeit, daß ich aufhörte, mir die Schuld für die Sünden meines Sohnes zu geben. Andererseits kam der Gedanke, zu versuchen, ihn plötzlich und vollständig aus meinem Leben zu streichen, zu versuchen, nach vorn zu blicken und seine Existenz völlig zu ignorieren, für mich nicht in Frage. Kein Verbrechen konnte die Tatsache auslöschen, daß er immer noch in meinem Herzen und in meinem Geist gegenwärtig war.

In Wahrheit hatte das Rechtssystem mir eine langersehnte Ruhepause und eine Lösung verschafft. Von Gesetzes wegen würde jede Beziehung zwischen mir und Anson die nächsten Jahre nur auf Armeslänge möglich sein. Jedwede Richtung, die ich seinem Leben hätte geben können, lag nun in den Händen des Strafrechtssystems.

Ich stellte meine Besuche im Gefängnis ein. Einige Zeit war ich versucht, dem Drang, in den grauen Nebel zurückzukehren und ihn zu sehen, nachzugeben, aber ich war fest entschlossen, ihn zu ignorieren. Ich erfand allerlei Ausreden, bis mir schließlich keine mehr einfielen. Aus Wochen wurden Monate, aus Monaten Jahre.

Wir schrieben uns und telefonierten gelegentlich. Ich schickte ihm regelmäßig kleinere Geldbeträge, damit er sich Tabak und einige persönliche Dinge kaufen konnte. Und ich schickte ihm Bücher – Spionagethriller, Sciencefiction und Kriminalromane. Wir schrieben uns an den Feiertagen, wobei meine Briefe gewöhnlich eine humorvolle Botschaft enthielten, während seine mit Tinte oder Buntstiften selbst gezeichnet waren.

Eine größere Nähe wollte ich nicht. Ein Brief, in dem er die beklagenswerten Zustände im Gefängnis beschrieb, war eine Sache, es mit eigenen Augen zu sehen, etwas völlig anderes. Zuzuhören, wenn er mir von einer Schlägerei mit einem Mithäftling erzählte, war weniger schmerzhaft, als seine zerschrammte Hand zu sehen.

Ich war zu dem Schluß gekommen, daß ich, indem ich diese Distanz wahrte, die neue Ordnung beibehalten konnte, die in meinem Leben eingekehrt war. Die Recherchen für eine Zeitschriftenreportage führten mich in das Büro eines landesweit bekannten Gerichtspsychiaters in Dallas mit Namen Dr. James Grigson. Er war ein hochaufgeschossener Gentleman aus dem Süden, dessen Charme in krassem Kontrast zu dem Spitznamen stand, den die Medien ihm verliehen hatten. Er war im Laufe seiner kontroversen Karriere in über zweitausend Kriminalfällen als Sachverständiger zu Rate gezogen worden. Einhundertfünfzigmal war er in den Zeugenstand getreten, um dem Staatsanwalt zu helfen, die Geschworenen davon zu überzeugen, daß ein des vorsätzlichen Mordes Angeklagter die Todesstrafe verdiente. Daher rührte auch sein Spitzname ›Dr. Death‹.

Nachdem das Interview beendet war, aßen wir in einem nahegelegenen Restaurant zu Mittag, und ich war überrascht, als er sich im Laufe unserer Konversation nach Anson erkundigte. »Sie wissen ja, daß ich mit ihm gesprochen habe, als er in Untersuchungshaft war«, sagte er.

In jenen hektischen Tagen nach Annettes Tod und Ansons Verhaftung war mir einiges entgangen – so auch, daß das Büro der Staatsanwaltschaft Grigson ersucht hatte, den Geisteszustand meines Sohnes zu prüfen. Grigson sollte feststellen, ob Anson geistig stabil genug war, sein Recht auf einen Prozeß zu begreifen und sich schuldig zu bekennen.

»Er war mir sympathisch«, sagte Grigson.

Da mir die Schweigepflicht bekannt war, an die solche Gespräche gebunden waren, kämpfte ich gegen den plötzlichen Impuls an, den Mann, der mir gegenübersaß, mit Fragen zu bombardieren. Keinen Meter von mir entfernt saß jemand, der möglicherweise Antworten kannte, nach denen ich seit Jahren vergeblich suchte, und doch verbot ihm ein ethischer Kodex, mir irgendwelche Geheimnisse zu verraten, die Anson ihm anvertraut haben mochte. Wir lenkten unsere Unterhaltung rasch wieder in sichere Bahnen.

Erst als wir beim Kaffee saßen, kam Dr. Grigson, der vielleicht mein Bedürfnis spürte, irgend etwas zu erfahren, das half, mich über den Geisteszustand meines Sohnes aufzuklären, noch einmal kurz auf dieses Thema zu sprechen.

»Zu den Dingen, die ich regelmäßig tue, wenn ich mit jemandem spreche, der im Gefängnis sitzt«, sagte er, »gehört, daß ich ihn zu seinen Beziehungen zu seinen Verwandten befrage. Da ich Sie zum damaligen Zeitpunkt bereits seit einiger Zeit kannte, interessierte mich ganz besonders, was der Junge von Ihnen und ihrer Beziehung dachte.«

Ich fühlte mein Herz hämmern, während ich nervös auf die Antwort wartete, von der ich wußte, daß sie folgen würde.

»Ihr Sohn«, sagte Dr. Grigson in einem so sanften und beruhigenden Tonfall, daß er beinahe hypnotisch wirkte, »liebt Sie sehr. Tatsächlich hat er mir gesagt, daß er Sie als seinen besten Freund betrachtet.«

Hierauf gab er vor, zurück an die Arbeit zu müssen. Mehr würde er zu diesem Thema nicht sagen.

Wochenlang gingen mir Dr. Grigsons Worte nicht aus dem Kopf, wie eine geliebte alte Melodie. Warum, fragte ich mich, erzählte Anson einem wildfremden Menschen Dinge, die er mir nie gesagt hatte? Welche undurchdringliche Barriere bestand zwischen uns, die es ihm so schwer machte, solche Gefühle mit mir zu teilen?

In den folgenden Tagen keimte in mir die Idee für dieses Buch auf. Aber nicht ohne die alten Bedenken. Ich fragte mich, ob genügend Zeit vergangen war, ob die Heilung genügend fortgeschritten war und ich genügend bereit war, einen weiteren Versuch, die Wahrheit aufzudecken, lohnenswert zu machen. Oder war die Wahrheit so versteckt, so sorgfältig gehütet, daß sie niemals würde an die Oberfläche geholt werden können?

Schließlich schrieb ich irgendwann im Sommer 1993 spätabends einen Brief an Anson und schlug ihm eine Reihe von Besuchen vor, bei denen wir gemeinsam völlig offen und ehrlich auf unser beider Leben zurückblicken sollten. Einer Frage vorgreifend, von der ich wußte, daß er sie stellen würde, beendete ich den Brief mit dem Versuch, ihm meine Beweggründe zu erklären: »Ich weiß, daß Du Dich fragen wirst, warum ich Dir ein solches Verhalten nach all diesen Jahren vorschlage. Die Antwort hierauf ist weder einfach, noch bin ich sicher, daß ich sie zufriedenstellend formulieren kann. Aber sofern die Möglichkeit besteht, daß wir zu einem gewissen Verständnis füreinander gelangen, glaube ich, daß dies für uns beide von Vorteil sein könnte. Und ehrlich gesagt möchte ich, bevor ich sterbe, gerne wissen, was mit uns geschehen ist.«

Ein paar Tage später kam seine Antwort. »Ich auch«, schrieb Anson in seiner vertrauten, blumigen Handschrift. »Laß es uns versuchen.«

Die Szenen und Abläufe waren mir vertraut. In der reinweißen Lobby warteten Menschen darauf, daß sie eingelassen wurden, um Freunde und Verwandte zu besuchen. Einige saßen schweigend da und hielten nervös das Formular umklammert, das sie zuvor ausgefüllt hatten. Andere vertrieben sich die Zeit mit der Lektüre einer Zeitung oder eines Taschenbuchs, die sie später in einem der kleinen Metallspinde an der Wand würden deponieren müssen, bevor sie den Gefängnishof betraten. Wie immer waren die meisten Besucher Frauen – Mütter, Ehefrauen und Freundinnen –, und ich ertappte mich dabei, daß ich über die Nervosität um mich herum lächelte. Einige der Frauen hatten kleine Kinder bei sich, die sie mit Süßigkeiten aus den Automaten beruhigten. Jene, die schon öfter zu Besuch gekommen waren, hatten Frischhaltebeutel mit Kleingeld bei sich, das sie mit hineinnehmen durften, um Zigaretten, alkoholfreie Getränke und Snacks zu ziehen. Die Atmosphäre war wie immer angespannt, ähnlich der, die spätabends im Wartezimmer eines Krankenhauses herrscht.

Als ich mich an die Wand lehnte und darauf wartete,

aufgerufen zu werden, las ich das Formular durch, das ein Strafvollzugsbeamter jedem Besucher aushändigte. Neben meinem Namen, meiner Anschrift, meiner Führerscheinnummer und dem Namen des Gefangenen, den ich zu besuchen wünschte, gab es eine Reihe merkwürdiger Fragen wie beispielsweise: Sind Sie schon einmal wegen einer Straftat verurteilt worden? Haben Sie schon einmal eine Gefängnisstrafe abgesessen? In welcher Beziehung stehen Sie zu der Person, die Sie besuchen möchten? Haben Sie daran gedacht, Ihren Wagen abzuschließen?

Wie in dem Formular verlangt wurde, hatte ich meinen Ring, meine Brieftasche, einen Fingernagelabknipser und meine Wagenschlüssel in einem der Schließfächer deponiert. Ich würde den Gefängnishof nur mit den Kleidern betreten, die ich am Körper trug, und mit meiner Plastiktüte voller Fünf-, Zehn- und Fünfundzwanzigcentstücke im Gesamtwert von fünf Dollar.

Nachdem mein Name aufgerufen und meine Papiere geprüft und für okay befunden worden waren, betrat ich einen abgeschlossenen Flur, wo ein Wärter mich aufforderte, meine Schuhe auszuziehen, meine Taschen nach außen zu kehren und langsam durch einen Metalldetektor zu gehen. Dann wurde ich abgeklopft und aufgefordert, den Mund zu öffnen und die Zunge anzuheben, damit eine Untersuchung mit einer kleinen Taschenlampe feststellen konnte, ob ich versuchte, irgend etwas hineinzuschmuggeln.

Dann ertönte endlich das Zischen der hydraulischen Maschinerie, die die Tür öffnete, die in die Miniaturwelt des Besucherabschnittes auf dem Gefängnishof führte. Dort standen etwa ein Dutzend hölzerner Picknicktische, einige Bänke und eine Schaukel für die Kinder. Ein geglätteter, sorgfältig markierter Pfad führte an dem etwa fünfzehn Meter langen Abschnitt entlang, so daß jene, die nicht länger sitzen wollten, in einem langsamen Spaziergang, der nirgendwohin führte, auf und ab gehen konnten.

Überall suchten eifrige Augen, den ersten Blick auf einen Ehemann, Liebhaber, Vater – und Sohn – zu erhaschen, wenn wieder ein Gefangener auf den Hof gelassen wurde.

Solchen Begegnungen geht immer ein nervöser Augenblick voraus, in dem man sich fragt, was man sagen soll, wer wohl zuerst sprechen wird, ob man sich per Händedruck begrüßen oder sich umarmen soll.

Anson trug Jeans, ein dunkles T-Shirt und Sportschuhe und machte einen gesunden Eindruck. Offensichtlich hatte er vernünftigerweise viel Zeit auf dem Fitneßhof verbracht. Als er auf mich zukam, lag auf seinem Gesicht ein Lächeln des Willkommens, das sofort all meine Bedenken ob dieses Besuches fortwischte.

Es war schön, ihn zu sehen.

Die Hitze der Sonne an diesem frühen Nachmittag wurde von einer angenehmen Brise gemildert, und wir beeilten uns, uns einen Sitzplatz auf einer der Bänke zu sichern. Zu Anfang verlief unser Gespräch noch recht zögerlich, ähnlich wie Smalltalk zwischen Fremden, die einander gerade erst kennenlernten. Und für eine Weile war ich ein Voyeur in einer anderen Welt, mir meiner Umgebung überdeutlich bewußt: die ernsten Gesichter der Wärter, die schweigend Wache schoben, die leidenschaftlichen Umarmungen von Männern und Frauen in unserer Nähe, die spielenden Kinder.

Es war Anson, der auf eine Frage nach seiner Gesundheit die Unterhaltung auf ein ernsteres Thema lenkte. »Dad, ich bin seit fast zwei Jahren clean«, sagte er.

Er erinnerte sich, daß er das letztemal Drogen genommen hatte, als die Freundin seines Zellengenossen ein kleines Briefchen Heroin hereingeschmuggelt hatte. »Er hat den Stoff mit mir geteilt, und mir wurde hundeelend. Ich übergab mich, bis ich glaubte, es würde mir das Innere nach außen stülpen. Danach sagte ich mir, daß es das einfach nicht mehr wert wäre.

Es ist noch gar nicht lange her, da schuldete mir ein Typ dreißig Dollar, die ich beim Kartenspiel von ihm gewonnen hatte. Er wollte mich mit einem Tütchen Heroin bezahlen, aber ich habe ihm gesagt, daß ich nicht an Stoff interessiert wäre. Er ließ nicht locker und meinte, er habe kein Bargeld. Da habe ich mir gesagt, was soll's, und das Briefchen genommen. Später habe ich es einem anderen Mithäftling geschenkt. Er wollte wissen, wieviel er mir dafür schuldig wäre, und ich habe geantwortet: ›Nichts‹.

Man bietet mir immer noch gelegentlich Stoff an«, fuhr er fort, »aber ich sage immer, daß ich nicht interessiert bin. Manche finden es etwas seltsam, glaube ich – es gibt hier nicht viele, die sich eine Gelegenheit entgehen lassen, ihre Probleme für eine Weile zu vergessen – aber niemand belästigt mich deswegen.

Es gefällt mir, daß ich mich inzwischen körperlich so fit fühle wie lange nicht mehr.«

Ich war froh, daß das, was er sagte, wirklich ehrlich klang. Wenn er es auch nicht aussprach, war seine Abkehr von den Drogen eine Leistung, auf die er offenbar und zu Recht stolz war. Für jemanden, der früher das gesamte Angebot der Straßendealer gekostet hatte, war das kein geringer Sieg.

»Und«, sagte er, »viel von dem Zorn, den ich so viele Jahre mit mir herumgeschleppt habe, ist weg. Na ja, vielleicht nicht wirklich *weg*, aber ich habe ihn besser unter

Kontrolle. Ich habe in den vergangenen zwei Jahren viel Zeit allein verbracht, habe wegen Schlägereien, Tätowierungen und ähnlichem im Loch gesessen. Das hat mir Gelegenheit gegeben, über vieles nachzudenken.

Ich gerate immer noch leicht in Rage – ich schätze, daran wird sich wohl nie etwas ändern –, aber heute bin ich geduldiger. Himmel, vielleicht bin ich einfach ein wenig erwachsener geworden und habe erkannt, daß es Dinge gibt, die es einfach nicht wert sind, daß man sich ihretwegen prügelt. Vielleicht bin ich endlich an dem Punkt, an dem ich mich nicht mehr ständig herumstreiten möchte.«

In den darauffolgenden Tagen sprachen wir sogar noch freier von Dingen aus der Vergangenheit und Gegenwart und legten eine Offenheit an den Tag, die ich niemals erwartet hätte. Schließlich sprachen wir nicht mehr als Vater und Sohn, als Mann und Kind, miteinander, sondern als gleichwertige Erwachsene, die nicht länger an die Rollen gebunden waren, die wir so lange gespielt hatten. Wir forderten gegenseitig unser Gedächtnis heraus, teilten neue Gefühle, trennten Fakten von Phantastereien und Wahrheiten von alten Lügen. Wir lachten mehr, als ich es zu hoffen gewagt hätte.

Diese anfänglichen Gespräche – und die vielen, die noch folgten – waren es, die diesem Projekt Leben einhauchten, ihm wahren Sinn verleihen und die Richtung wiesen.

Und während es immer noch Dinge gibt, die sich trotz aller Bemühungen meinem Verständnis entziehen und mich wohl immer belasten werden, habe ich im Laufe der Entstehung dieses Buches zu einem gewissen inneren Frieden gefunden. Ich hoffe aufrichtig, daß Anson von sich dasselbe behaupten kann.

Vielleicht wäre das alles verständlicher gewesen, wenn Anson mir gleichgültig gewesen wäre, wenn er in seiner Kindheit mißhandelt oder irgend etwas hätte entbehren müssen, wenn es ihm an Liebe oder Führung gemangelt hätte. Dies sind jedoch praktische Erklärungen, die hier nicht zutreffen. Irgendwann, irgendwo, haben wir Richtungen eingeschlagen, die uns im Laufe der Jahre immer weiter voneinander weggeführt haben.

Zumindest eins habe ich endlich gelernt, nämlich, daß es Fragen gibt, auf die es keine zufriedenstellenden Antworten gibt. Es ist ganz natürlich, diese Fragen zu stellen, sogar ein Bedürfnis, aber die einzig wahre Weisheit, die sich aus ihnen ergeben kann, ist die Akzeptanz, daß sie wie auch die verzweifelsten Gebete möglicherweise nie beantwortet werden. Vielleicht gibt es ja in der göttlichen Ordnung Dinge, die nicht dazu bestimmt sind, vollständig erklärt oder verstanden zu werden.

Es gibt da eine Photographie, nicht ganz zentriert und ein wenig unscharf, die ich gelegentlich betrachte, um mich davon zu überzeugen, daß es tatsächlich auch gute Zeiten gegeben hat. Dieses Photo ist mein Band zu einem kostbaren vergangenen Augenblick. Auf dem Schnappschuß umarmt ein achtjähriger lächelnder Anson das Shetlandpony Ginger, das in jenen alten Tagen in Comfort Teil der Familie wurde. Das Bild strahlt eine warme, süße Unschuld aus, die nur Kindern vorbehalten ist.

Der Junge ist glücklich und voller Liebe, viel zu sorglos, über die Nöte der Erwachsenenwelt nachzugrübeln, zu sehr mit Staunen erfüllt, um sich über die dunklen Wolken der Zukunft den Kopf zu zerbrechen.

Ich habe die Aufnahme erst kürzlich in einer Kiste mit Erinnerungstücken aus einer anderen Zeit wiedergefunden und in einen Rahmen gesteckt, der jetzt auf meinem

Schreibtisch steht. Das Photo ist verblaßt wie die Erinnerungen, die es weckt, aber ich empfinde es als echten Trost, es in meiner Nähe zu haben.

In Herzensangelegenheiten kommt eine Zeit, da man Zorn und Enttäuschung beiseiteschieben und eine Wärme zulassen muß, die die Kälte vertreibt und schließlich beginnt, das Schlechteste mit dem Guten zu mildern.

ENDE

**Band 13 651**

**Peter Laufer**

**Sie hat es doch gewollt**

**Deutsche Erstveröffentlichung**

Im Frühjahr 1993 erreichte ein Drama in den Gerichtssälen von Glen Ridge, New Jersey, seinen Höhepunkt, als die Richter ein geistig zurückgebliebenes Mädchen zur allein für ihr Schicksal verantwortlichen ›Verführerin‹ abstempelten, während sie in den vier jungen Männern, von denen das Mädchen sexuell mißbraucht wurde, lediglich ›ganz normale amerikanische Jungs‹ sahen.
Obgleich bekannt war, daß das Opfer aufgrund seiner geistigen Verfassung gar nicht in der Lage war, sich zu wehren, beharrten die Richter bis zum Schluß auf dem Argument, das die Vergewaltiger zu ihrer Verteidigung vorbrachten: ›Sie hat es doch gewollt‹.

BASTEI LÜBBE

**Sie erhalten diesen Band im Buchhandel, bei Ihrem Zeitschriftenhändler sowie im Bahnhofsbuchhandel.**